图书在版 (CIP) 编目

实用磁共振乳腺成像 /（德）费希尔 (Fischer, U.) 著；陈军等译.—北京：中国医药科技出版社，2010.5

书名原文：Practical MR Mammography
ISBN 978-7-5067-4440-9

Ⅰ.①实… Ⅱ.①费… ②陈… Ⅲ.①乳房疾病－磁共振成像—诊断 Ⅳ.① R655.804

中国版本图书馆 CIP 数据核字（2009）第 205758 号

Copyrighe@of the original English language edition 2004 by Georg Thieme Verlag KG, Stuttgcnt,Germamy
Original totle:"Practical MR Mammography"

美术编辑　　陈若杞
版式设计　　郭小平

出版　中国医药科技出版社
地址　北京市海淀区文慧园北路甲 22 号
邮编　100082
电话　发行：010-62227427　邮购：010-62236938
网址　www.cmstp.com
规格　A4
印张　14
字数　408 千字
版次　2010 年 5 月第 1 版
印次　2010 年 5 月第 1 次印刷
印刷　北京中科印刷有限公司
经销　全国各地新华书店
书号　ISBN 978-7-5067-4440-9
定价　88.00 元
本社图书如存在印装质量问题请与本社联系调换

重要提示：医学是一门持续发展中的不断变化着的科学。医学研究和临床经验不断扩展着我们的知识，尤其是在恰当的处置和药物治疗方面的知识。对于本书提到的任何剂量或应用而言，读者可以相信本书的作者、编辑和出版商已经竭尽全力以确保本书的参考书目与此书出版时的知识水准是相一致的。

尽管如此，本书并不包含、暗示或表明本书的出版者与本书中所陈述的任何用量指导及应用形式承担任何担保或责任。每一位使用者都应该仔细审查每种药品里随附的生产厂家的宣传单，还必须对药品宣传单中提到的剂量计划或厂家宣传的与现行书中的禁忌症是否相矛盾进行检查，如果觉得有必要的话，还应该与内科医生或专家进行讨论。这种检查对于极少用到的或刚刚投放市场的药物尤为重要。每一份剂量计划表，或每种应用形式，都完全由使用者承担风险和责任。作者和出版商要求每位使用者向出版商报告他们所注意到的与本书所述不同和本书所述不准确之处。

绪言

乳腺摄影术在哥廷根拥有渊远流长的历史，Anton Gregl 在 20 世纪 70 年代就在哥廷根大学临床学院创建和开展了普通乳腺放射诊断学工作。他的研究是以科隆大学的 Hoeffken、Lanyi 的工作，以及他在"施特拉斯堡乳腺研究学校"（"Strassburg school of senology"）的工作及海德堡大学的 Becker 的经验为基础。由于他对乳腺摄影术工作的巨大贡献，使得他获得了独立授予的乳腺摄影与淋巴管成像科，他一直担任该科室的主任，直到他在 1989 年退休时为止。

Uwe Fischer 正是在这个乳腺摄影与淋巴管成像科里开始了他的放射学学习。在 Gregl 教授退休和将这个专业科室重组进放射诊断科后，为检测乳腺癌而增加了现代断面成像方法的运用就成为合理的事了。除了使用超声波检查乳腺外，在 Heywang 和 Kaiser 自 1986 年起就开始开展基础性研究工作后，Uwe Fischer 对磁共振乳腺成像表现出了特别的兴趣。

1990 年，在我们临床学院的首台 MR 扫描仪投入使用后，Uwe Fischer 利用自己从 Gregl 时代起的传统乳腺摄影术经验，并借此机会在大量患者中证明了磁共振乳腺成像的临床价值。本书是他在此领域里 9 年经验和努力的结晶，除了相关的介入诊断和治疗的可能性之外，本书涵盖了被普遍接受的适合磁共振乳腺成像的适应证，推荐的成像技术和方法以及目前的形态学和血液动力学表现的知识。Uwe Fischer 多年的临床和科学研究为我们临床学院在这方面的研究做了大量的知识积累并强化了学院的学术地位，与此同时，也使得他声名鹊起。正因如此，Uwe Fischer 最有资格来编写磁共振乳腺成像的最新的关键性的提纲。我很欣喜地看到此书付梓出版，我希望本书对有兴趣从事乳腺成像研究的同仁们有很大的帮助，并希望本书能成为同仁们在图书馆之外的最爱。

哥廷根　　　　　　Echhardt Grabbe 博士（教授）

前言

近年来，动态磁共振乳腺成像更加确立了其作为女性乳腺诊断检查成像方法中的地位。作为补充诊断方法，它填补了乳腺X射线摄影术和超声波检查领域中尽管已经经历大量技术改进和发展后仍留下的重要空白。通过该方法，特别是对比增强磁共振乳腺成像，可以看到病理组织的血管过度生成，这样可以很灵敏地检测到浸润性乳腺癌。

尽管在对乳腺进行MR检查的初期，在围绕MR检查的方法上存在激烈的争论，但近年来在欧洲共同体范围内已经在标准化检查策略上达成共识。当前的检查的指导方针是Deutsche Röntgenesellschaft（DRG）—德国放射学会以推荐方法的形式发表的，代表着许多研究小组的一致意见。事实上，个别研究者的测量协议仍然在某些参数上显示出某些不同，与该指导方针并不矛盾。相反，我们应当把这点认为是磁共振成像（MRI）应该提供多方面可能性的一种表现。

乳腺MRI是放射学家可运用的额外补充诊断手段，如果选择运用的话，它可以改进乳腺癌的诊断成像。如果注意遵守确定了的磁共振乳腺成像适应证的话，一些学者对乳腺MRI检查花费昂贵的担心是可以避免。相反，也可以认为磁共振乳腺成像的选择性使用能够更早地发现肿瘤和肿瘤的复发，也可以更好地针对肿瘤的分期来安排后续治疗计划和治疗方案的实施。

本书的目的在于对磁共振乳腺成像进行介绍并给以简要说明，并使之有助于磁共振乳腺成像常规工作的开展。本书以短小、简练的形式叙述了磁共振乳腺成像的重要技术及其方法等各方面，有一章专门讨论了评估的标准，通过对乳腺生理变化的描述、潜在伪影和缺陷的讨论而完善了对乳腺疾病的治疗。

本书的重点在于对乳腺的变化以及乳腺相关疾病的诊断进行系统阐述。作为介绍，其最重要的信息除了其他的乳腺成像方法外，还包括关于乳腺疾病的历史、流行病学、预后及临床意义。在本书对乳腺简短的概括中，没有对特殊表现进行详细论述，但可以当作是对乳腺的简短综述。

如想获得更详细的信息，尚需要查阅相关文献。下面的章节主要是对行增强磁共振乳腺成像广泛接受的适应证进行详细的说明，并且在插图中列出了使人印象深刻的图像作为举例进行说明。

本书单独用了一章的篇幅将乳腺MRI表现与其他乳腺成像方式的表现放在一起进行详细分析。本书中提出有关磁共振乳腺成像的诊断和治疗策略的建议，目的在于为日常常规工作提供实用性指导，并不是让人必须严格遵循的条条框框。对于具有较多经验的读者而言，由于本书的介绍过于简短，可能会对本书不满意，或对这一章节的某些部分感到不满。然而，正是本章采用的注重实效的方法，对于获得正确的诊断起着有价值的帮助作用，本章未将最少遇见的鉴别诊断考虑在内。

本书中将对乳腺带有植入物的患者进行磁振乳腺成像的基本原理及其典型并发症的影像归于一章中阐述。本书除了对磁共振乳腺成像的美好未来和对磁共振乳腺成像内容进行结论性讨论外，对于偶尔需要迅速明确影像诊断的MR引导下介入技术的现行标准，以及磁共振乳腺成像质量保证的评价等方面都进行了阐述。

本书反映了我在哥廷根乔治－奥古斯特（Georg-August）大学放射诊断科获得的有关磁共振乳腺成像12年的经验。如果没有许多同事的帮助，这本书的撰写是不可想象的。有鉴于此，在此我想对Margitta Pieper女士表示感谢，感谢她为高品质图像的翻拍制作所付出的不知疲倦的耐心工作。我还要感谢科里所有的医学技师，特别要提到Jutta Rüschoff女士和Thomas Weidlich先生，他们带着极大的专注和热情在患者们进行磁共振乳腺成像过程中关心照料她们。我更要感谢Corinna Schorn博士，他在工作中的带着创新性思维和一丝不苟地负责磁共振乳腺成像的专业方面，我还要感谢Dorit von Heyden博士和Susanne Luftner-Nagel博士，磁共振乳腺成像前的绝大部分工作，如临床、乳腺摄影、超声波检查等，都是由他们负责的。我特别感谢哥廷根Georg-August大学病理教研室的Alfred

Schauer 博士（教授），他总是参加我们的建设性讨论，以及来自同一病理教研室的 Ulrich Brinck 博士，他负责书写组织病理学和免疫组织化学部分，并分别提供了组织学幻灯片。因为很好的合作计划并为此建立了ＭＲＩ兼容设备，我真心感谢医学物理教研室的 Werner Döler 博士。最后，我还要特别感谢两个人：首先是我的老师和良师益友 Anton Gregl 博士（教授），他19年前用他能感染人的热情与激情将我引入到乳腺诊断的研究中来；其次是 Eckhardt Grabbe 博士（教授），他让我有可能专注于乳腺ＭＲＩ的临床和科学研究上来，并且总是对于我的努力给予建设性的支持。

哥廷根   Uwe Fischer

目录

12 鉴别诊断与策略性思考・・・・・・・・・・・・・・・162

13 假体诊断学・・・・・・・・・・・・・・・・・・・・・・171

14 MR引导下的介入放射学・・・・・・・・・・・・・・・181

15 质量评估・・・・・・・・・・・・・・・・・・・・・・192

16 磁共振乳腺成像目前的地位和展望・・・・・・・・・・・196

缩略语

ACR	美国放射学院	LN	淋巴结
bFGF	碱性纤维母细胞生长因子	ml	内－外位
BW	体重	ms	毫秒
cc	头－足位	MIP	最大密度投影
CD	簇丛测定	MPR	多回波重建
CE	对比增强	MR	磁共振
CM	对比剂	MRI	磁共振成像
2D	单层数据采集	MMR	核磁共振
3D	容积块数据采集	NOS	不另行说明
DCIS	导管原位癌	NU	标准化单位
DD	鉴别诊断	OP	手术
DRG	德国放射学会	PEG	相位编码梯度
DTPA	二乙烯三胺五乙酸；喷替酸	Post－CM	注射对比剂后
EIC	浸润性导管内成分	Pre－CM	注射对比剂前
FA	翻转角	RODEO	激发去共振的旋转传递技术
FLASH	快速小角度激发	ROI	兴趣区
FOV	视野	SE	切除标本
G	测量	SE	自旋回波
G1,2,3	1,2,3级	T	特斯拉（磁场强度单位）
Gd	钆	T1－WI	T1加权
Gd－DTPA	钆－喷替酸	T2－WI	T2加权
GE	梯度回波	TE	回波时间
Gy	戈瑞（吸收剂量单位、放射能量）	TNM	肿瘤－淋巴结－转移分期系统
HPF	高倍视野	TR	恢复时间
HR	高分辨率	TSE	快速自旋回波
IIBM	国际性磁共振乳腺成像调查	TurboFLASH	快速梯度回波序列
IR	反转恢复	VEGF	血管内皮生长因子
LCIS	小叶原位癌		
LE	局部病灶切除术		

1 磁共振乳腺成像的历史

在20世纪70年代，由于化学家Paul Lauterbur的工作，磁共振成像开始得到发展。在Bloch和Purcell研究工作的基础上，Lauterbur运用磁场强度随着空间的改变而呈线性变化这一原理，从而使静态磁场里的空间编码成为可能（Lauterbur，1973）。

MRI在医学成像里的一般优点，特别是高对比度范围的无重叠多平面采集的图像已经得到广泛的认可，鲜为人知的是，乳腺是MRI研究中最早的研究对象之一。Raymond Damadian在1971年提出对不同的乳腺肿瘤进行区分是有可能的（Damadian 1971）。Peter Mansfield在1979年发表了第一幅乳腺肿瘤的MRI图像（Mansfeild等，1979），然而，不管是随后的离体试管研究还是后来的活体组织T1和T2弛豫时间的测量，都不能很好地将乳腺的良性病变和恶性病变进行区分（Ross等，1982；EI Yousef等，1983；Heywang等，1985；Kaiser和Zeitler1985）（图1.1）。有鉴于此，乳腺的磁共振成像并不是一开始就被人们所广为接受。

在20世纪80年代中期，随着由哥廷根大学Max Planck生物物理化学学院的Jens Frahm和Axel Haase（Frahm等1986；Haase等1986）提出的小翻转角快速梯度回波成像序列的发展，这种序列被称为快速小角度激发成像序列（FLASH），现代磁共振乳腺成像在技术上取得了突破性进展。其运用FLASH成像方法实现了快速动态成像，并使顺磁性对比剂（CM）如钆螯合物得到运用而获得大量信息。专业化表面线圈的使用，更进一步地促进了乳腺动态对比增强检查的开展，从而使获得足够高空间分辨率的图像成为可能。

在随后的几年里，乳腺MRI检查主要受Sylvia Heywang和Werner Kaiser研究的影响，产生了两个学派和许多辩论。Heywang推崇较高的空间分辨率而采用三维（3D）FLASH序列，然而，Kaiser推崇高时间分辨率，从而运用二维（2D）FLASH序列。今天，关于哪种技术的诊断效果好的争论仅仅只是历史学家的兴趣了。现在，通过运用现代3D序列的磁共振乳腺检查以及梯度场和功率得到改进了的现代扫描仪，我们已经可以得到时间分辨率和空间分辨率均很高的图像了。

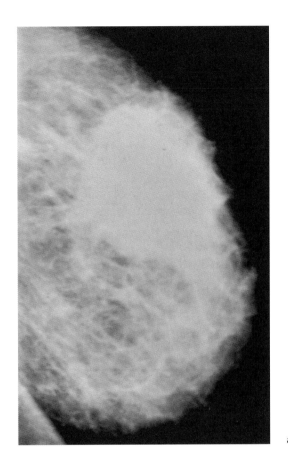

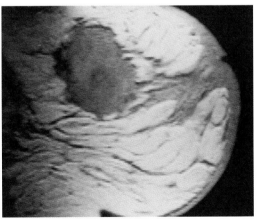

图1.1 a，b 炎性乳腺癌

a 乳腺X线平片。

b 与乳腺X线平片相比，MRI未提供额外的诊断信息（T1加权平扫像，1985年）。

2 患者的准备与告知

在开始检查前，患者必须去掉铁磁性的物品（珠宝，手表，钱夹等）。所有的上衣均要脱掉，并换上从前面解开的睡衣。

·乳腺 MRI 检查的一般禁忌证

由于需要磁共振乳腺成像解决的诊断性问题不是危及生命的紧急问题，因此，有必要避免在进行磁共振乳腺成像这项检查时对患者造成的任何可能的伤害。下面是被广泛认可的 MR 成像的禁忌证：

— 心脏起搏器。
— MR 不兼容材料制作成的心脏瓣膜及外科手术夹（心脏或脑内的）。
— 乳腺 MR 检查前两周有心脏或脑外科手术史。
— 在以前的使用了对比剂的 MR 检查中有对钆产生不良反应史的（不适用于未使用对比剂的假体的 MR 检查中）。

·需要强制性告知患者的信息

— 注射对比剂的必要性。
— 可能发生的对对比剂不能耐受。
（危险性轻微的不良反应发生率约 1:5000）
（危险性较重的不良反应发生率约 1:500 000）。
— 患者签署的同意接受磁共振乳腺检查的声明（被通知同意的形式）。

·可选性告知患者信息

— 磁共振乳腺检查目的信息。
— 磁共振检查时间的信息（10~15min）。
— 对可期望的背景噪声的适应证。
— 给患者强调在检查时保持不动的必要性，以避免产生运动伪影。
— 预先通知患者注射对比剂，并告知注射对比剂后有关的感觉（臂膀有一时性的凉爽感觉）。

·患者的准备

— 在前臂静脉或头静脉开放静脉通路（18~20 G）。
— 避免使用前臂静脉注射对比剂（那样会导致较长的注入时间）。
— 连接延长管（长 1.5m，容量 4ml）。
— 在 MR 检查床上定位前，让患者有一短暂的休息时间。
— 将患者摆放在舒适的俯卧位。
— 听力保护装置的运用（头戴送受话器）。
— 给患者一盏应急灯，使患者在幽闭恐怖症，恶心发作时等情况下发出警报。

·检查开始时

— 通知患者检查将要开始。

3 技术与方法

磁共振成像的基本原理

自从 Paul Lauterbur 在 30 年前发表了他的第一篇关于磁共振成像（MRI）的报告后，现在，MRI 已经发展成为成熟的具有多种成像方式的技术（Lauterbur 1973）。磁共振成像的方法运用的是核磁共振（NMR）的物理学原理，该成像原理已经由包括诺贝尔奖获得者 Isidor Rabi、Edgar Purcell、Felix Bloch 和 Richard Ernst 在内的许多化学家和物理学家描述过了。按照电磁学定律，荷电微粒的旋转运动可以在微粒周围产生一局部的磁场。某些核—质子（氢核）和那些具有奇数质子和中子的核具有其固有的角动量，或自旋。

对磁共振成像而言，氢核，或称质子，由于其在生物组织（水，脂肪）中的高浓度而受到偏爱。此外，由于其丰度高，在自然界的所有同位素中，氢核的磁矩最高。在没有外部磁场时，磁自旋的方向是任意分布的，因此，它们的磁偶极子没有净外作用力。当氢核被放置于一强大的外在磁场中时，这些原子核按照静磁场 B_0 的两个方向中的一个排列（排列方向依不同方向磁力线的数量而决定）：平行于磁场，即"向上自旋"（低能量状态）；或与磁场反方向平行，即"向下自旋"（高能量状态）。由于这两种状态的能量差别小，两种方向排列的可能性基本相同。对于在所用的 1.5T（tesla）的磁场中的质子而言，每 100000 质子中仅仅只有一个质子是处于较低能量状态的。此外，由于每个质子的自旋是环绕其自身的轴，并且暴露在磁场中时会经历了一扭力矩，自旋矢量被迫成环状，或者说进动方向与按地球的重力场方向自旋顶部的方向相同。质子磁力矩的进动频率 ω 也称为 Larmor 频率，与磁场强度 B_0 呈线性相关：

$$\omega = \gamma \times B_0$$

正比常数 γ 对不同类别的核来说是特异性的，也称为磁旋比。在磁场中的自旋矢量的协同作用，产生了肉眼可见的磁力矩或称为磁化强度

M，这是在接收线圈中产生 MR 信号起作用的净磁力矩。

在恰当的物质依赖性（material-dependent）共振频率（1T 的质子是 42MHz）激发下的短时间射频脉冲（RF）的爆发导致磁场纵轴排列方向以外的质子磁矢量的重新定向，即宏观的磁化，在 RF 脉冲场的扭力矩作用下而被迫作环磁场纵轴的旋转。位移角即翻转角 α，依赖于激发脉冲的幅度和持续时间，并以角度的形式表示。在 RF 脉冲关掉后，质子恢复到原来与静止磁场纵向排列方向一致的位置，即弛豫。在弛豫过程中，氢核吸收的能量以 RF 脉冲的形式重新释放出来或通过分子间的如电磁偶极—偶极间的相互作用和热耗散方式消散。释放的电磁信号（MR 信号）能被特殊的接收线圈探测到而作为感应电压，并转换成图像。

磁矢量恢复到原来方向的过程是一指数的过程，可描述为纵向平面（自旋—晶格作用或 T1 弛豫时间）的增加，同时横向磁化衰减（自旋—自旋作用或 T2 弛豫时间）。横向磁化作用的衰减是由导致进动自旋矢量去相位的分子偶极场的波动引起的。场的不均匀性引起成直线排列的自旋质子产生额外的去相位，以在 T2 弛豫时间加一个星（T2*）来表示。弛豫时间指的是 RF 信号以指数方式上升（T1）或衰减（T2）至其最大值一半的时间。值得庆幸的是，对于 MR 图像的对比度而言，各种组织的 T1 弛豫时间和 T2 弛豫时间具有惟一性的特征。

对产生图像而言，释放的信号或 RF 回波必须在三维矩阵中进行特异性定位。空间定位是通过在 x、y、z 空间方向上运用线性磁场梯度而获得的。然而，空间编码中的 2D 和 3D 技术在运用中是不同的。在 2D 技术中，层面选择只是同时转换层面选择梯度和 RF 激发，然后在该平面内进行相位和频率编码即可。在 3D 技术中，容积是由 RF 激发，并且第二次相位编码与第一次相位编码是成直角的。

MR图像的对比度受两类因素的影响：物质特异性因素和外在因素。主要的物质特异性因素包括质子密度及T1弛豫时间和T2弛豫时间。外在因素包括硬件与软件参数（如：层厚，翻转角，采集次数），采用的脉冲序列类型（如：自旋回波，梯度回波，脂肪饱和），场强，以及是否注射了对比剂。

很多不同的脉冲序列都可以用于获取MR图像，后面的内容中会讲解一些自旋回波（SE）和梯度回波（GE）的基本知识。GE序列对于动态磁共振乳腺成像尤其重要。

在传统SE序列中，层面选择性90°RF脉冲产生激发，取消了纵向磁化作用并将其翻转成横向磁化作用的过程，在回波时间（TE）过了一半后，施加一个180°RF脉冲，以重新复相位或再聚焦自旋进动，以补偿磁场不均匀性所导致的信号损失。因此，最大的信号发射，即自旋回波，产生于TE回波时间里。在经过一个重复时间TR后，完整的脉冲周期就这样重复进行着。依据所选择的回波时间和重复时间，产生的图像可以是T1加权图像，T2加权图像或质子加权图像。

GE序列中的回波不是用180°脉冲产生的，而是通过开通梯度反转，产生一再聚焦的RF回波，即梯度回波。此外，开始的90°RF脉冲还可以用一翻转角度α＜90°的较小的脉冲来代替，该脉冲没有运用完整的纵向磁化，与SE相比较而言，虽然这样会导致信号强度降低，但生成和采集图像的时间会快得多。与SE序列相比，GE序列更容易产生伪影，这些伪影是由于GE序列对诸如组织（骨，空气）内的磁敏感性不同或金属夹等原因引起的磁场不均匀性具有较高的敏感性而产生的，而且，回波时间长度也是主要的影响因素。GE序列对顺磁性对比剂更敏感。

MRI信号的产生可因注射对比剂而发生改变，顺磁性物质主要用于这一目的，但是也有注射超顺磁性物质的，两类物质都有改变所成像解剖结构的弛豫时间的特性。顺磁性对比剂的主要作用是缩短组织的T1时间，导致信号升高。动态磁共振乳腺成像得益于这一作用，通过在（新生的）血管形成区增加对比剂的摄取，从而提高了该区T1加权序列的信号强度，超顺磁性物质具有强烈的缩短T2时间的作用，故而没有用于磁共振乳腺成像。

诊断设备

磁共振乳腺成像的诊断系统（表3.1）

表3.1　用于磁共振乳腺成像的诊断设备

General Electric Medical Systems(GE) Co.	
·Signa Horizon LX	1.0T
·Signa Horizon LX	1.5T
·Signa MR/i	1.0T
·Signa MR/i	1.5T
Philips Co.	
·Gyrocan T5-NT	0.5T
·Gyrocan T10-NT	1.0T
·Gyrocan ACT-NT	1.5T
Siemens Co.	
·Magnetom Symphony	1.5T
·Magnetom Harmony	1.0T
·Magnetom Vision and Vision plus	1.5T
·Magnetom Impact Expert and Expert plus	1.0T
·Magnetom Impact	1.0T
·Magnetom 63 SP and SP 4000	1.5T
·Magnetom 42 SP and 42 SP 4000	1.0T

成像序列同义词（表3.2）

表3.2　磁共振乳腺成像中不同厂商使用的磁共振乳腺成像检查序列的同义词

	GE	Philips	Siemens
自旋回波	SE	SE	SE
快速自旋回波	FSE	TSE	TSE
反转恢复	IR	IR	IR
反转恢复脂肪饱和	STIR	STIR	STIR
梯度回波，T1加权	SPGR	T1-FFE	FLASH
梯度回波，T2加权	SSFP	T2-FFE	PSIF
快速梯度回波	FSPGR	T1-TFE	TurboFLASH

表面线圈

　　为了在磁共振乳腺成像中获得足够的空间分辨率，必须使用与乳腺形态很相符的专用表面线圈。可以对双侧乳腺同时进行检查的商用乳腺线圈是设计成为使患者取俯卧位，两个乳腺自由地悬垂在乳腺线圈的腔内。虽然单侧乳腺线圈具有磁场更均匀的优势，但这种线圈的不足之处在于需要患者改天再来作第二次检查。因此，应当使用双侧乳腺线圈，这样可以在同一次 M R 检查中，仅注射一次 C M 就可完成双侧乳腺的检查（图3.1－3.3）。

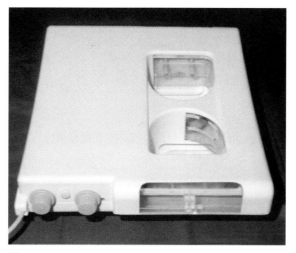

图3.1

检查时间

　　女性乳腺的血液循环是随着激素的变化而进行的，其结果造成在乳腺中，对比剂的吸收随月经周期中的不同阶段而变化。一项对年轻女性受试者进行的个体内对比性研究表明，紊乱信号强化的程度表现为在月经的第 2 周最低，在月经的第 1 周和第 4 周最高（Kuhl 等，1995）。这些研究结果在更年期和绝经后的妇女的研究中得到了证实（Müller－Schimpfle 等，1997）。虽然恶性肿瘤的典型对比强化方式极少是呈周期性变化的，但对月经期妇女的乳腺检查的预约应当根据下表中所指示的来安排（图3.4）。

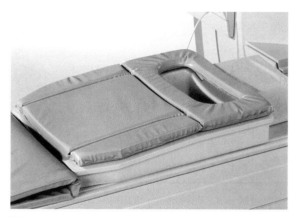

图3.2

　　在对乳腺病灶的细针活检和粗针穿刺活检都进行了后没有显著血肿时，可以进行磁共振乳腺成像而不受乳腺穿刺活检的限制。这两种操作都不会导致对比强化增加，因此，这两种操作不会干扰对图像的解释（Fischer 等，1996）。

图3.3

图3.4 依据月经周期进行磁共振乳腺成像理想的预约周安排

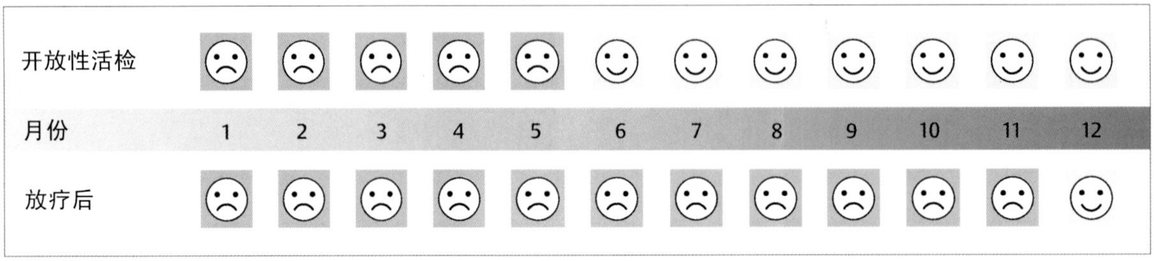

图3.5 先行开放性活检或放疗与磁共振乳腺成像之间的时间间隔

在开放性活检后6个月内不宜作磁共振乳腺成像，以防止对伤口愈合所导致的增强强化区难以作出分析判断的问题。乳腺切除术后进行放疗的患者，其检查的间隔期应该延长至放疗12个月后再进行磁共振乳腺成像（图3.5）。

如果医学水平和医疗机构诸因素容许，在已经准备作磁共振乳腺成像检查之前不应作乳腺导管造影检查；磁共振乳腺成像中的强化区域需要作乳腺组织块活检 检查。如果已行乳腺导管造影检查，必须将反应性对比强化区作为鉴别诊断（参见图6.13）。

患者体位

在大多数全身MR扫描仪中，受检患者都是取俯卧位的，双臂平放在身体两旁（图3.6和图3.7），另一体位是双臂交叉放于头上，然而，这种体位不可能将乳腺完全放入乳腺线圈里，从而使检查受到限制。将病人平放进磁孔里后，确保患者的脚不接触到延长管很重要。

乳腺加压

在乳腺MR检查中，对乳腺适当地加压对于减少运动伪影来说很有必要，这一点对于在欧洲普遍应用的减影技术而言尤其如此，这些伪影在最初的脂肪抑制技术中引起的麻烦还不大。

为使线圈内的乳腺取得较好加压效果，已经采取了许多方法；检查时受检者穿T恤衫和在线圈外侧加填塞物的效果并不好。用特别设计的不同尺寸的填塞物充填在线圈内乳腺的腹侧的方法效果更好些（图3.8）。使用加压装置，使乳腺在头-足位（CC）方向展平已经取得了很好的经验（图3.9），这种加压装置不仅能减少运动伪影，而且还可以减少乳腺在cc方向的厚度，因此能明显减少MR轴位图像的厚度（Schorn等，1998）。目前已有带有压迫装置的可以在内－外位方向给

图3.6　磁共振乳腺成像患者的典型体位

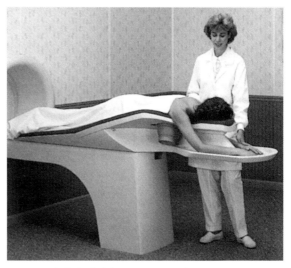

图3.7　患者在乳腺专用MR扫描仪中的俯卧位（Advanced Mammography Systems Inc.）。

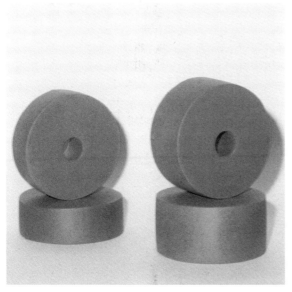

图3.8　用于乳腺腹侧加压的海绵橡胶垫

图3.9　头－足位夹住乳腺的装置（上面观）

乳腺加压的新表面线圈可供使用，然而，这样做会导致轴位方向扫描范围的增加，不利于乳腺成像（图3.10）。

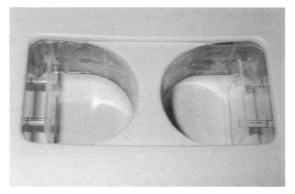

图3.10　装有从内－外侧方向夹住乳腺的压迫板的表面线圈

场强

目前推荐的能做对比增强磁共振乳腺成像的MR扫描仪的场强为0.5T～1.5T（特斯拉），建议不要使用场强低于0.5T的MR扫描仪用于磁共振乳腺成像，并且大多数公开发表的运用快速GE序列的研究是在较高场强的成像系统（1.0或1.5T）中完成的。1.0T和1.5T MR成像系统比0.5T MR成像系统优越之处在于较高场强中顺磁性对比剂由于延长了强化组织的T1弛像时间（对恶性肿瘤组织而言，1.5T中T1 = 960ms，

1.0T中T1 = 600ms）而对信号产生的作用更大。然而，Kuhl与他的同事展示了在0.5T MR成像系统中运用3D技术采用合适的脉冲，得到了很好的结果。实际上，一项个体内对比性研究的总的结果显示这些结果比在1.5T MR成像系统中运用2D技术获得的要好（图3.11），在两个成像系统中进行的检查所用对比剂的剂量均是0.1mmol Gd-DTPA/kg体重（Kuhl等，1995）。

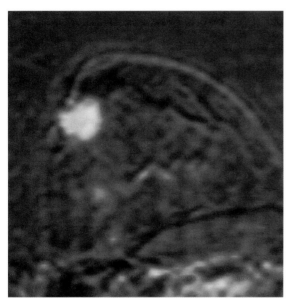 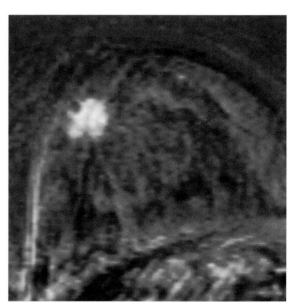

图3.11a，b　在0.5T和1.5T MR成像系统中进行的个体内对比性检查

a　运用0.5T MR成像系统进行的检查

b　运用1.5T MR成像系统进行的检查产生相同的图像信息（承蒙C.K Kuhl博士同意，图像由波恩大学提供）

2D 与 3D 技术

定义

磁共振乳腺成像中的**2D 技术**指的是单一横轴位层面被激活的成像方法（图3.12a）。层面间应该是没有间距的，根据物理学原理，我们知道，在每一层面的周围区域的信号在理论上会是降低的，但是，这种降低的程度还不足以产生临床上的显著意义。

对于厚度约为12cm的物体而言，采用层厚4mm，扫描层数约为30层的采集方法，通常是可以接受的。视野（FOV）呈矩形，包括胸廓腔在内，重复时间（TR）大约介于200~350ms范围内，使TR间隔内能采集到足够多层面，理想的翻转角介于70°~90°之间。

在**3D 技术**中，整个乳腺作为一个容积被激活（图3.12b），这个容积能在任一期望平面被分成所谓的图像分割，或不同厚度的层面。3D成像能对一特定的层面进行无间隔的薄层勾画。例如，在轴位检查中一般采用的是120mm容积块，分割成30个图像分割，这样，层厚就是4mm。冠位扫描时可以使用矩形FOV，这样扫描在于相同时间内可以采集较多图像分割，优化了空间分辨率（如60个图像分割的层厚为2mm）。一般选用的恢复时间是10ms，比2D技术的时间短，典型的翻转角是25°。

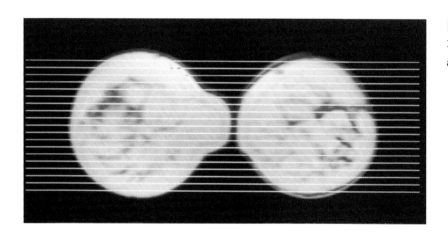

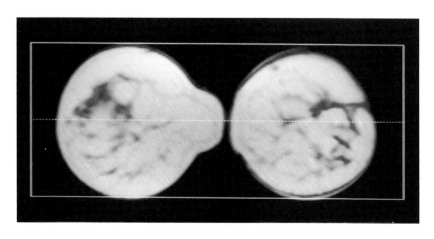

图3.12 a，b 2D 和3D 技术的比较

a 单一横轴位层面采集（2D技术）

b 容积块采集（3D技术）两帧图像均产生于原始图像为冠状扫描层面基础上。

2D 与 3D 技术的比较

在 1.0T 和 1.5T 成像系统中，都可以将 2D 和 3D 技术充分运用于乳腺对比增强 MR 检查。将 0.5T 成像系统与 3D 技术联合使用也能成功地进行对比增强检查（Kuhl 等，1995）。

两种技术都有其长处和不足之处，但这些对磁共振乳腺成像的评价或预测价值不会产生显著影响。决定采用这些技术中的哪一种，主要决定于检查者的经验，因此，我们不主张经常变化检查技术。下面将两种技术的主要优点作一比较（图 3.13）。

· 2D 技术的优点

— 单层采集所致伪影的敏感性较低
— 信号产生效率较高（重复时间大约为 300ms）
— 在诊断相关性剂量范围内，信号曲线和 CM 浓度之间具有更良好的联系 CM 剂量较低（推荐剂量 0.1mmol/kg 体重）

· 3D 技术的优点

— 能够使用矩形 FOV 在冠位进行扫描，层厚可以减少（如 2mm）
— 能够进行多平面重建
— 能作为 0.5T 场强 MR 系统选择的技术

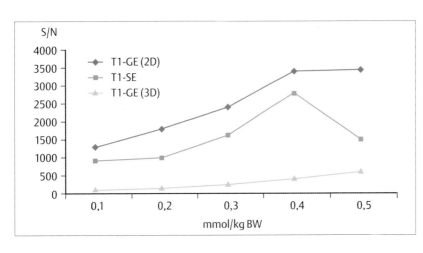

图 3.13 信号随 Gd-DTPA 浓度增加而上升（2D 与 3D 技术）T1 加权 GE 序列中运用 2D 与 3D 技术绘制的随 CM 浓度变化的信号曲线的对比，同时显示了一条 T1 加权 SE 序列以作参考基线，诊断相关性 CM 剂量介于 0.1mmol/kg 体重和 0.3mmol/kg 体重之间。

表 3.3a　乳腺 MR 动态成像协议（2D 技术）

参　　数	技　　术	
	哥廷根[1]	波恩[2]
场　　强	1.5T	1.5T
梯度场强	25mT/m	23mT/m
回波时间，TE	5ms	4.6ms
恢复时间，TR	336ms	260ms
翻转角，α	90°	90°
视野，FOV	~320mm	~300mm
矩　　阵	256 × 256	256 × 256
容积层厚	—	—
图像分割	—	—
扫描层数	32	31
单层层厚	4mm	3mm
序列时间	87s	55s
方　　向	轴位	轴位
CM 注射前测量次数	1	1
CM 注射后测量次数	5	6

[1]　哥廷根大学医院使用的序列

[2]　波恩大学医院使用的序列（承蒙 C.K　Kuhl 博士同意）。

表 3.3b　乳腺动态 MR 成像的协议（3D 技术）

参　　数	技术	
	Halle[1]	Tübingen[2]
场　　强	1.0T	1.0T
梯度场强	15mT/m	未知
回波时间，TE	6ms	7ms
恢复时间，TR	13ms	14ms
翻转角，α	50°	25°
视野，FOV	160mm × 320mm	320mm
矩　　阵	100 × 256	179 × 256
容积层厚	160	128
图像分割	64	32
扫描层数	—	—
单一层厚	2.5mm	4mm
序列时间	85s	81s
方　　向	冠位	轴位
CM 注射前测量次数	1	1
CM 注射后测量次数	6	4

[1]　哈莱（Halle）大学医院使用的序列（承蒙 S.H. Heywang–Köbrunner 教授博士同意）

[2]　蒂宾根（Tübingen）大学医院使用的序列（承蒙 M. Müller–Schimpfle 博士后　博士同意）

供学习的扫描协议

　　表 3.3a 和 3.3b 分别作为举例列出了运用 2D 和 3D 技术进行乳腺 MR 成像的扫描协议（见图 3.14）。

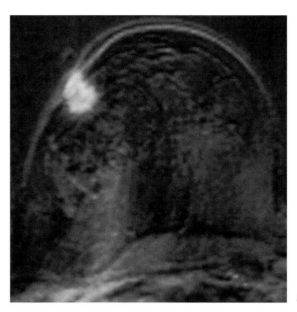

a

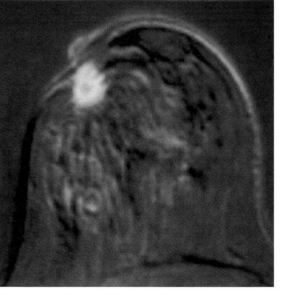

b

图 3.14a，b　2D 和 3D 技术采集的个体内图像的对比，乳头后乳腺癌。

a　2D 技术

b　3D 技术，与 2D 技术图像质量相同。

最高扫描协议
（IIBM 提出的供学习的扫描协议）

一项国际性的多中心研究（在12个中心中进行的国际性磁共振乳腺成像调查——International Investigation of Breast MR Imaging, IIBM）运用了一项称为最高扫描协议的扫描方法，该协议考虑到空间分辨率和时间分辨率以及 CM 注射剂量，该协议的测量参数运用的是3D 技术，如表3.4所示。

产生和处理 6 ×64 帧图像和按照这个协议生成至少64帧减影图像需要功能强大的计算机，此外，由于冠状层面，增强的静脉为横断层面，因而显示为圆形，受损伤样结构，因此，需要采用最大密度投影法（MIP 技术；21 页）以显示和阅览减影图像（图3.15）。

表3.4　IIBM（International Investigation of Breast MR Imaging 国际性磁共振乳腺成像调查）乳腺动态 MR 成像协议

参　　数	场　　强	
	1.0T	1.5T
恢复时间，TR	14ms	12ms
回波时间，TE	7ms	5ms
翻转角，α	250	250
矩阵（矩形FOV）	96 × 256	102 × 256
容积层厚	160mm	160mm
图像分割	64	64
单层层厚	2.5mm	2.5mm
序列时间	87s	87s
方　　向	冠位	冠位
CM 注射前测量次数	1	1
CM 注射后测量次数	5	6

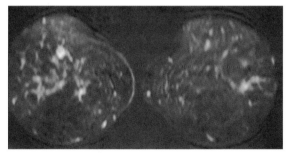
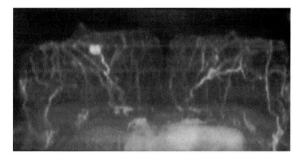

图3.15a, b　最高扫描协议（IIBM）。

a 代表性的单层冠状位图像（减影图像），显示的是右侧乳腺的富血管病变，病变在两上象限之间，此外，可见双侧乳腺许多斑点状富血管区。

b 运用 MIP 技术对病变表现的显示。右侧乳腺可疑病变，在单一层面上显示乳腺内静脉与富血管区相连。

超快技术

在运用超快成像技术提高乳腺动态ＭＲ成像的特异性方面已经进行了一些努力，在这些研究中，采用了经过病灶的单层扫描，在平扫图像和检查中能清晰显示病灶，检查运用的是时间分辨率很高的1～2s／序列。使用超快对比增强ＧＥ序列，可使检查的特异性超过80％（Ｂｏｅｔｅｓ等，1994）。我们自己的对这超快技术的研究尚不能

证实这些发现（Ｓｃｈｏｒｎ等，1998）。对比剂流入肿瘤内是根据大动脉内的首过效应进行评价的，这种研究显示超快技术的运用相比以前所描述的技术并不能更好地鉴别富血管的恶性肿瘤和良性肿瘤（图3．16）。目前，具有如此高的空间分辨率的序列仅用于代表性的单层图像，并不能增加磁共振乳腺成像的特异性。

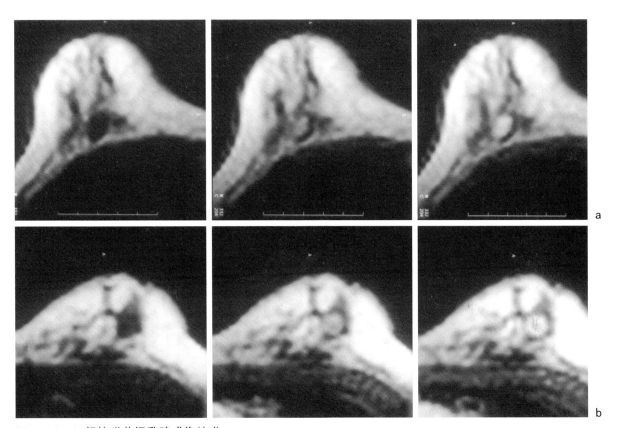

图3.16a,b 超快磁共振乳腺成像技术

a   血管生成丰富的纤维腺瘤

b   侵袭性导管癌

个体内对比两个病灶内的对比剂被探测到前的延迟注射时间相同，ＣＭ通过升主动脉的首过效应14s后。图像：平扫，注射ＣＭ 14秒后，注射ＣＭ 22s后。单层扫描技术采用Ｔ1加权快速FLASH序列（TR／TE／FA 5.8ms／3.2ms/80，层厚6mm，CM剂量0.1mmol/kg体重，注射流率4ml／s，序列成像时间1s，参考层厚为升主动脉，时间分辨率2s／序列），在平扫图像上对病灶定位。

高分辨率技术
(High-resolution, HR)

通过优化矩阵（例如：从 256 矩阵到 512 矩阵），减少层厚（例如：从 4mm 减少到 2mm），或选择不同的序列（例如：用 SE 序列代替 GE 序列）有可能提高空间分辨率。所有这些提高空间分辨率的改变是以降低时间分辨率为代价的，因此，根据我们的经验，应当将 HR 技术预设为非

动态检查的序列，这些是优化的 T2 加权序列和平扫 T1 加权序列检查，这些序列能作为在动态测量序列采集之前的高分辨率序列进行扫描。

HR 技术的优势在于在平扫中就能对实质性结构进行较详细显示（图 3.17）。然而，我们自己的经验并不能证实在 MR 对比增强检查中能更好地显示很小的病变，其主要原因在于信号噪声增加（图 3.18）。

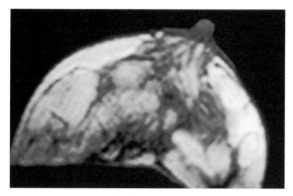
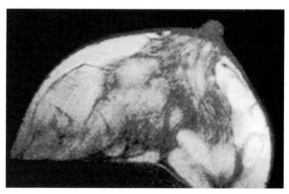

图 3.17a，b　HR 技术的个体内对比

a　常用空间分辨率序列：T1-WI，FLASH，层厚 4mm，矩阵 256mm × 256mm。

b　高分辨率序列：T1-WI，FLASH，层厚 4mm，矩阵 512mm × 512mm，运用 HR 技术能更好地进行细节成像。

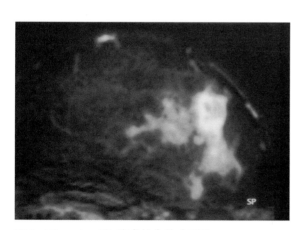
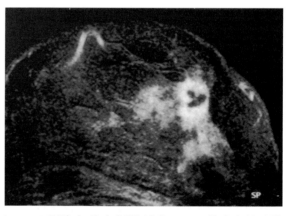

图 3.18a，b　HR 技术的个体内对比

a　256 矩阵序列（减影图像）

b　512 矩阵序列（减影图像）　HR 技术在显示肿瘤向周围扩散方面没有优势

脂肪饱和技术

在 T 1 加权序列中，信号极高的脂肪组织能显著减少发现对比增强病变的可能性，因此，抑制或消除这些研究中的脂肪信号至关重要。抑制或消除脂肪信号有两个基本方法：

- 对平扫和增强后的同一幅图像进行减影
- 基本脂肪饱和序列的产生

在欧洲，图像减影被规定为脂肪抑制所选择的方法；美国的研究小组主要采用脂肪饱和序列（图 3.19）。这里应当提到是的 S.E. Harms 介绍的 RODEO 序列（rotating delivery of excitation off resonance，激发去共振的旋转传递技术），该序列与 GE 序列和所谓的磁化传递作用（MT）结合后，能获得脂肪信号的射频选择性饱和。这种方法的不足之处在于采集时间非常长（约 3 ～ 5min），从而限制了其对血液动力学特性的评价，并且有时候会出现脂肪抑制不均匀的情况。

在大多数情况下，在真正进行测量前运用以 220Hz 转换的高频脉冲可以达到脂肪抑制的作用，被饱和的脂肪组织在检查过程中不发出信号，一般在任何序列前都能产生这样的脂肪抑制脉冲，但是，脂肪抑制会使检查时间延长。此外，RODEO 序列对主磁场的不均匀性高度敏感，特别是在磁共振乳腺成像中，乳腺的偏心性位置常常妨碍了脂肪信号的均匀性抑制。

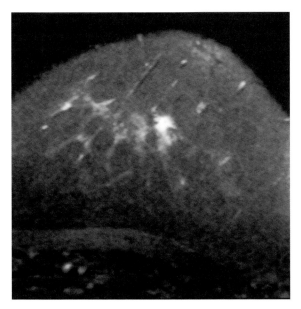

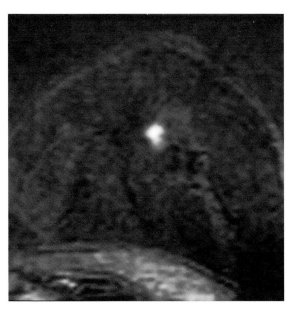

图 3.19a，b 磁共振乳腺成像的脂肪信号抑制

a 一富血管病灶的原始脂肪饱和序列（T1－WI SE 序列，512 矩阵，3 分 08 秒）

b 同一病灶图像减影后的个体内对比，T1－WI FLASH 序列（256 矩阵，1 分 27 秒）

T2 加权序列

在 T 2 加权序列，含水的或水肿性结构表现为高信号（图 3.20），磁共振乳腺成像中最常用的 T2 加权序列是 SE 或快速自旋回波（TSE）序列，也可用反转恢复（IR）序列。T 2 加权图像一般是在进行对比剂增强动态测量前进行采集获得的。

T 2 加权序列具有高度的敏感性，有可能识别直径仅为几毫米的小囊肿。此外，还为边缘光滑的富血管病变—黏液样纤维腺瘤的鉴别诊断提供了一个有用的标准。由于其组织学特点，黏液样纤维腺瘤的纤维化程度低时，常表现为 C M 的摄取量很高。在 T 2 加权像中，这些病变的典型表现为很高的信号，有时候可以和囊肿信号一样高。与此相反的是，乳腺癌通常表现为很低的信号，等同于或低于正常的乳腺实质信号；然而，T 2 加权序列对于恶性肿瘤的发现不起作用。

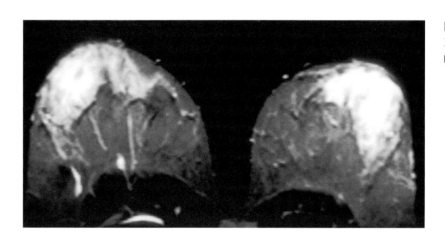

图 3.20 T2 加权序列图像
正常表现 年轻女性含水性实质的极高信号图像（I R 序列）。

时间分辨率

在大多数病例中，乳腺的富血管性肿瘤比其周围的正常实质对 C M 的摄取要快，侵袭性乳腺癌尤其如此，在侵袭性乳腺癌中，达到最大信号强度的平均时间是在注射 CM3min 后。另一方面，乳腺实质的信号强度在 8 ~ 10min 的检查时间里持续升高（Fisher 等，1993）。

然而，信号强度的变化范围很大，而且，有些乳腺癌在注射 C M 后的第 1min 内以一种峰状后伴随流出现象的形式而达到信号的最大值。在正常健康者的乳腺实质内也可能有在注射 C M 早期就强烈摄取 C M 的区域（例如腺病，激素刺激），这些区域会导致对早期病理过程的掩盖（图 3.21）。

由于这些原因，广为接受的指导方针是动态测量（至少在 C M 注射后测量 5 次）的时间分辨率为 1 ~ 2min / 序列，这样才可能将病变和周围的实质区别开，并能采集足够数据而形成相当精确的动态曲线。半动态测量（例如，注射 C M 后的两次测量，序列时长约为 5min）达不到这些要求。然而，以秒为计算单位来进行测量的更优化的时间分辨率并未体现出有更多的优势（Schorn 等，1999）。

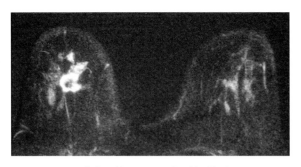
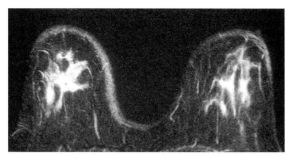

图3.21a, b　肿瘤和其周围组织的时间差别

a　注射CM后的第1次测量中进行的对平扫图像的减影。显示右侧乳腺的乳腺癌呈典型环形强化和多灶性肿瘤扩散。

b　注射CM后的第2次测量中进行的对平扫图像的减影，由于周围乳腺实质对CM的快速摄取而掩盖了这些征象，每次测量序列的采集时间：87s。

空间分辨率

　　磁共振乳腺成像的空间分辨率受各种因素和参数改变的影响，特别是由所选择的矩阵、层厚和成像容积的大小等因素决定，而矩阵决定于FOV。

　　轴向扫描的ＦＯＶ是预先由病人的身材大小决定的，其形状是正方形的，边长一般介于300～350mm之间，冠状位扫描和3D技术中可以采用矩形ＦＯＶ，层厚减低50%。

　　为达到诊断的目的，图像扫描的范围需要将所检查的乳腺完整包括在内。从上下方向给乳腺加压能减少大约1/3的厚度（Schorn等，1996）。

　　一般使用的矩阵是256×256像素，虽然可以将矩阵增加到512×512像素，但若这样做的话，按目前所运用的ＭＲ系统，图像采集时间会超过2min，这样的采集时间是让人难以接受的。

　　推荐使用选择2～4mm的层厚，这样可以保证直径超过4～8mm的肿瘤能在至少一层中能完整成像（图3.22）。

　　总的来说，对空间分辨率的优化会导致时间分辨率的降低，因此，常规检查采用的方法对这两种特性都有一定的妥协。尽管这样，仍然有人正在进行是采用最大空间分辨率（如，1×1×1mm³，3min）还是最大时间分辨率（3×3×8mm³，2.3s）的协议以提高磁共振乳腺成像的预测价值进行评价的研究。

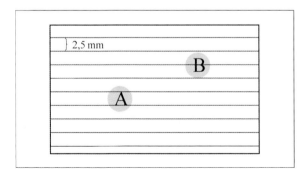
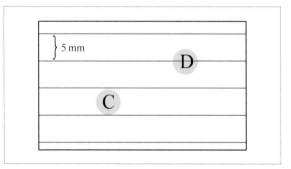

图3.22a, b　层厚和肿瘤大小的关系。

a　肿瘤直径大于或等于2倍层厚时，病灶总能在至少一层中看到而没有部分容积效应（病灶A和B）。

b　当肿瘤直径介于1～2倍层厚时，就不一定是这种情况了（病灶D）。

层面方向

从原理上说，MR检查在任何方向上都可以进行，对乳腺动态MR成像而言，一般多采用轴位和冠状位，在下面的内容中，我们将讨论这样扫描的优势和不足以及矢状位扫描。

轴位扫描的主要优势在于有可能较好地对胸壁附近的乳腺区域进行评价，因为乳腺组织与胸肌（例如：骨性胸廓）间的部分容积效应不会导致结构不清。此外，乳腺内的静脉通常会沿其走行方向成像，因此，可以区分其管状结构而不会将其误认为圆形病灶。轴位扫描的主要不足之处

是由于相位编码梯度产生的心脏搏动伪影，使得对腋窝区内的实质性结构的观察受到限制。

冠状位扫描可以选择矩形FOV，这样可以降低层厚，并将空间分辨率优化到约2mm。此外，可以对腋尾区的实质性结构进行无伪影成像，其不足之处在于静脉可以显示为横行片断而误为可疑小病灶（图3.23）。正因为此，需要对图像用MIP技术进行后处理。

我们不推荐矢状位扫描为诊断乳腺癌的检查方法。然而，在对安装的假体怀疑出现并发症时，可以使用矢状位扫描。

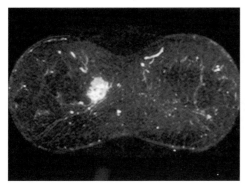
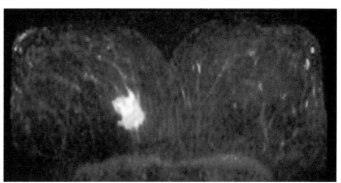

图3.23 a,b 冠状位和轴位的对比

a 富血管病灶的冠状位观（3D序列）。静脉呈横行片断，与小的富血管病灶相似。

b 同一病灶的轴位重建图像。

顺磁性对比剂

顺磁性物质的显著特性是其至少有一个未配对电子，该电子具有比质子强约1000倍的磁矩。正是由于这种特性，才使得T1和T2的弛豫时间缩短。在乳腺MR动态成像中运用T1加权序列，可以使信号强度升高。

在静脉内注射细胞外顺磁性对比剂，提供了一种对乳腺的循环状态进行成像的方法，注射对比剂后以一种半动态技术（例如，注射对比剂后测量两次）或动态技术（例如，注射对比剂后测量两次以上）的形式进行反复测量，能够提供对比剂摄取和流出时间过程的信息。

磁共振乳腺成像中使用最多的对比剂是钆－

DTPA（Gd-DTPA），其化学结构中包含了一个与DTPA（喷替酸）衍生物相结合的带有3价正电荷的阳离子，形成了一种非常稳定的复合物（在pH7.4时的有效稳定性常数为Keff＝1018.3），自由Gd原子在生理状态下是观察不到的（Weinmann 1997）。在欧洲国家中，磁共振乳腺成像中使用最广泛的对比剂是Gd－DTPA（Magnevist 马根维显，Schering Co.），在其他国家中，用于乳腺增强MR成像的其他顺磁性造影剂包括有Gd-DOTA、Gadoterate－Meglumine（Dotaren 多它灵，Guerbert Co.）、Gd-HP－DO3A Gadoteridol（ProHance，Bracco-Byk

Gulden Co.)和Gd-DTPA-BMA，Gadodiamide (Omniscan钆，亦称欧乃影，Nykomed Co.)。

剂量

运用2D技术的动态MR成像（1.0和1.5T）中使用对比剂的推荐剂量为0.1mmol Gd-DTPA/kg体重。有报道称，运用3D技术时，使用0.15~0.2mmol Gd-DTPA/kg体重之间的更高剂量的动态MR成像有很多优点（Heywang-Kobrunner等，1994）。一定要记住的很重要的一点是对比增强病变的评估阈值是呈剂量依赖性的，并且阈值必须随剂量作相应调整（图3.24）。

注射方法

应当用手动或机械方法将对比剂注射到预先放置的前臂静脉通道中，速率为2~3ml/s。应当避免使用前臂远端和手静脉系统。在对比剂注射一结束后，就要注射20ml或以上的0.9%NaCl，以将延长管内的对比剂推入静脉内。

排泄

钆-喷替酸可以立即由肾脏完全排泄出去，而不被肾小管吸收。血液中Gd-DTPA排出一半的时间约为90min。24h以后可以排出注射剂量91%以上。

耐药量与不良反应

大多数患者对钆-喷替酸的耐药性都很好。根据在超过2千万次检查中使用Gd-DTPA的经验，不良反应的发生率，估计低于2%，其中80%为轻微反应。这些轻微的不良反应包括恶心、呕吐，类似过敏的皮肤、黏膜反应，局部疼痛感或发热。仍有必要告诉患者发生不良反应的可能性，并且在检查前应该得到患者的书面同意。一旦发生严重的不良反应，则应进行紧急处置，采取的措施和发生X线对比剂不良反应的处理方法一样。

对孕妇使用Gd-DTPA

目前还没有证据表明对孕妇使用Gd-DTPA是绝对安全的。因此不要对孕妇进行动态MR成像。

哺乳期使用Gd-DTPA

在静脉注射的对比剂中，大约0.011%是由哺乳妇女的乳汁排出，其中只有约2%是由母乳哺育的孩子的胃肠道吸收。据估计，体重3kg婴儿的Gd-DTPA血浆浓度为母体中的Gd-DTPA血浆浓度的1/1000。尽管如此，通常推荐的做法是注射对比剂后24h内禁止母乳哺乳。

Gd-DTPA与肾功能不全

Gd-DTPA的排出只决定于肾小球滤过率，肾功能不全不是注射对比剂的禁忌证。然而，如果肌酐清除率低于20ml/min，或血清肌酐浓度高于3~4mg/100ml时，则推荐使用透析。

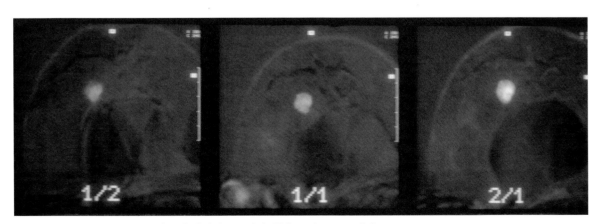

图3.24 富血管的纤维腺瘤成像中静脉内对比剂剂量作用对比（2D技术）。静脉注射0.05、0.1和0.2mmol Gd-DTPA/kg体重后的减影图像。

图像后处理

动态MR成像需要大量的图像，这就使得很有必要进行图像后处理。图像后处理用来检测增强病变，确定恶变的可能性，以及改善图像表现（图3.25）。

图像减影

同层面的图像减影是用来消除脂肪的高信号，提高对富血管病变的检测。通常，平扫图像是从基于像素－像素的早期增强后（注射对比剂后第1或第2个序列）图像减影而来。由于健康乳腺组织的不断增加的强化会导致对可疑病变的掩盖，因此还不能证明稍后增强的图像是有用的。

增强病变的信号—时间分析

对发生强化的病灶的代表性区域内的信号—时间曲线的分析能进一步区分恶性变化的可能性。应当选择相关兴趣区（ROI），它包含了最有可能的最大增强区，而不管血管形成相对较弱的肿瘤区域（例如，中心坏死部分）。ROI的大小应当在2～5个像素之间。信号—时间曲线的分析结果可以用许多与时间相关的方式来表现，如果愿意的话，可以用超过初始值的百分比这些术语。

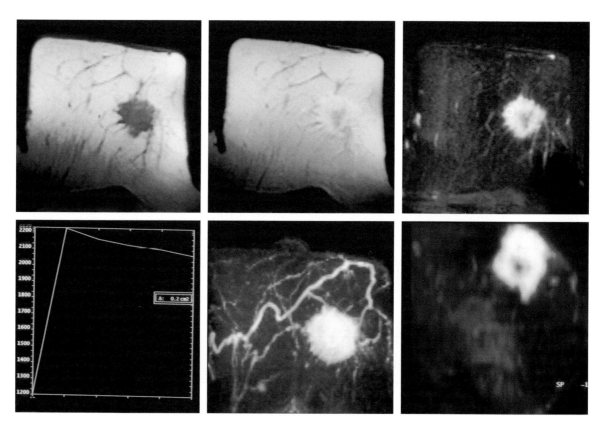

图3.25a-f   后处理可能性。

a 乳腺癌的梯度回波序列T1加权平扫图像。

b 对增强后扫描进行第2次测量后的病变图像，显示肿瘤内增强达到脂肪组织的信号强度。

c 对早期增强后图像（第2次增强后图像）进行减影的平扫图像。注意兴趣区位于肿瘤内对比增强最强区域内（在此图中指在外周环状增强处）。

d 对图c相应兴趣区的信号—时间曲线的计算与显示。

e MIP图像显示肿瘤的扩散及位置。注意：由于该技术中的所有层面重合到一起，可在单层内看到的环状增强将会消失。

f 对单层图像减影后再进行多平面重建（MPR）后的肿瘤图像；例如，显示肿瘤和皮肤之间的关系（皮肤受累及）。

最大密度投影（MIP）

最大密度投影技术对双侧乳腺都能进行三维的综合性观察，MIP是在后处理过的减影图像基础上进行的，而这种后处理过的减影图像所考虑的仅仅是图像像素至少具有一定的信号强度（阈值算法），图像信息的显示给人一种觉得乳腺是透明的印象，可以从不同角度进行观察。此成像方式具有较为简单的空间定位，尤其适用于对可疑发现的显示。通常，MIP技术并不能提供额外的诊断相关性信息。

多平面重建（MPR）

MPR图像可以对乳腺部分部位进行三维观察，这些同样也是基于后处理过的减影图像。对于一些特殊病例，这些MPR图像可以分清可疑病变和确定的解剖结构之间的分界关系（例如，乳头区域）。多维平面重建技术极少用于磁共振乳腺成像，与最大密度投影一样，该技术一般不能提供额外的诊断相关性信息。

自动图像后处理与分析

目前已经出版了各种各样的计算机辅助分析动态MR乳腺检查的各种模型（图3.26和3.27）（Kuhl等，1996；Teubner等，1995；Knopp等，1995）。这些模型有从颜色编码参数图像、自动确定兴趣区、重复率1～2s的电影序列，到使用药物动力学的模型，应有尽有。然而，目前尚无确定这些后处理与分析方式价值的大规模研究。

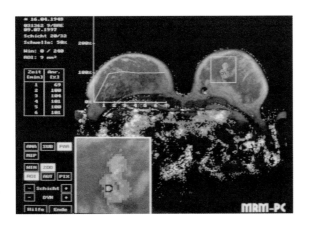

图3.26　磁共振乳腺成像的计算机辅助分析。
显示的是通过磁共振乳腺成像的计算机辅助分析将左侧乳腺的富血管病变识别出来（阈值设为信号升高＞50%）。显示的信号—时间曲线包括许多用百分比来表示的信号升高的值（软件，Bieling Co.，Bonn，德国）。

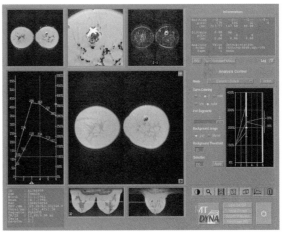

图3.27　磁共振乳腺成像的计算机辅助分析。
显示的是通过磁共振乳腺成像的计算机辅助分析将左侧乳腺的富血管病变识别出来。对几种信号—时间曲线以及注射对比剂之前和之后的不同视角成像的显示（软件，MeVis Co.，Bremen，德国）。

4 肿瘤血管生成

基本原理

乳腺癌中新血管的形成（新生血管形成）在功能上而言，对肿瘤生长和肿瘤的血管性播散非常重要，对肿瘤向局部淋巴结播散同样重要。刚刚形成的血管一开始就具有穿透内皮细胞间连接的能力，从而使蛋白质（和对比剂）进入到血管外空间，新生血管的形成是从紧邻原位癌的导管外周开始的。

由于肿瘤细胞侵入新生血管比侵入原有的血管要容易得多，新生血管的形成促进了浸润性癌的转移扩散。同样，局部淋巴结和远距离转移的可能性，随着血管密度的增加而增加。与正常的局部毛细血管相比，新生毛细血管基底膜是不连续的。由于不需要IV型胶原—特异性胶原酶对基底膜进行溶解，因此对基底膜不连续的毛细血管的侵犯较容易。由于癌细胞产生的趋化因子的作用，新生血管生成易于发生在与癌细胞紧紧相邻的区域。因此肿瘤细胞不用迁移很长距离就能侵入新生毛细血管中。

起源于既有血管的新生血管形成在形态上由下列步骤构成：
- 蛋白质水解对既有血管基底黏膜的分解是新生血管发芽生成的先决条件
- 内皮细胞向血管生成性（趋化性）刺激的迁移
- 紧跟在最前排迁移细胞后面的内皮细胞的增殖
- 随着新生血管腔的形成而与内皮细胞相区别

肿瘤血管形成是由血管形成—促进因子和血管形成抑制剂之间的平衡来调整的，这些肿瘤血管的形成是由肿瘤细胞自身或肿瘤相关组织产生的。由肿瘤细胞生成的两个特别重要的血管形成—促进因子为：碱性纤维母细胞生长因子（bFGF）和血管内皮生长因子（VEGF），两个都与内皮细胞上的特异性受体结合在一起。

目前，应用血管生成抑制剂对转移性疾病进行治疗正在研究之中。所有血管生成抑制剂的共同点在于，他们是对血管形成过程中一个或几个步骤（血管内皮组织蛋白质水解活性、趋化性、迁移和增殖）产生特异性影响。

肿瘤血管生成与磁共振乳腺成像

不同的研究小组已经在努力通过免疫组织化学标记来量化肿瘤血管生成的程度，并将其同动态磁共振乳腺成像中的信号变化相联系起来（图4.1）。早期报告的研究是在运用免疫组织化学检测肌动蛋白和Ⅷ因子相关抗原（Ｆｏｌｋｍａｎ及Klagsbrunn，1987；Weidner等，1991，1992）的基础上进行的。在我们自己的系列性研究中，显示出了使用分化群（ＣＤ）系统抗体获得了较好的结果。这些抗体中尤其是ＣＤ３４，即单克隆小白鼠抗体ＮＣＬ－ＥＮＤ，对内皮细胞进行标记，经证实是非常敏感的（Fischer，1998）。

在乳腺癌患者身上，Buadu发现磁共振乳腺成像中的环状增强和血管分布类型之间存在一种关系—由ＣＤ３４免疫标记后可检测出在环状增强的周围有大量的血管分布，而在肿瘤纤维或坏死中心内仅有少量血管（Buadu等，1997）。Buadu在另一项半定量对比性研究中，已经先就给我们

展示了血管密度和初始信号增强之间陡直性的关系（r＝0.83，P＜0.001）（Buadu等，1996）。在磁共振乳腺成像中早期摄取对比剂和免疫组织化学显示出来的高血管密度之间呈高度相关关系已经被其他作者的研究所证实（Frouge等，1994；Hulka等，1997；Siewert等，1997）。然而，我们自己的研究并没有发现两者的相关关系很好。我们用ＣＤ３４标记的对比性研究仅仅显示出与初始信号增强之间呈一种中等相关关系（r＝0.43，P＜0.001）（Fischer，1998）。

尽管已发表的运用免疫组织化学评估微循环情况和动态磁共振乳腺成像中的信号增强间相关关系的数据有所不同，但血管密度的提出在这里是个意义深远的因素，其他与信号高低的相关因素是血管渗透性和肿瘤基质的变化（Brinck等，1995）。肿瘤基质可能包括纤维或坏死区域，这两者都使对比剂的摄取量减少。

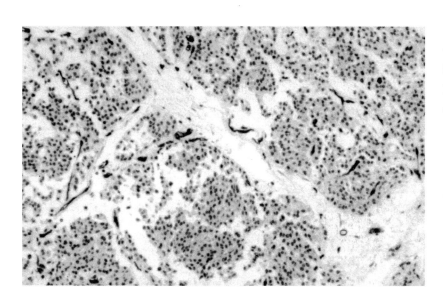

图4.1　免疫组织化学血管标记(CD34)。
在乳腺癌中运用免疫组织化学方法显示出大量CD34阳性的肿瘤血管。

5 诊断标准

平扫检查

T1加权平扫检查及可选性的，补充进行的T2加权检查测量可以对具有典型表现区域的病例做出特异性诊断。下面列出了一些典型表现的组合（表5.1，图5.1）。

然而，平扫不能把乳腺癌可靠地检测出来，并且，如果没有静脉注射对比剂的话，也不能对良性和恶性肿瘤进行很好的鉴别。

表5.1   各种病灶中的典型表现

成　份	T1加权信号	T2加权信号	病变
水	中等	升高	囊肿
油，脂肪	升高	中等	创伤性油脂囊肿，淋巴瘤，脂肪性淋巴结，新鲜血肿
急性出血	减低	减低	急性血肿
陈旧性出血	增强（环状）	升高	亚急性血肿
钙化	减弱	减弱	纤维腺瘤，脂肪坏死
金属碎片	无信号	无信号	异物
金属磨损	无信号	无信号	术后表现

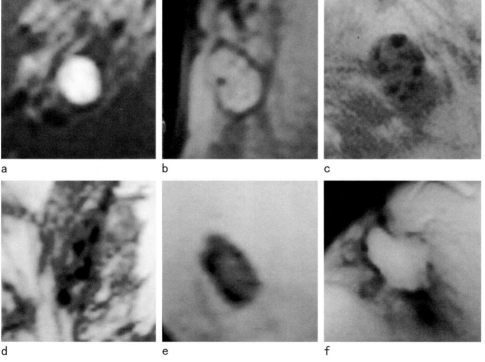

a   b   c

d   e   f

图5.1a-f   具有典型表现能作特异性诊断的平扫检查。

a T2加权图像中信号强度增强。囊肿。

b T1加权图像中信号强度增强。创伤性油脂囊肿。

c T1加权图像中小肿瘤内无信号。伴有巨块状钙化的纤维性纤维腺瘤。

d T1加权图像中局部性无信号区。电切手术后金属磨损物残留。

e T1加权图像中脂肪样信号。脂肪化的淋巴结。

f T1加权图像中信号强度升高。狗咬伤后的亚急性血肿。

对比剂增强后 T1 加权检查

形态学

形状

形状勾画出了造影增强区域的形态（图 5.2）。

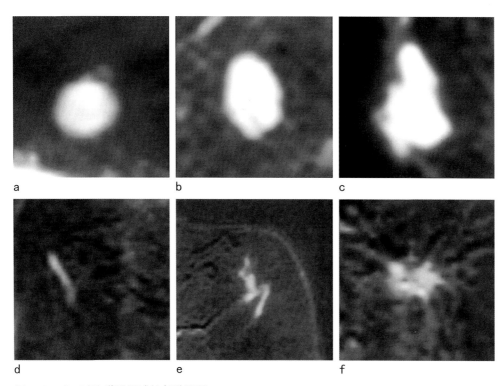

图 5.2a-f　对比增强区域的各种形状。
减影图像显示对比增强区域的各种形状。

a 圆形　　　　d 线形
b 椭圆形　　　e 分支状
c 多角形　　　f 毛刺状

边缘

病灶边缘勾画出对比增强区域的外形（图 5 . 3 ）。

对比增强区域的边缘

· 边缘清晰
· 模糊（边缘不清晰）

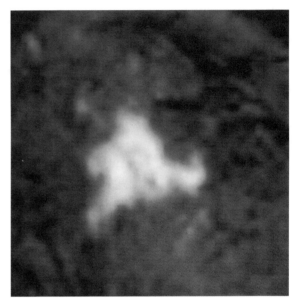

图 5.3a，b 对比增强区域的边缘
减影图像显示边缘的区别。

a 病灶边缘清晰
b 病灶边缘不清晰

表现形式

对比增强表现形式指的是对比剂在增强区域内的空间分布（图 5 . 4 ）。

对比增强区域表现形式

· 均匀性
· 非均匀性
· 分隔状
· 外周性（即所谓的环状增强或环征）。*

* 环状增强：与肿瘤中心相比，肿瘤外周对对比剂的摄取更强烈些（肿瘤中心无信号＝坏死；肿瘤中心信号减弱＝纤维化）。

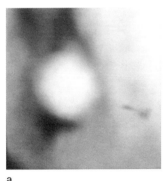
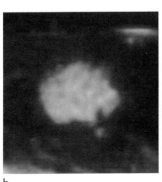
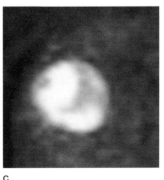

a

b

c

图 5.4a-f 造影增强表现形式。
减影图像显示不同的造影增强表现形式。

a 均匀性
b 非均匀性
c 分隔状

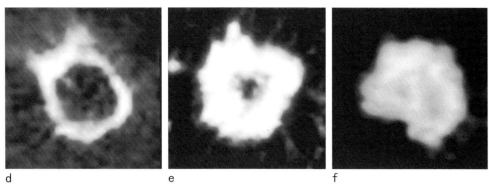

d　　　　　　　　　e　　　　　　　　　f

图 5.4d-f　称为环状增强的病例。

动力学

　　对比动力学是对比剂在检查过程中的时间分布（图 5.5）。

　　在良性病变中（例如，纤维腺瘤）的 CM 通常呈离心状分布，无变化的分布是非特异性的。CM 向心性扩散是以开始为环状增强为前提的，因此一般见于癌症中。

对比剂分布动力学
- 离心状（花簇状）
- 无变化
- 向心状

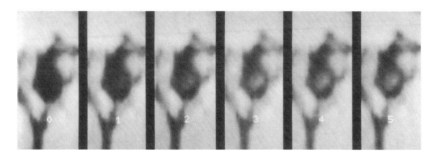

图 5.5　a，b　对比剂动力学。

a 对比增强病灶体积增大（离心状）。

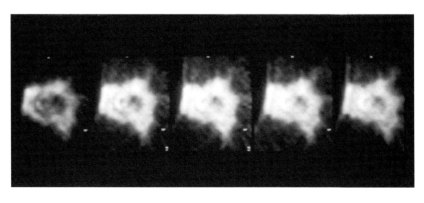

b 病灶外周区域开始增强后对比剂向心性扩散。

动力学

初始期的信号升高

增强动力学描述的是对比增强区域内的信号强度是如何随时间变化而变化的，人们将增强动力学分为初始期（注射对比剂后1~3min）及初始期后（注射对比剂后3~8min）。与平扫图像相比，初始期的信号增强（以百分比计算）是发生在注射对比剂后开始3min内的信号增强最大值（图5.6），它是按照以下公式计算的：

初始信号增强[%]＝
[（信号注射对比剂后—信号注射对比剂前）／信号注射对比剂前]×100[%]

初始信号增强	（注射对比剂后1~3min）
• 无 - 轻微：	• 与平扫测量相比，信号强度增加不到50%
• 中等：	• 与平扫测量相比，信号强度增加50%~100%
• 明显：	• 与平扫测量相比，信号强度增加超过100%

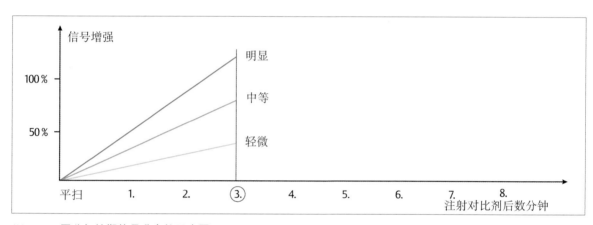

图5.6　区分初始期信号升高的示意图。

初始期后的信号变化

初始期后信号变化描述的是注射对比剂后 3 到 8min 时信号曲线变化的过程（图 5.7）。注射对比剂 8min 后信号强度值与初始时期的最大值相关，其表示方法见下：

初始期后信号变化 =
[（信号 8min − 信号最强 1~3min）／信号最强 1~3min] × 100[%]

初始期后 **信号变化**	（注射对比剂后 3~8min）
· *持续升高：*	· 信号升高超过 10％
· *平台期：*	· 信号强度保持不变 (+10%)
· *流出降低：*	· 信号降低超过 10％

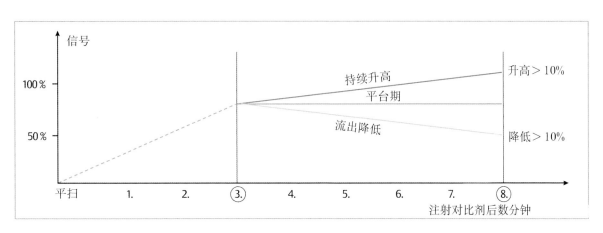

图 5.7　区分初始期后信号变化的示意图。

恶性标准

表5.2中所列出的磁共振乳腺成像对比增强标准明确指出恶性表现不一定是非特异性的。

在敏感度相同时，只考虑到一个阈值参数的单因子评估协议（例如，注射对比剂后第1min内信号升高＞90％，或标准化单位内升高＞500），与多因子评估协议相比，特异性要低得多（表5.3）。

表5.2 造影增强磁共振乳腺成像中区分恶性和良性病变的形态学和动力学标准

标准	恶性病变可疑	非特异性
形状	分支状，毛刺状	圆形
边缘	模糊	清晰
表现形式	环状增强	非均匀性
动力学	向心状	无变化
动力学（初始期）	明显升高	中等升高
动力学（初始期后）	流出降低	平台期

表5.3 单因子与多因子评估协议（作者的研究）

协议	灵敏性	特异性	准确性
单因子			
阈值＞90％	96%	31%	78%
阈值＞500NU	98%	27%	86%
多因子			
初始期信号升高			
＋初始期后信号			
＋对比剂分布			
＋边界明确	98%	59%	87%

NU，标准化单位

评估分数

使用一个在每项评价项目中都对应一个分值的多因子协议对病变进行评价是很有帮助的。在表5.4的系统性评分中，总评分不到3分的一般是与良性病变相关，而总评分超过3分指的是恶性病变（图5.8）。这种评分系统使区分磁共振乳腺成像中的对比增强病变得更容易（图5.9－5.11）。

临床，乳腺成像，及超声检查表现通常必须结合在一起来对病变进行整体评价（见第12章）。

表5.4 多因子评价协议

	标准		分值
1	形状：	圆形	0
		椭圆形	0
		多角形	0
		线形	0
		分支状	1
		毛刺状	1
2	边缘：	清晰	0
		模糊	1
3	强化形式：	均匀性	0
		非均匀性	1
		分隔状	0
		环状增强	2
动力学			
4	初始期信号升高：	＜50%	0
		50%～100%	1
		＞100%	2
5	初始期后信号变化：	持续升高	0
		平台期	1
		流出降低	2

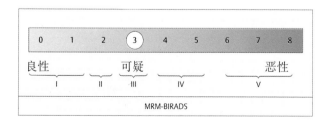

图5.8 评价评分。

每一项评价标准的最大分值为1分（表5.4中的因子1和2）或2分（表5.4中的因子3-5）。总评分有可能达到最大值8分。总分值数由MRM-BIRADS进行详细说明。

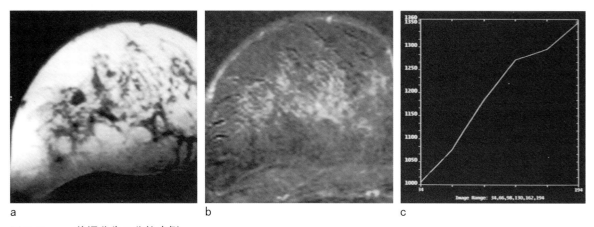

a　　　　　　　　　　b　　　　　　　　　　c

图 5.9a-c　总评分为 0 分的病例。

圆形（0 分），边界清晰（0 分）病变；初始期信号升高低于 20%（0 分），初始期后信号呈持续性升高（0 分）。

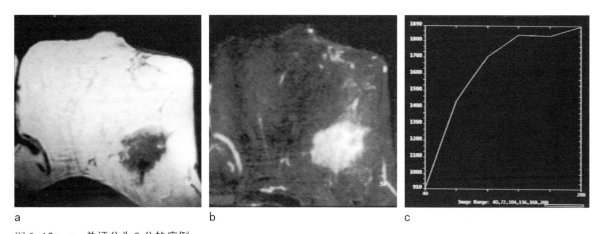

a　　　　　　　　　　b　　　　　　　　　　c

图 5.10a-c　总评分为 3 分的病例。

椭圆形（0 分）病变，非均匀性增强（1 分）及部分边界模糊（1 分）。初始期信号升高约 85%（1 分），初始期后信号呈持续性升高（0 分）。

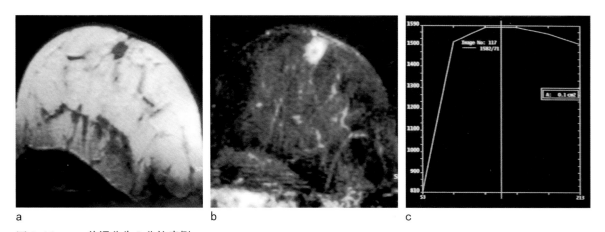

a　　　　　　　　　　b　　　　　　　　　　c

图 5.11a-c　总评分为 5 分的病例。

椭圆形（0 分）病变，边界模糊（1 分）。环状增强（2 分）。初始期信号升高 96%（1 分），且初始期后信号呈平台期（1 分）。

6 伪影与错误根源

体位错误

　　受检查患者一般常规取俯卧位，将乳腺悬置于特殊乳腺线圈中。摆体位中非常重要的是要注意将整个悬垂状的乳腺完全置于乳腺线圈中，并且使悬垂着的乳腺不超过能灵敏地接收信号的乳腺线圈范围之外（图6.1）。应当保证在进行动态测量之前就能得到乳腺线圈腔内完整的乳腺图像。动态检测前得到的T2加权序列正符合该目的，而且如果错误的体位必须要纠正时，T2加权序列可以很容易重复进行。

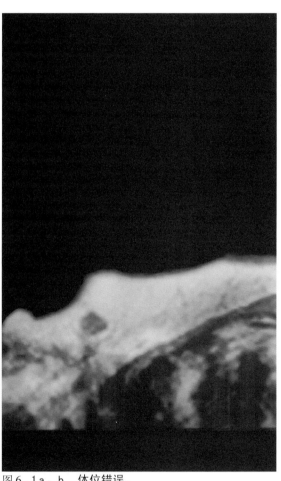

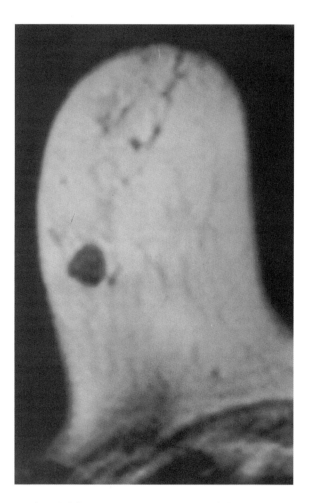

图6.1a，b　体位错误。

a 表面线圈内体位错误。位于线圈外缘的乳腺周围脂肪组织内的低信号病灶（平扫T1加权像），而且与干扰乳腺图像的心脏伪影相重叠。

b 纠正乳腺体位后再次进行的检查。乳腺线圈腔内正确的病灶成像。

对比剂注射方式不恰当

如果只对平扫和减影图像进行评价，在静脉旁注射对比剂会导致病灶检测不到；尤其是在这种情况下时，减影图像与正常的表现是相同的（图6.2）。因此，很有必要通过对典型参考点进行明显强化的检测以保证将对比剂正确注射到血管中（例如：乳腺内静脉或内乳动脉）。

注射对比剂后注射生理盐水失败会导致对比剂剂量明显不足，因为4ml的对比剂会留在延长管中。对于体重70kg的女性而言，需要注射对比剂的剂量为0.1mmol Gd-DTPA/kg体重，这未注射的4ml对比剂使有效剂量减少了30%。因为影响了信号曲线，并会导致对检查结果的分析错误，所以必须至少间隔12小时后再重新行增强磁共振乳腺成像。

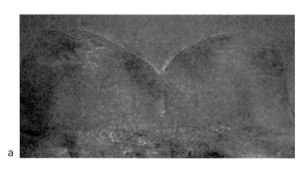
a

b

c

d

图6.2a-d　**对比剂注射不恰当。**
静脉旁注射对比剂（左）及正确注射对比剂后的再次检查（右）。

a　对比剂注射不恰当后的减影图像。

c　最大密度投影图像。静脉旁注射对比剂后未见病理性表现。

b　静脉内的对比剂表明对比剂注射正确，图中可见到双侧内乳动脉，一小的富血管腺瘤(左侧)以及右侧乳头强化。

d　静脉增强是对比剂注射正确的明确指征。

运动伪影

　　造成磁共振乳腺成像中看到运动伪影主要有两个因素。一个是传导过来的心脏搏动，主要是影响纤瘦患者的左乳腺；另一个主要因素是患者在检查中的活动（图6.3）。使用特殊的乳腺加压装置对乳腺加压（见第3章，图3.8-3.10）可明显降低运动伪影的影响程度（图6.4）。

　　在动态测量中，减影图像的质量对运动伪影尤其敏感。运动伪影通常表现为出现黑色和白色缎带状区域，而见不到图像。此类伪影有时出现于受影响乳腺外围区域，表现不明显。这些伪影同样也会出现在乳腺实质内，并且由于胸部的呼吸运动而在胸肌附近更常见。

　　减影图像内出现运动伪影时，对单一图像按动态顺序进行仔细检查是值得推荐的。采用所谓的电影模式对同一层面位置的图像进行评估对检查减影图像内出现的运动伪影非常有帮助，因为在快速连续看图像时，运动伪影对相应图像的干扰较小。如果运动伪影影响的程度非常重，则应当要再重新作检查。

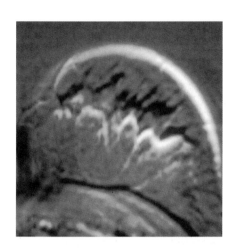

图6.3　运动伪影
检查中运动所导致的信号丢失（黑）或信号累积（白）造成的缎带状区域。

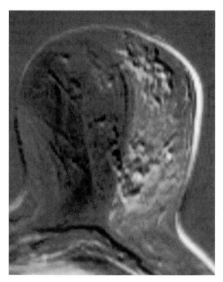
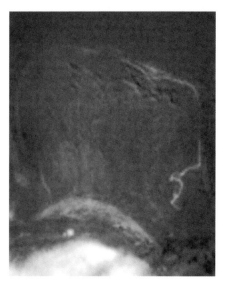

图6.4a，b　运动伪影。

a　未使用特殊加压迫装置进行检查时，主要来自内－外侧方向的伪影。

b　使用腹垫进行轻微加压后再次检查，运动伪影被消除。

去相位成像

脂肪组织内的质子与水（或乳腺实质）中质子共振频率不同，这会在磁共振成像中产生称为化学位移的效果。尤其是磁共振乳腺成像中使用的GE序列，使得水中质子和脂肪组织中质子的相位不同，如果这种差别达到180°，就称为去相位成像（或反相位成像）。如果这种差别为0°，则脂肪和水的自旋是同相位的（同相位成像），这种位移影响的强度决定于磁场的强度。

去相位成像导致包含脂肪的组织和包含水分的组织之间在交界处的信号丢失，在动态MR成像中，去相位成像运用于脂肪组织和乳腺实质间的交界处。根据所用磁共振扫描系统的磁场强度，应当对回波时间（TE）进行选择，以使同相位成像产生作用，防止在这些交界区发生信号丢失（图6.5）。

根据磁场强度得出的同相位成像的适当回波时间

磁场强度0.5T：TE<3.5ms
磁场强度1.0T：TE=7.2ms
磁场强度1.5T：TE=4.8ms

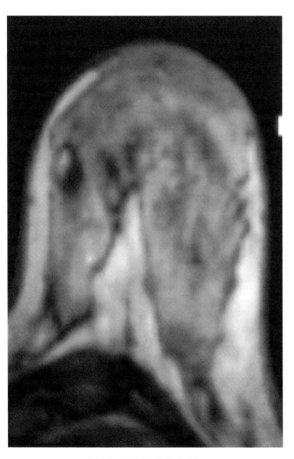 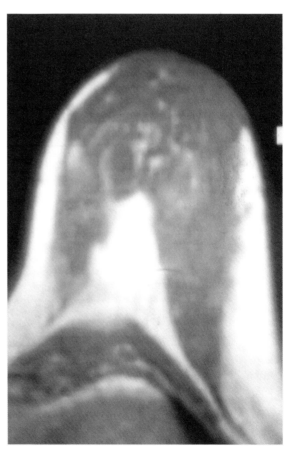

图6.5a，b 去相位成像导致的伪影。

a 运用1.5T系统对乳腺的平扫检查。不恰当的回波时间（TE=7.5ms）使得脂肪和实质之间的交界处出现信号丢失伪影。

b 选择正确的回波时间（TE=5ms），这些伪影消除。

发射与接收装置的失调

发射与接收装置的失调会导致对动态 M R 检查进行的重复测量中出现乳腺组织的不必要的信号改变（图 6.6）。其结果是信号强度会发生增强、减弱或波动，并且导致在后处理程序中不能进行信号曲线的合理分析。因此，应该将在平扫检查和注射对比剂后进行测量之间这段时间内，不应对发射与接受装置进行调整或调谐作为一项规章制度。如果出现此种问题时，可以将兴趣区选取于脂肪组织，获得异常信号曲线来对其进行识别、判断，这样做可以显示生理状况下没有增强或轻微增强。

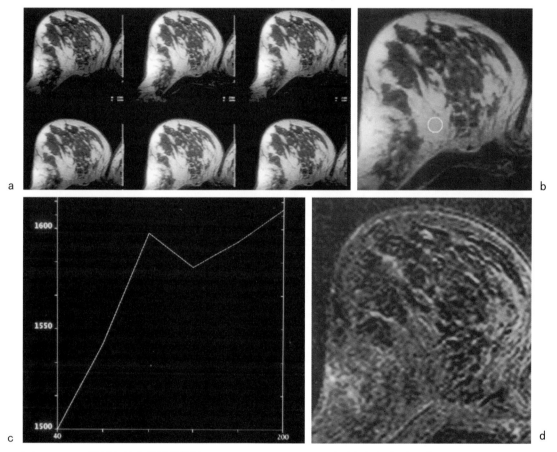

图 6.6a-d 发射与接收装置的失调。

a 一动态检查中完全相同的同一层面，脂肪信号中出现不连续性的波动。

b 对脂肪组织内的一 ROI 的信号分析。

c 基于该分析基础上的信号稳定升高图形。

d 脂肪组织和实质内对比增强丢失的假象，导致减影图像显示"阴性图像"。

磁敏感伪影

乳腺内或胸壁附近有强磁性异物时，会出现乳腺磁敏感伪影。这些伪影最常见于手术中使用电烙术后（图6.7），在组织内部留下细微金属磨损，并在MR图像中产生直径高达10mm的典型圆形信号丢失伪影。这些伪影很有特征性，以至于甚至不用追查患者病史就可以推定以前做过手术。

造成磁敏感伪影的其他乳腺内的原因包括：术后断针部分，假体扩张器的金属片，及保乳治疗后用来标记瘤床的金属夹。乳腺外的原因包括：胸部手术后胸骨金属丝环扎术（图6.8），扣带，以及其他可以导致信号极端丢失的衣服饰物中的金属物体。

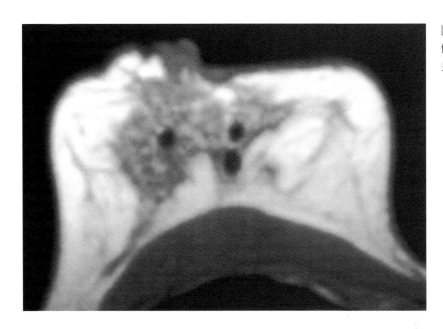

图6.7　磁敏感伪影。
使用电烙术进行术中止血后信号丢失的完整圆形区域。

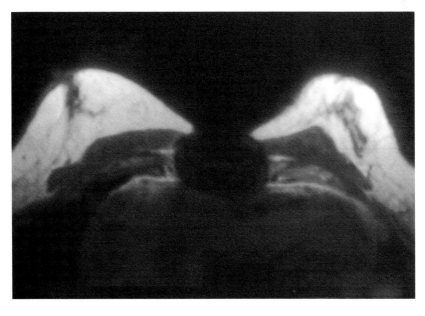

图6.8　磁敏感伪影。
胸部手术后胸骨环扎术导致的圆形信号丢失。

心脏血流流动伪影

心脏血流流动伪影被认为是相位编码梯度方向伪影的干扰和重叠带。对轴位成像平面而言，相位编码梯度应当选择为内—外侧方向，以使图像上心脏伪影带是从背侧通过胸部而穿过乳腺。然而，有时候会出现位于外侧面区域的乳腺和／或腋尾的实质结构可能会未完整成像（即模糊的）的情况。这种问题有时候会出现在有乳腺植入物患者的身上，通常会向外侧面延伸很远，限制了对植入物外侧面区域和周围实质区域的评估。根据我们的经验，对这种病例，注射对比剂之前和结束动态检查后，用改变相位编码梯度（从腹侧面—背面方向）再进行一次测量（图6.9）。尽管两次测量之间的长时间间隔会导致更强的运动伪影，我们能将这两次测量很容易区分开，并使我们对假体和实质的外侧面区域的表现有一个大体印象。如果在此第二次进行的检查中发现强化病灶，应当再次预约安排病人进行磁共振乳腺检查，主要是通过改变相位编码梯度方向并进行动态测量的方法进行磁共振乳腺成像检查。

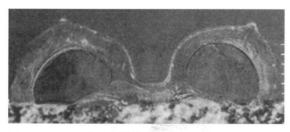 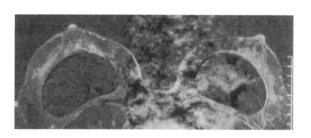

图6.9a，b　心脏血流流动伪影。

a 内—外侧方向相位编码梯度的轴位MR成像。由于心脏运动伪影而对乳腺外侧部和假体区域的评价受限（从第2帧对比增强后图像进行减影的平扫图像）。

b 将相位编码梯度方向改变为腹－背侧方向对乳腺外侧部及假体区域进行完整成像的轴位MR图像（从第6帧对比增强后图像进行减影的平扫图像），运动伪影在可以接受的水平。

线圈伪影

将大多数公司提供的拥有发射和接收线圈的乳腺专用线圈呈圆形排列，从冠状方向部分或全部包围乳腺。线圈缠绕的水平信号会升高，位于线圈最近的乳腺区域表现为信号强度更高（图6.10）。通常在皮下脂肪组织内可看到这些影响，不会干扰对图像的判释。相比于脂肪组织，乳腺的实质含量极其高，而且皮下脂肪层很薄，有可能会对实质区域边缘部的表现判释错误，对存有这种可疑表现的病例，应当运用合适的窗技术设置来进行进一步的评估。

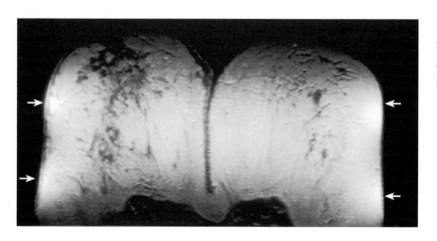

图6.10　线圈伪影。
在圆形排列的线圈包绕的两侧乳腺边缘区域内的信号强度升高（箭头所指）。

兴趣区（ROI）选取不正确

　　注射对比剂后，要在所谓的兴趣区（ROI）内对信号变化进行半定量评估，在富血管的病变内，这些测量区必须包含最大强化区域，并且还要不包含强化稍弱区域，才不会导致曲解信号曲线的特征（图6.11），这一点对呈环状增强表现的病变尤其重要。此时，ROI必须选取在外围病变明显强化区域，而不是放在中心的乏血管性坏死或纤维性区域。推荐的ROI大小在2～5像素。此外，有时候很有必要在同一病变不同强化区内使用ROI认真地测量几次，应当采用最值得怀疑的信号曲线来判释病变。

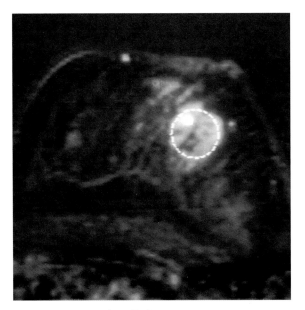
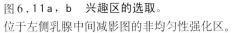
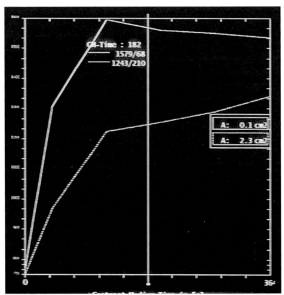

图6.11a，b　兴趣区的选取。
位于左侧乳腺中间减影图的非均匀性强化区。

a 将ROI正确选取在富血管病变的最大增强区域内（小圆圈，面积=0.1cm²），选取ROI不合适（大圆圈，面积=2.3cm²）。

b 初始期呈陡直升高的实线及初始期后的平台显示的是选取ROI正确的测量结果。如果选取了不恰当的ROI，则包含了较弱增强区，折线显示的是对信号曲线特征的曲解。

诊断性操作后的信号变化

对乳腺实行诊断性操作可能都会导致平扫图像和对比增强后测量的ＭＲ信号发生变化。原因可能是由于局限性或弥漫性血肿导致肿瘤内或肿瘤周围Ｔ1加权信号增强（图6.12），或充血所致的对比增强。局部对比增强可能是节段性的（例如乳腺导管造影后）或弥漫性的（例如进行几次粗针穿刺活检或手术开放性活检后）（图6.13）。根据患者病史，通常能够正确解读这种变化。

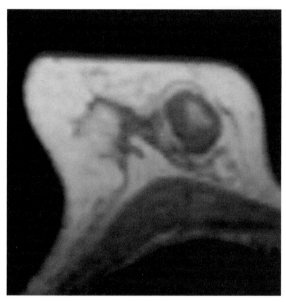

图6.12　肿瘤内血肿。
粗针穿刺活检后纤维腺瘤内局灶性信号增强，T1加权平扫图像。

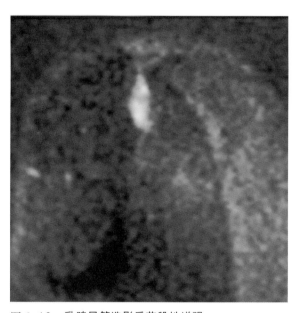

图6.13　乳腺导管造影后节段性增强。
在乳腺导管造影三天后呈节段性增强，注射对比剂后的减影图像。

7 磁共振乳腺成像的正常表现

形态学

成年女性的乳腺由三种不同的组织成分组成：表皮、皮下组织和腺体组织（实质和间质）。皮肤很薄，而且包含毛囊、皮脂腺及外分泌汗腺。乳头包含皮脂腺、外分泌汗腺和丰富的感觉神经末梢，但是没有毛囊。乳头周围的皮肤组成乳晕并且颜色加深，在乳晕周围可以看到隆起：蒙氏（Morgagni）结节，由蒙氏腺组成的管道开口形成，蒙氏腺指的是汗腺和乳腺之间的过渡型大皮脂腺。

乳腺实质分为15～20个锥形叶（乳腺叶），其集乳管直径扩大以形成乳晕下输乳窦（输乳管汇集），5～10条主要的集乳管开口在乳头处，每一个乳腺叶都由20～40个包含10～100个腺泡或管囊状分泌单位的小叶（乳腺小叶）构成。

乳腺基质包含数量不等的脂肪、结缔组织、血管、神经、淋巴系统，基质组织围绕乳腺叶的上皮组织形成一个壁炉台，并且沿着导管周围分布，小叶间结缔组织围绕着小叶及中心导管，被称为Cooper悬韧带的纤维带连接着包绕乳腺的筋膜组织，其深部胸肌筋膜覆盖了大部分胸大肌和前锯肌，并支撑着乳腺。

血供

大约60%的乳腺动脉血供是由胸廓内动脉穿支供血，其中大部分到内象限及中央部分，大约30%的动脉血流量是由胸外侧动脉的乳腺外侧支供血，主要是到外上象限（图7.1）。胸肩峰动脉的分支、第3～5肋间、肩胛下动脉、胸背动脉也可以在较小程度上提供动脉供血。乳腺不同区域的血供来自不同血管，这点在动态磁共振乳腺成像中并不重要。

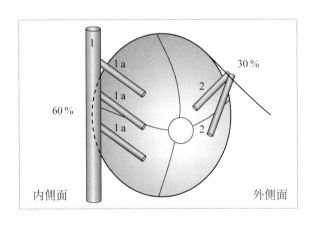

图7.1 乳腺的动脉血供。
胸廓内动脉通过动脉血管向乳腺中央象限和中央部分供血（1）。乳腺外上象限主要是由胸外侧动脉通过动脉血管为其供血（2）。

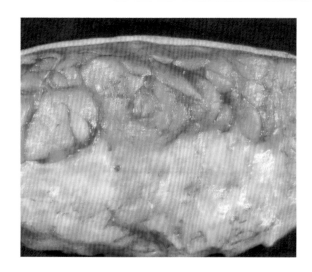

图 7.2　大体解剖标本和磁共振乳腺成像图像的对比。

a　正常乳腺的大体解剖标本。

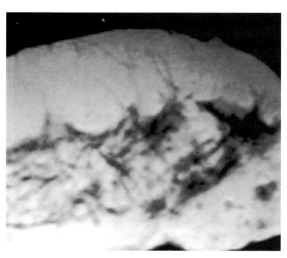

b　T1 加权平扫检查。

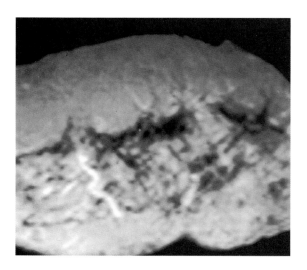

c　T2 加权检查。

实质与年龄

女性乳腺形态学方面经历的主要变化取决于年龄。本书不讨论孕期和围产期出现的实质变化，因为他们与磁共振乳腺成像不相关。

乳腺增大及乳腺导管的发育开始于月经初潮前几年，然而，乳腺小叶的发育是在月经初潮发生1～2年以后开始，并持续到35岁。此时，随着小叶的退化，乳腺退化的生理性过程也开始了。图7.3－7.6显示T1加权平扫图像，将其作为乳腺不同发育阶段的例子。然而，必须要注意的是乳腺个体发育之间的差别是非常大的。

与35岁以下和50岁以上女性相比，磁共振乳腺成像中对比增强对35～50岁间的女性尤其重要，这是因为在35～50岁年龄组女性身上发现的腺瘤和纤维囊性乳腺变化的发病率较高（Müller-Schimpfle等，1997）。

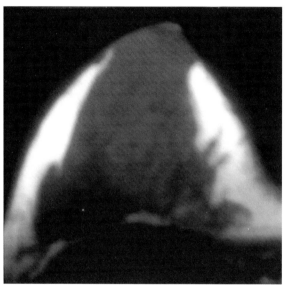

图7.3　青少年时期乳腺（15岁）。实质结构致密而不含脂肪。

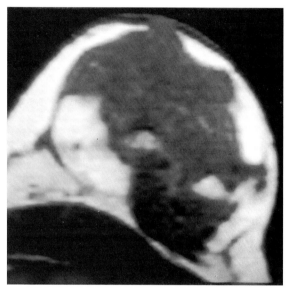

图7.4　成年女性乳腺（30岁），实质结构致密，包含孤立脂肪体。

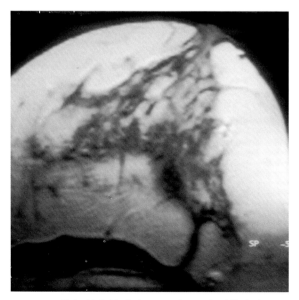

图7.5　绝经前女性乳腺（50岁）。实质散布在脂肪组织内。

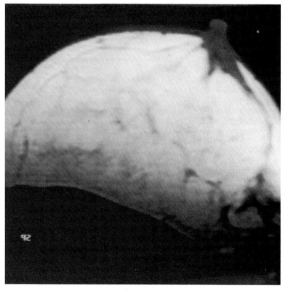

图7.6　绝经后女性乳腺实质退化（70岁）。

实质的不对称性，附属腺体组织

　　不对称性是指腺体组织出现在一侧乳腺区域内而在对侧乳腺相应的区域没有实质组织（图7.7），不对称常见的表现是一侧乳腺比另一侧大（左边大于右边的情形多于右边大于左边情形）。如果没有可触摸性肿块并且乳腺摄影术也没有提示恶性变化的特征，这种不对称性就没有临床意义。

　　附属腺体样乳腺组织与乳腺实质主体没有直接联系，一般情况下，它位于一侧或两侧乳腺的腋尾内，并且与剩余实质成分的形态相同（图7.8）。

　　实质的不对称性和附属腺体样组织通常在动态磁共振乳腺成像中表现为轻微摄取对比剂，并随着时间流逝持续增强，与正常乳腺实质的信号相一致。如果按照信号强度曲线变化过程显示标准提示为恶性肿瘤，那么就必须强制性地进行进一步的评估，以通过弥漫性浸润性生长方式来排除乳腺癌。

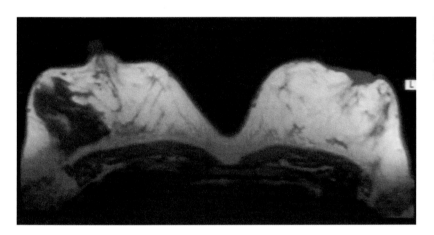

图7.7　实质的不对称性。
右侧乳腺实质的局限性区域，左乳腺内实质完全退化（GE序列T1加权平扫）。

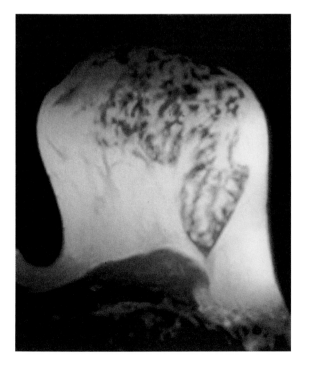

图7.8　附属腺体样乳腺组织。
左侧乳腺腋尾内额外的实质区域，表现出和剩余实质成分相同的内部结构（GE序列T1加权，平扫）。

乳头与乳头后区域

乳头的生理性对比剂摄取量比周围皮肤和乳腺实质的要高，此增强升高了的区域最常见于乳头的中央处（图7.9）或乳头表面的线性部分（图7.10）。其相应信号强度曲线通常显示显著的初始期对比增强（超出平扫水平的50%~150%），以及持续初始期后信号增强或平台相。乳头后区域通常显示与其他正常乳腺实质相同的对比增强。

与上文所描述的表现相比，整个乳头区域的增强升高，尤其是流出降低现象也出现时，对表现出来的现象做进一步评估一定要与临床检查、超声波、乳腺X线摄影的结论联系起来（鉴别诊断：炎症，佩吉特病）。乳头后区域内伴有初始期后平台相或流出降低现象的结节状增强区域也是异常表现，并且意味着出现乳头状瘤或其他肿瘤性病变。

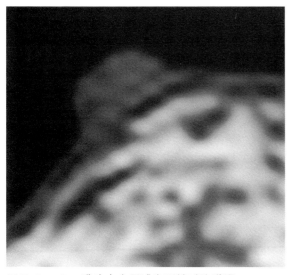
a

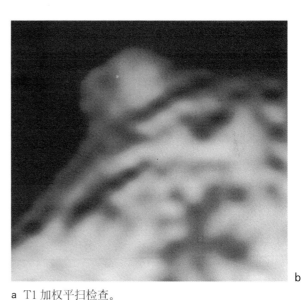
b

图7.9a，b　乳头中央区域生理性对比增强。

a T1加权平扫检查。
b 对比增强2min后图像。

a

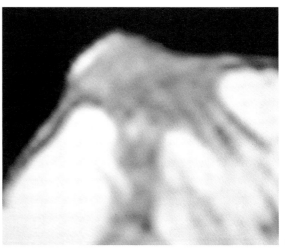
b

图7.10a，b　乳头的生理性对比增强，特别是在前侧表面。

a T1加权平扫检查。
b 对比增强2min后图像。

个体间的变异

　　不同女性的乳腺在摄取对比剂的程度和分布上差别很大，而且不可能预测注射对比剂后能否达到期望的实质增强程度。不管是触诊表现、乳腺摄影术中的实质类型，还是超声回声性质，都无助于将乳腺实质将表现为显著对比增强类型的患者挑选出来（图7.11和7.12）。根据我们自己的经验表明，即便是能提供有关血管生成信息的检查（双重彩色编码超声，造影增强双重彩色编码超声），与磁共振乳腺成像中实质对比增强类型之间没有显著相关关系（Alamo等，1998）。

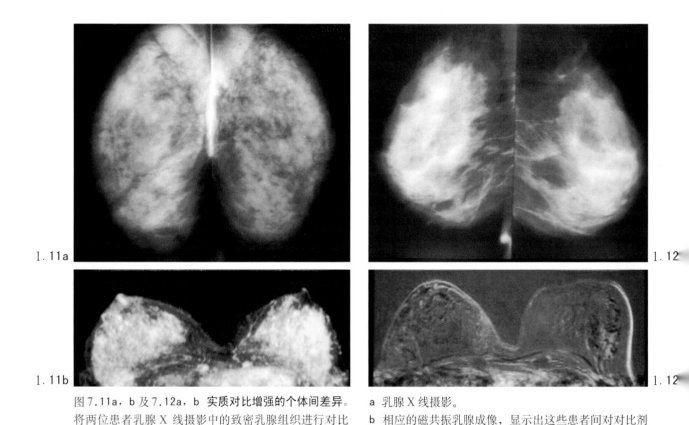

1.11a
1.11b
1.12
1.12

图7.11a，b及7.12a，b　实质对比增强的个体间差异。将两位患者乳腺 X 线摄影中的致密乳腺组织进行对比（图7.11和7.12）（ACR[美国放射学院]3型+4型）。

a 乳腺 X 线摄影。
b 相应的磁共振乳腺成像，显示出这些患者间对对比剂的摄取极不相同（减影图像）。

个体内的波动

系统性纵向和横断面研究显示，实质对比剂的摄取是受个体内波动影响的（图7.13）。在一个月经周期内一周进行一次磁共振乳腺成像的对比性研究中（20位健康女性志愿者，年龄21～35岁，平均年龄28岁），接受检查的女性中，82%表现出增强病变。在这些病变中，72%的在四次检查中至少有一次没有表现出来（Kuhl等，1995）。这些结果得到了在不同组的患者（年龄27～55岁，平均年龄41.5岁）乳腺实质内对比剂摄取进行的对比性研究的支持（Müller-Schimpfle等，1997）。

对另一组的患者（年龄24～41岁，平均年龄34岁）以一个月为间隔进行的序惯性磁共振乳腺成像检查，75%的增强病变中，至少在实行的检查中有一次没有显示出来（Kuhl等，1995）。这些研究表明，在注射对比剂以后，乳腺内的信号强度与每月和每周的波动都有关。这些研究中所描绘出的大多数增强病变的信号强度曲线显示出典型的良性病变特征，使得在大多数情况下可以区分出良性和恶性病变。

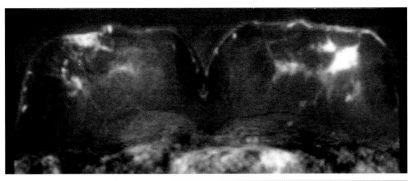

图7.13a，b 实质对比增强的个体内波动。

减影图像。

a 信号显著升高了的局灶性增强，左边＞右边，月经周期的第3周。

b 富血管区域的信号强度在一个月后的复查中显著减弱（月经周期的第3周）。

激素替代治疗

激素影响乳腺实质的形态、功能及血管过度生成，激素替代疗法同样影响动态 M R 成像中的信号变化（图 7.14）。个体间和个体内的研究表明，对绝经后女性实行激素代替疗法，会导致实质信号的增强升高，这比对照组中没有进行激素替代治疗的女性高出很多，可与绝经后的女性相比。

由于在进行了或未进行激素替代治疗的女性中，乳腺实质的初始期对比增强程度没有区别，那么，乳腺恶性肿瘤都不能检测出和与其他疾病相鉴别。对于接受过激素治疗的女性，有时候会在对局灶性增强病变作鉴别诊断时遇到问题。激素的变化在终止治疗后 4 ～ 8 周里是可逆性的，因此如果准备通过复查来排除恶性肿瘤的话，应当在这个期间内进行观察。要确定不同激素在磁共振乳腺成像中对信号变化的影响，还需要进行进一步更细致的研究。

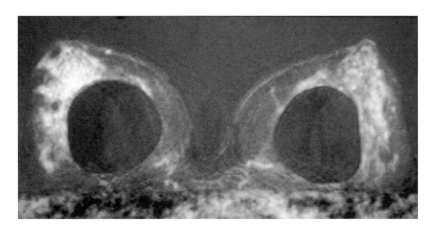

图 7.14a，b　激素替代疗法对对比增强的影响。

a　口服雌激素患者乳腺实质呈显著强化。

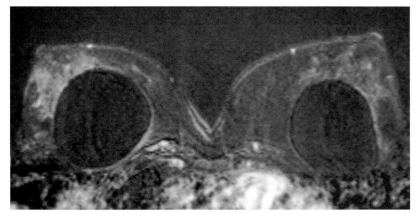

b　终止激素替代疗法后3个月进行复查。乳腺实质摄取对比剂呈正常化。注意两侧有硅胶植入物。

妊娠与哺乳期乳腺

妊娠及其后的哺乳期间，女性的乳腺受到激素的强烈刺激影响。因此，乳腺实质在动态磁共振乳腺成像中表现为明显的对比剂摄取，这点在对哺乳女性进行的一些磁共振乳腺成像检查中得以证实（图7.15）。用磁共振乳腺成像对孕妇进行检查，由于必须注射顺磁性对比剂，因此受到一定的额外限制。所以，对妊娠及哺乳期内女性乳腺的不能确定的病变所运用的诊断性检查应当使用其他诊断性检查方法，建议在这些时期内避免使用磁共振乳腺成像。

同样，在早孕不能排除的情况下，也应该避免使用磁共振乳腺成像。磁共振乳腺成像的诊断指征不会马上危及到生命安全，所以在可能妊娠时，必须进行妊娠检测，或将磁共振乳腺成像检查推迟几周进行。

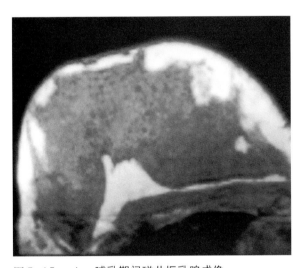
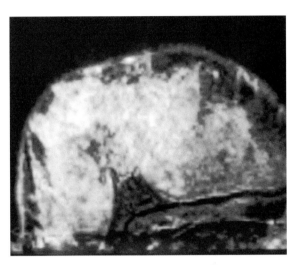

图7.15a，b　哺乳期间磁共振乳腺成像。

a　平扫检查中，乳腺实质显示明确，没有发现可疑病变（T1加权FLASH序列）

b　显示整个乳腺实质密度呈极其强烈对比增强的减影图像。

8 良性变化

乳头状瘤

乳头状瘤组织病理学上的特征为由覆盖着具有纤维血管轴心的中央分支的良性上皮细胞组成的导管内肿瘤，它们通常划分为包含位于乳头后区域的单发导管内乳头状瘤（图8.1，8.2，8.4和8.5）及小的外周导管内乳头状瘤，通常数量很多（图8.3）。

应当将假性乳头状瘤病变即具有乳头状结构而没有中央纤维核的导管内增生和乳头的乳头状腺瘤及其所附带的乳头状和管状结构，与这些乳头状瘤区分开来。假性乳头状瘤病变包括乳头状瘤病和青少年乳头状瘤病，青少年乳头状瘤病通常发生于青少年和10~40岁年轻女性。

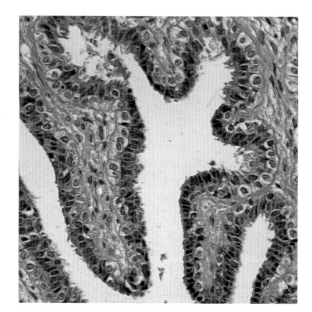

一般资料

发病率：	罕见，所有良性肿瘤的1%–2%。
高发年龄：	40~50岁。
恶变风险：	不随单发导管内乳头状瘤和乳头的乳头状腺瘤而增长；在每10年中，大约8%的外周导管内乳头状瘤发生恶变。

表现

临床：	自发性或激发性的乳头溢液（脱落细胞学）。极少出现可触及的肿块（例如，大的乳头后乳头状瘤）。
乳腺成像：	通常为隐匿性病变，极少出现边界清楚的肿块。
乳腺导管造影术（可选择的方法）：	导管内对比剂流出或呈导管末端截断。
超声波检查：	通常为隐匿性病变，乳头后区域罕见圆形病变。

临床意义

尽管乳头状瘤呈良性病变表现，影像技术也不能可靠地排除其为恶性肿瘤的可能，因此应当进行组织学检查。

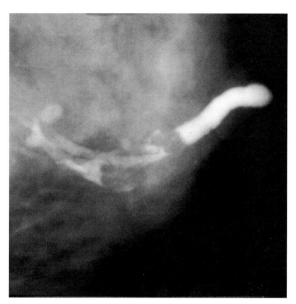

图8.1　孤立性乳头状瘤。
乳腺导管造影术显示乳头后导管内对比剂流出。

 磁共振乳腺成像：乳头状瘤

T 1 加权序列（平扫）

小的孤立性导管内乳头状瘤：
通常在平扫图像中检测不到。

大的孤立性导管内乳头状瘤（＞1cm）：
与实质信号强度相同的圆形或椭圆形病变。

周围性导管内乳头状瘤：
通常在平扫图像中检查不出来。

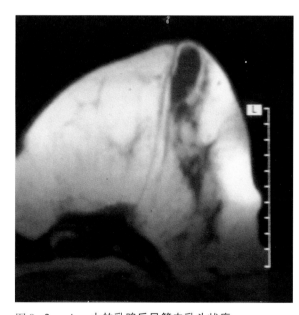

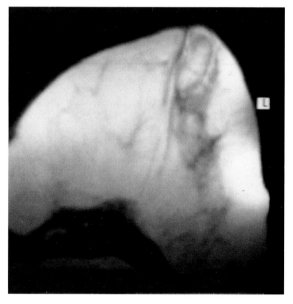

图8.2a，b　大的乳腺后导管内乳头状瘤。
a T1加权序列中大小约2cm×3cm的椭圆形病变，与乳
　腺实质的信号强度相同。

b 注射对比剂之后的第2次测量显示病变内呈明显不均
　匀性信号增强，注意乳腺实质也呈对比增强。
　组织学：孤立性导管内乳头状瘤。

磁共振乳腺成像：乳头状瘤

T 1 加权序列（对比增强后）

依据乳头状瘤大小的不同而表现为均匀性或不均匀性对比增强的圆形或椭圆形病变。在大多数病例中，肿瘤的边界清楚，初始期的对比增强比周围实质更明显，在整个检查过程中，初始期后信号持续升高，有时候出现初始期后平台期，通常无流出现象。

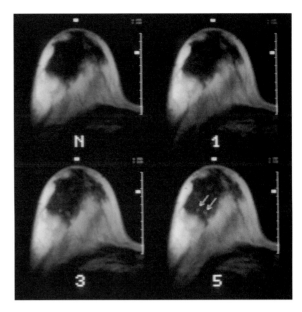

图8.3　周围性导管内乳头状瘤。
动态检查显示右侧乳腺中央部位的 2 个小病灶持续对比增强（箭头所指）。
组织学（由于对另一位置的乳腺癌进行手术）：导管内乳头状瘤。

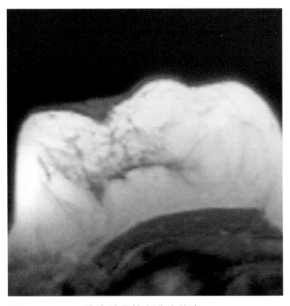

图8.4a，b　乳头后导管内乳头状瘤。
a T1 加权平扫中没有检测到等信号病变。

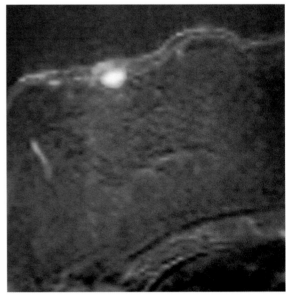

b 注射对比剂后减影图像内显示乳头后区域椭圆形、境界清楚的病灶。
组织学：导管内乳头状瘤。

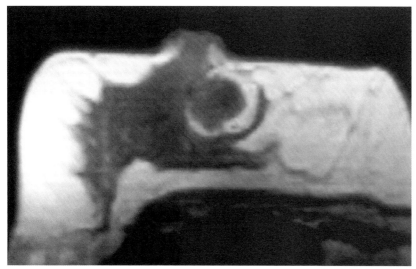

图8.5a-d　导管内乳头状瘤。
a T1加权平扫图像示病灶边界
　清楚，其内的囊性结构含有
　液体信号。

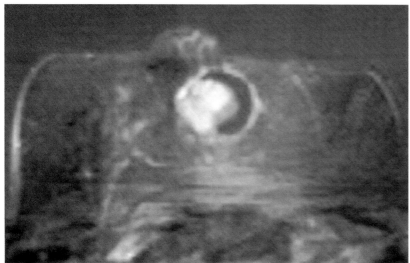

b 注射对比剂后的减影图像显
　示病灶和囊壁的不均匀性强
　化。

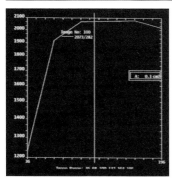

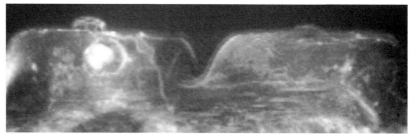

d 最大密度投影图像。
　组织学：出血性囊肿内的2.5cm大小导管内乳头状瘤。

c 信号分析曲线显示初始期信号
　上升70%，且初始期后出现平
　台期。

腺瘤

　　乳腺腺瘤（图8.6和8.7）由具有稀疏基质成分的良性上皮成分组成，这些特征使之与纤维腺瘤区分开来。腺瘤通常分为两大组：**管状腺瘤**和**泌乳腺瘤**。管状腺瘤以边界清楚的肿瘤形式出现在年轻女性身上，它由小管状结构增生组成，通过一层假包膜而与邻近乳腺组织分离开。泌乳腺瘤出现于妊娠或是产后期间，它由具有分泌功能的腺体构成。

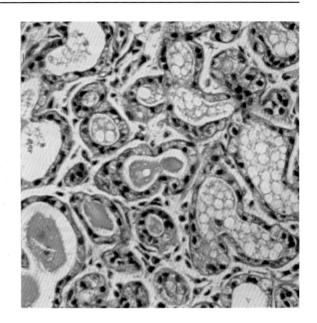

一般资料

发病率：	很罕见的乳腺良性肿瘤。
高发年龄：	尤其好发于年轻女性。
恶变风险：	尚无经证实的数据。
多灶性：	极罕见。

表现

临床：	边界清楚的、可活动的、无痛性肿块。
乳腺成像：	边界清楚的、均匀高密度性病变（圆形、椭圆形或分叶状），可能出现晕轮征。
	偶尔出现巨块状钙化，比在纤维腺瘤中出现的可能性低。
超声波检查：	边界清楚的、内部回声均匀的椭圆形病灶。
	后部回声呈中至高度增强，病变两侧可能伴有侧方声影。
	病变无耐压性，或仅有轻微的耐压性。

临床意义

　　乳腺腺瘤在各种成像技术中都显示出与纤维腺瘤相似的特征。如果不能确定病情，则需要进行进一步诊断性程序来排除恶性肿瘤可能（例如经皮穿刺活检）。

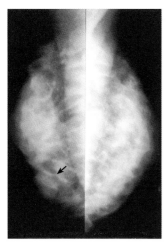

图 8.6　腺瘤。乳腺摄影术显示实质密度致密，右侧乳腺皮肤附近可见边界清楚的，呈椭圆形，密度均匀的病灶（箭头所指）。

磁共振乳腺成像：腺瘤

T 1 加权序列（平扫）

边界清楚的圆形病变，其信号强度与乳腺实质相比呈相等或稍高。

T2 加权序列

大多数情况下信号呈高信号（与黏液状纤维腺瘤信号强度相比）。

T 1 加权序列（增强后）

病灶呈圆形或椭圆形，边界清楚，通常为均匀性强化，无环状增强。大多数情况下表现为初始期强烈对比增强（有时是信号升高百分之几百），并伴随有初始期后持续信号增强或出现平台期。

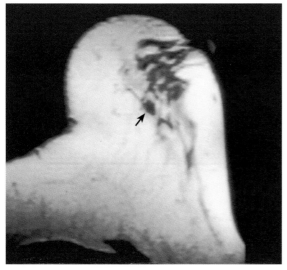

a

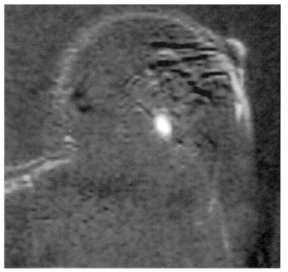

b

图 8.7a-c　腺瘤。

a　平扫 T1 加权像，椭圆形病变呈低信号（箭头所指）。

b　病灶均匀摄取对比剂，边界清楚。

c　中度的初始期对比增强，伴随初始期后持续性信号升高。

组织学：乳腺管状腺瘤。

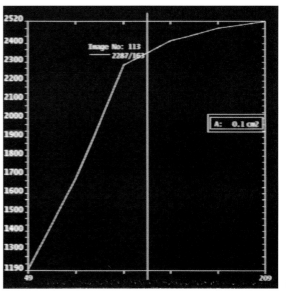

c

纤维腺瘤

纤维腺瘤（图8.8）是混合性纤维上皮肿瘤。根据基质和上皮成分在肿瘤内部的分布，分为管内型纤维腺瘤和管周型纤维腺瘤。临床上没有必要区分这两种类型。对于年轻女性，纤维腺瘤一般含有高比例的上皮组织成分。随着年龄增长，尤其对于绝经后女性，这些肿瘤的纤维成分占主导地位，并可见透明变性和钙化（图8.14-15，图8.18）。

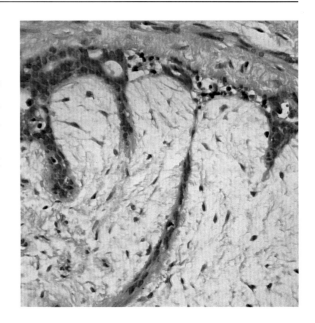

一般资料

发病率：	最常见的良性乳腺肿瘤（所有女性中约有10%出现）。
高发年龄：	所有年龄段，高峰年龄为20～50岁。
恶变风险：	很低。
多灶性：	10%~15%。

表现

临床：	边界清楚的、可活动的、无痛性肿块。
乳腺成像：	边界清楚的、密度均匀的病灶（圆形，椭圆形，或分叶状），可能出现晕轮征。
	肿瘤内出现爆玉米花状巨块钙化（>2mm）。
	空洞：肿瘤内或肿瘤周围多形性微钙化（鉴别诊断：癌）。
超声波检查：	边界清楚的椭圆形病变，内部结构回声均匀。
	后部声影呈中至高度增强，病变两侧可能伴有声影。
	巨块状钙化可能会导致后部回声完全消失。
	病变耐压性：根据组织学结构，病变具有轻微至较好的耐压性。

临床意义

必须将纤维腺瘤同边界清楚的恶性肿瘤区分开来，尤其是对年长女性。如果不能确定病情，则需要进行进一步诊断性程序来排除恶性肿瘤可能（例如经皮穿刺活检）。

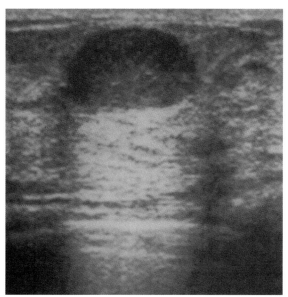

磁共振乳腺成像：纤维腺瘤

T 1 加权序列（平扫）

病变呈边界清楚的圆形、椭圆形或分叶状，与乳腺实质信号相比，信号相等或稍低。如果病灶位于乳腺实质内，则很难或不可能检测到病灶（图8.9）。若位于脂肪组织内，病变就相对明显多了（图8.10）。极少数病例中会出现大量钙化导致的肿瘤内信号降低。（图5.1c）。

图8.8　纤维腺瘤。
超声显示病变边界清楚、呈椭圆形，其内部结构回声均匀且病变两侧的后方声影呈窄带状。

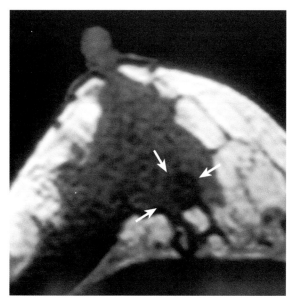

图8.9　实质内纤维腺瘤。
T1加权平扫图像内，由于与周围乳腺实质相比，纤维腺瘤的信号强度稍低而导致病变难以检测到（箭头所指）。

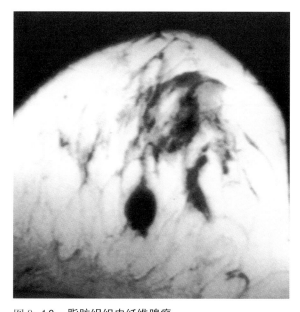

图8.10　脂肪组织内纤维腺瘤。
T1加权平扫图像内，椭圆形的纤维腺瘤位于周围为脂肪组织信号中，其边界界限清晰。

磁共振乳腺成像：纤维腺瘤

T2加权序列

信号表现决定于纤维腺瘤的组织成分：上皮组织成分占的比例高时（较常见于年轻女性），其信号通常呈高信号，使得其难以与囊肿相区分开（图8.11）。有时可

以看到肿瘤内出现与纤维肿瘤成分相关的分隔（注意：选择宽的窗宽是很重要的一点！）。

当肿瘤的大部分是纤维性成分时（较常见于年龄较大的女性），由于与周围实质相比，其信号强度相同或稍低，因此通常检测不到纤维腺瘤（图8.12）。

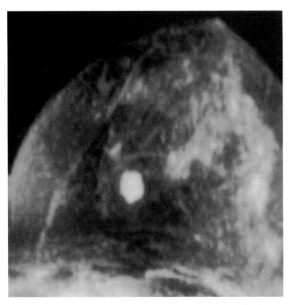

图8.11a，b　上皮成分所占比例较高的纤维腺瘤。
a　减影图像显示病灶血管丰富。

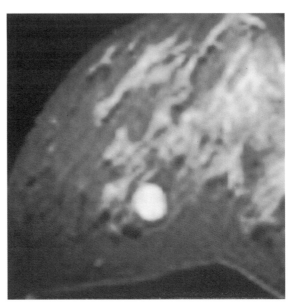

b　T2加权图像显示病灶呈高信号。
组织学：黏液样纤维腺瘤。

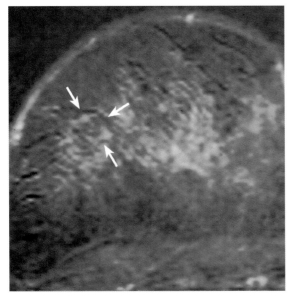

图8.12a，b　纤维性成分多的纤维腺瘤。
a　减影图像显示病灶呈富血管灶（箭头所指）。

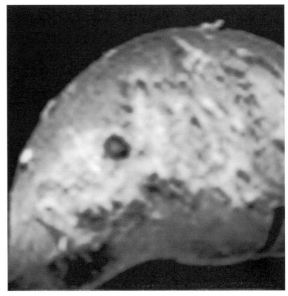

b　T2加权图像显示病变主要呈等信号。
超声检查数年，病灶无变化。

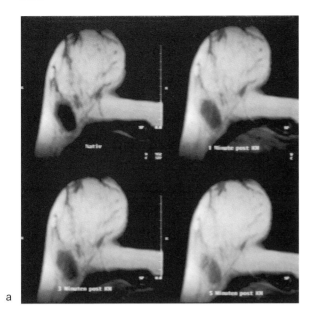

a

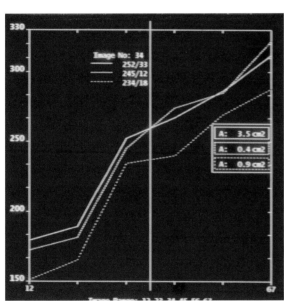

b

 磁共振乳腺成像：纤维腺瘤

T1 加权序列（增强后）

　　纤维腺瘤在注射对比剂后的信号变化决定于肿瘤的组织学成分。

　　上皮组织成分多的肿瘤（较常见于年轻女性）表现为显著的对比增强。初始期呈强烈对比增强（信号强度可以达到对比平扫信号的几倍），有时候比许多恶性肿瘤的信号还要高。初始期后信号通常表现为持续升高或呈平台状。极少出现流出现象（在我们的实验中不到受试者的1％）。轻微摄取对比剂的肿瘤内分隔代表线状排列的纤维性肿瘤部分（见图8.17）。在极少数的病例中，未强化的周围边界被当作假包膜分界（相当于MR晕轮征）（见图8.16）。

　　纤维性组织成分含量高的肿瘤（较常见于年长女性）（图8.13）显示不摄取或少量摄取对比剂。在进行乳腺MR成像的过程中，相应地表现为在注射对比剂后，肿瘤不出现或出现轻微的对比增强，初始期后呈没有或持续性信号升高，通常可以毫无疑问地将其同乳腺癌区分开来。

图8.13a，b　血管生成较少的纤维腺瘤。

a　右侧乳腺外上象限内脂肪组织内的椭圆形病灶，动态检查过程中病变摄取对比剂非常缓慢，图示为注射对比剂之前及注射对比剂之后1、3、5min的动态图像。

b　信号曲线分析显示初始期呈轻微的对比增强（＜50％），和初始期后持续性的信号增强（几个兴趣区内）。

组织学：纤维腺瘤。

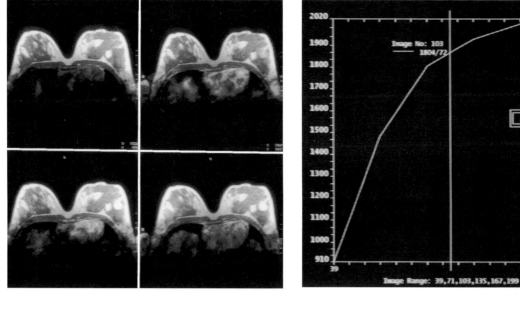

a

b

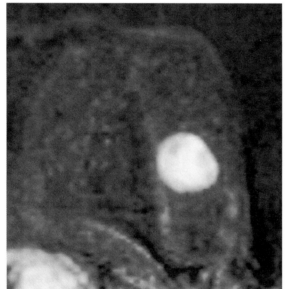

c

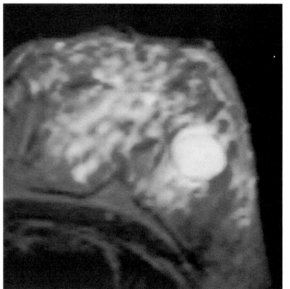

d

图8.14a-d　中度血管生成的纤维腺瘤。
病变位于左侧乳腺外上象限内。

a　图片显示病灶在注射对比剂后呈持续性的对比增强，
　　注射对比剂之前及注射对比剂之后1、3、5min的动态
　　图像。

b　初始期对比增强刚刚低于100%，且呈持续性的初始期
　　后信号增强。

c　减影图像显示病变为圆形，边界清楚，呈非均匀性对
　　比增强。

d　T2加权图像显示病灶为高信号。
　　组织学：纤维腺瘤。

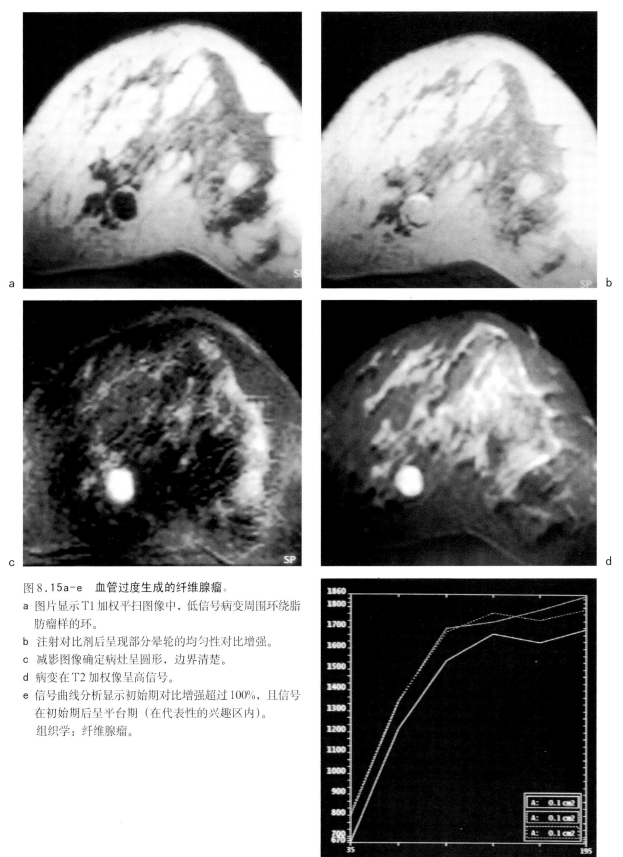

图8.15a-e　血管过度生成的纤维腺瘤。

a　图片显示T1加权平扫图像中，低信号病变周围环绕脂
　　肪瘤样的环。

b　注射对比剂后呈现部分晕轮的均匀性对比增强。

c　减影图像确定病灶呈圆形，边界清楚。

d　病变在T2加权像呈高信号。

e　信号曲线分析显示初始期对比增强超过100%，且信号
　　在初始期后呈平台期（在代表性的兴趣区内）。

　　组织学：纤维腺瘤。

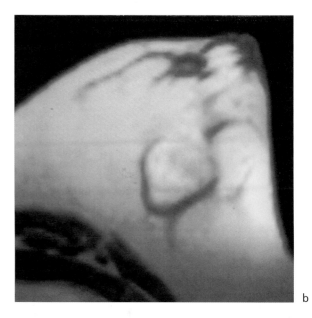

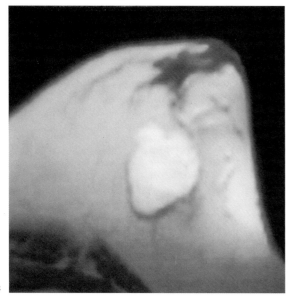

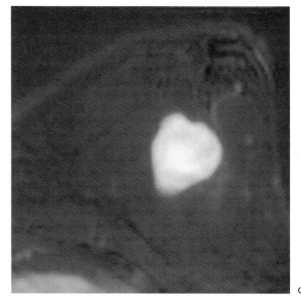

图8.16a-d 出现晕轮征的富血管的纤维腺瘤。

a T1加权平扫图像显示病变为脂肪组织内的椭圆形低信
号。

b 注射对比剂后2min，病灶表现为无对比增强的非均
匀性对比剂摄取及半圆形边界（部分晕轮征）。

c 注射对比剂后5min，病灶内呈持续性信号升高，而
边界持续不强化。

d 病变在减影图像内的表现（对比增强后第2次测量减
去平扫的测量）。
　边界无信号与组织学结构相关：纤维腺瘤边界区域的
纤维条纹。

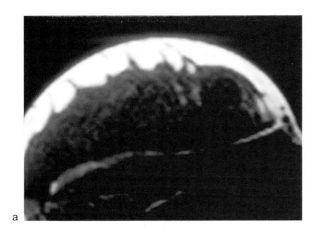
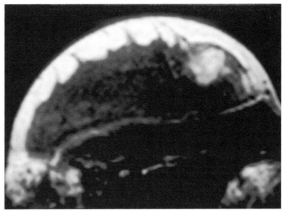

a

b

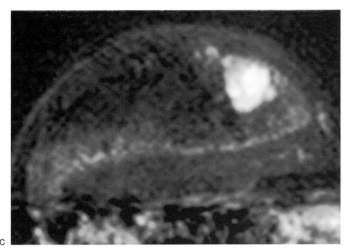
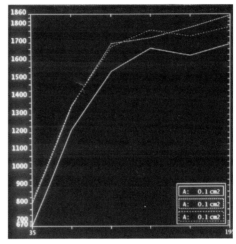

c

d

图8.17a-d　具有肿瘤内分隔的纤维腺瘤。

a　T1加权平扫图像显示与周围实质相比呈低信号的不连续的圆形病灶。

b　注射对比剂后的首次测量显示病变内呈显著强化，随后表现为分叶状，以及乏血管分隔的边界。

c　减影图像确定病变呈分叶状及肿瘤内分隔。

d　运用几个具有代表性的兴趣区信号曲线分析显示初始期强烈对比增强超过100%，并且初始期后信号呈持续性升高即平台期。

　　组织学：纤维腺瘤。

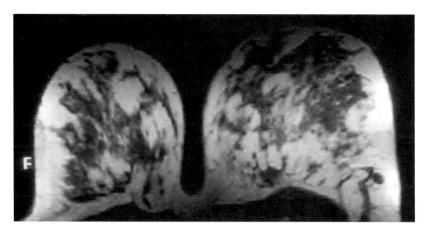

图8.18a-d　富血管小纤维腺瘤。

a　显示左侧乳腺外部脂肪组织内的圆形低信号病变的T1加权图像。

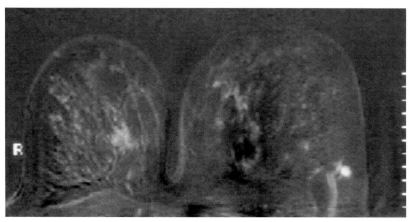

b　注射对比剂后病灶内呈均匀性对比增强。

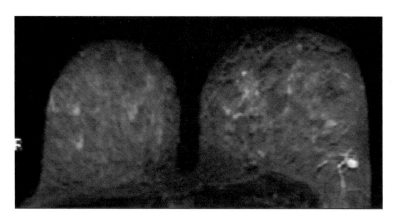

c　T2加权图像显示病灶呈高信号。

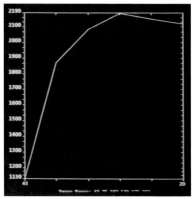

d　信号曲线分析显示病灶表现为在初始期中度对比增强后，伴随出现初始期后平台期。
组织学：纤维腺瘤。

纤维腺瘤的亚型

　　除了常见纤维腺瘤的成人分型外，还存在以下亚型：

　　青少年型纤维腺瘤是指出现在青少年期即青春期的生长迅速的病变（图8.19），此型纤维腺瘤约占所有纤维腺瘤的0.5%～2%。

　　巨型纤维腺瘤是指直径大于5cm的巨大病变，巨型纤维腺瘤是在妊娠和哺乳期间发病率比较高的疾病。

 磁共振乳腺成像：纤维腺瘤亚型

T 1 加权序列（平扫）

　　病变呈圆形、椭圆、或分叶状，与实质信号相比，呈等信号或稍低信号。

T2 加权序列

　　典型表现是高信号改变。

T 1 加权序列（增强后）

　　与上皮组织含量很高的纤维腺瘤的信号相比，病灶呈显著对比增强，与周围组织之间分界清晰。

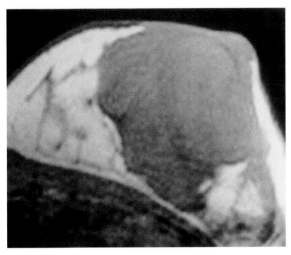

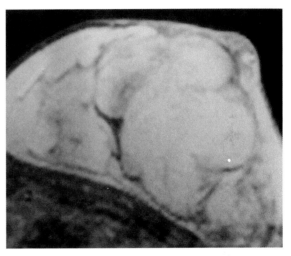

图8.19a，b　青少年型（巨型）纤维腺瘤。
a T1加权平扫图像不能将肿瘤实体和正常乳腺实质区别开。

b 具有肿瘤内分隔的边界清楚的肿瘤内呈显著对比增强（注射对比剂后的第2次测量）。因整容而行外科手术的指征。
组织学：纤维腺瘤。

良性叶状肿瘤

（又称为叶状纤维腺瘤）

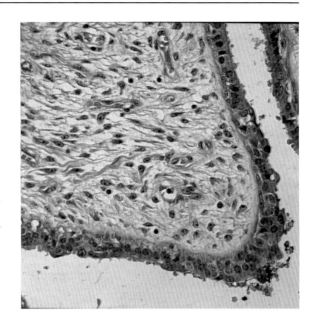

叶状肿瘤是一种很有特征性的乳腺纤维上皮肿瘤，与身体的其他任何器官没有相似之处（图8.20和8.21）。该肿瘤良性形式的特征是其与纤维腺瘤的结构相同，并且有丝分裂活动少（放大400倍，0~4次有丝分裂／10个视野[高倍视野：HPF]），无核异型，且见周围组织被肿瘤的生长形式所取代。肿瘤基质可以显示出与纤维化、脂质、黏液和肌肉组织的不同。此外，肿瘤常出现出血和溃疡的征象。

一般资料

发病率：	占所有乳腺肿瘤的0.3%。
高发年龄：	30~50岁。
恶变风险：	无风险增加。注意：局部复发率可高达约30%。

表现

临床：	生长迅速，光滑或结节状肿块，直径可达10cm或更大。皮肤随肿瘤增大而变化（变薄和／或呈青紫色）
乳腺成像：	均质性，圆形，椭圆形，或分叶状的肿瘤（类似于纤维腺瘤）。有时由于周围组织的压迫出现晕轮征。极少出现细微钙化或巨块状钙化。
超声波检查：	边界清楚，圆形或分叶状的病变，后方回声增强。囊性内容物呈诊断相关性。

临床意义

有时对叶状肿瘤和纤维腺瘤进行鉴别诊断是相当困难的，生长迅速和囊性内容物方面的信息可提示为叶状肿瘤。

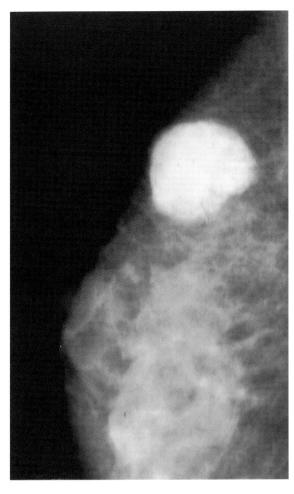

 磁共振乳腺成像：良性叶状肿瘤

T1 加权序列（平扫）

无假包膜分界的边界清楚的病变。信号强度与乳腺实质的相同。偶尔可见病灶圆形内容物呈比囊变或坏死相应的ＭＲ信号强度较低的信号。

T2 加权序列

边界清楚的病变，信号强度与实质信号强度相同或较高，偶尔可见病灶圆形内容物呈比囊变或坏死相应的ＭＲ信号强度稍高的信号。

T1 加权序列（增强后）

肿瘤固体部分呈显著对比增强。囊变或坏死区域，随检查时间的延长，其界限越来越清楚。通常，初始期对比增强１００％或更高，初始期后信号通常表现为持续性升高或呈平台期。如果不能对液性内容物成分进行区别的话，就不能将其同上皮组织含量很高的纤维腺瘤区分开来，磁共振乳腺成像不能将这一良性病变和恶性叶状肿瘤或交界叶状肿瘤区别开。

◁ 图8.20　**良性叶状肿瘤。**
乳腺Ｘ线摄影显示病灶呈边界清楚的分叶状大肿块，呈均匀高密度。

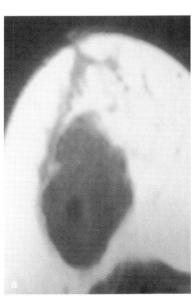 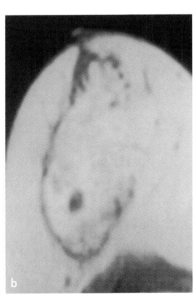 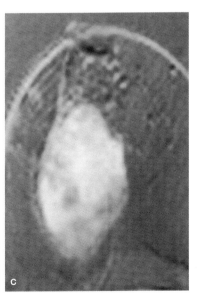

图8.21a-c　**良性叶状肿瘤。**
a T1加权平扫显示病变呈椭圆形，边界清楚，周围被脂肪组织所包绕。
b 注射对比剂后表现为显著对比增强而与囊性内容物分
界清晰，肿瘤边缘部分无对比增强。
c 病变的减影图像。
组织学：右侧乳腺良性叶状肿瘤。

脂肪瘤

乳腺脂肪瘤由内含成熟脂肪细胞的囊性包裹状结节组成（图8.22和8.23）。这些罕见病必须同肉眼可见的混合有脂肪组织的肿瘤区分开来。

乳腺内脂肪瘤可以同乳腺外脂肪瘤鉴别开来（图8.24）。

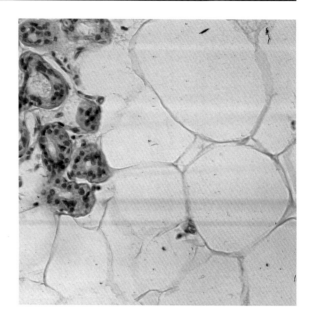

一般资料

发 病 率：	极罕见。
高发年龄：	所有年龄阶段。
恶变风险：	无风险增加。

表现

临 床：	常呈隐匿性。 偶尔为柔软的可活动性肿块，硬质肿块更为罕见。
乳腺摄影术 （可选择的方法）：	边界清楚的、全部或部分包裹的可透 X 线的肿瘤。
超声波检查：	只有在肿瘤长大后才可以见到低回声或高回声病变。

临床意义

乳腺脂肪瘤很罕见，通常为临床隐匿性病变，在乳腺摄影术中，脂肪瘤一般为一侧乳腺中呈单发性的。乳腺 X 线摄影术中的表现具有特异病征性，因此不需要再进行进一步的诊断性检查。

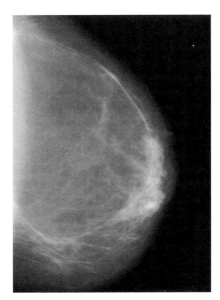

图8.22　乳腺脂肪瘤。
乳腺摄影术显示可透X线的边界清楚的囊性病变，周围
实质结构受推移。

 磁共振乳腺成像：脂肪瘤

T1加权序列（平扫）
　　病变呈边界清楚的高信号（与脂肪信
号相同），可能为囊状低信号，壁薄。其内
部全部为脂肪结构。

T2加权序列
　　病变边界清楚，信号强度与皮下脂肪
的信号相同。

T1加权序列（对比增强）
　　无对比增强。

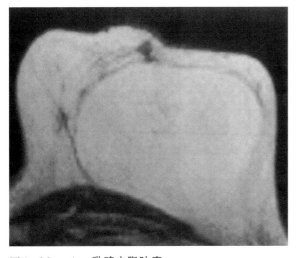

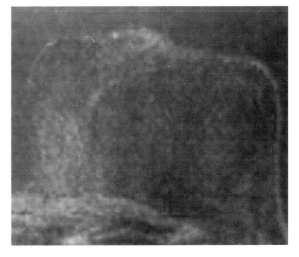

图8.23a，b　乳腺内脂肪瘤。
a T1加权平扫图像显示信号强度与脂肪信号相同的巨大
病灶，周围为低信号的包膜。

b 减影图像显示无对比增强。
无组织学检查。

图8.24　乳腺外脂肪瘤。
T1加权平扫序列显示胸部肌群
内纺锤形、边界清楚的肿瘤，其
信号强度与脂肪信号相同。
无组织学检查。

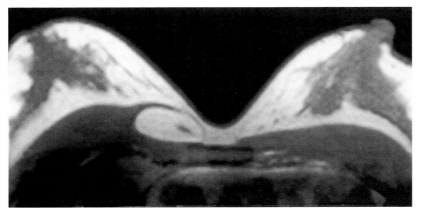

纤维囊性乳腺病变

　　乳腺的纤维囊性变化，原来是指乳腺结构不良，用来描述乳腺内激素依赖的间充质细胞和上皮结构。纤维囊性变化环绕在异常的非均质组织周围，这些异常的非均质组织可能单独出现，也可能一起出现。这些在形态学上不同程度地表现出来的组织，组成囊肿、小叶性增生、腺病、导管和腺泡增生（乳头状瘤病或上皮增生）、间质纤维化（图8.25）。据推测，发生这种变化的原因是激素分泌不平衡。Dupont和Page将纤维囊性乳腺组织分为三级（表8.1）。

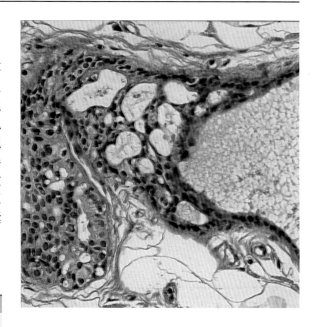

表8.1　纤维囊性乳腺变化的三级分类
（Dupont和Page1）

分　级	组织学分类	罹患乳腺癌风险
I（~70%）	非增生性病变	无增加
II（~25%）	不伴非典型性 增生病变	因子2导致增加
III（~5%）	伴有非典型性 增生病变	因子4~5导致 增加

[1] Dupont和Page，1985；Page等，1985。

一般资料

发病率：　　　　　约占所有女性的50%。
高发年龄：　　　　40~60岁。

表现

临床：　　　　　变化多样（从没有肿块到大小不等的可触摸肿块及乳腺硬度呈弥漫性的增加）。
　　　　　　　　大多数病例中呈对称性表现。
　　　　　　　　随月经周期而波动。

乳腺摄影术：　　病灶通常为弥漫性，罕见局限性的高密度组织。
　　　　　　　　大多数病例呈对称性表现。

超声波检查：　　巨块钙化和细微钙化（有时很难区分良性和恶性病变）。
　　　　　　　　增强的高回声组织。
　　　　　　　　多发小管状高回声图像（扩大了的导管结构），常见多发无回声病灶，病灶后方／末端回声增强（囊肿）。
　　　　　　　　大多数病例中呈对称性表现。

临床意义

　　　　成像技术不能明确区分出不同类型的纤维囊性变化。因此，不可能用这些方法精确评估出女性患乳腺癌的风险。

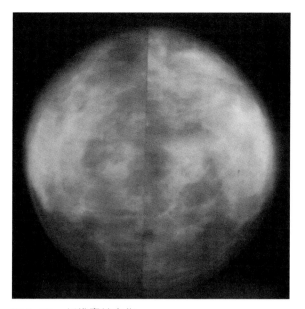

图 8.25　纤维囊性变化。
乳腺 X 线摄影显示在发生乳腺增生性改变的妇女中，其乳腺组织的密度极其致密。

 磁共振乳腺成像：纤维囊性变化

T1 加权序列（平扫）（图 8.26）

乳腺实质显示出与乳腺内脂肪组织信号相比为低的信号，可见多少不等的脂肪组织散布在其中。通常可见大小不等的低信号病灶，显示其为囊性成分。

T2 加权序列（图 8.27）

带有纤维囊性变化的乳腺实质通常表现为信号强度弥漫性升高（尤其是在月经的后半周期内，并且正在进行激素替代疗法时）。出现囊性成分时，可以看到各种大小不等的高信号病灶。

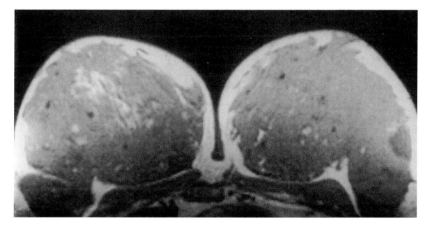

图 8.26　T1 加权图像内的纤维囊性变化。
梯度回波序列 T1 加权平扫。伴有纤维囊性改变的乳腺实质与大量脂肪组织相比呈较低的信号，乳腺实质内见少许脂肪浸润，可见数个低信号囊肿。
组织学：纤维囊性伴上皮增生。

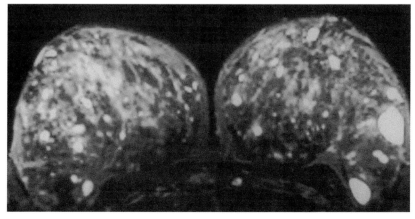

图 8.27　T2 加权图像内的纤维囊性变化。
T2 加权反转恢复序列。伴有纤维囊性变化的乳腺实质呈高信号表现，纤维囊性变化表现为大量大小不等的高信号囊肿。
组织学：纤维囊性伴上皮增生。

磁共振乳腺成像：纤维囊性变化

T1 加权序列（增强后）

注射对比剂后，信号增强区域常呈对称性分布（斑片状，斑片状－弥漫性混合，弥漫性）（图8.30－8.32）。在整个检查过程中，代表性的兴趣区内信号呈持续性上升。对比剂吸收与腺病程度有关，而与乳腺增生程度无关（图8.28和8.29）。因此不能使用磁共振乳腺成像来评估纤维囊性变化亦即向恶性变化的风险程度（Fischer，1994；Sittek，1996）。月经周期第1周和第4周可见摄取对比剂量增加（Kuhl，1996），大约1/3的接受激素替代疗法病例中可见摄取对比剂量增加。

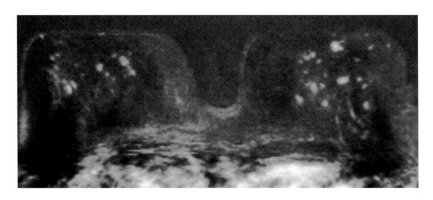

图8.28和8.29 对比剂的摄取和腺病程度之间的关系。2例组织学证实为纤维囊性变化的图像对比。

图8.28 低级别的局灶性腺病，在磁共振乳腺成像中表现为轻微的、斑片状对比增强。MIP图像。

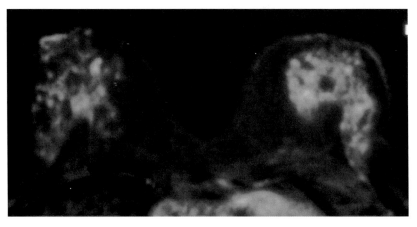

图8.29 经组织学证实的腺病范围广泛的患者乳腺内部呈显著对比增强。最大密度投影图像。

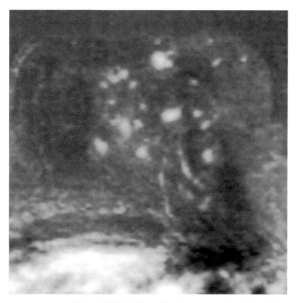

图8.30　伴有纤维囊性变化的患者，在磁共振乳腺成像中的对比增强区域呈斑片状分布。
减影图像。

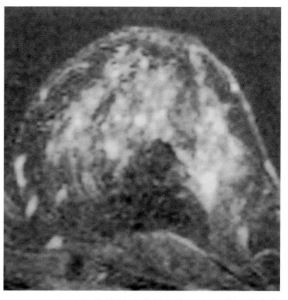

图8.31　伴有纤维囊性变化的患者，在磁共振乳腺成像中的对比增强区域呈斑片状－弥漫性混合性分布。
减影图像。

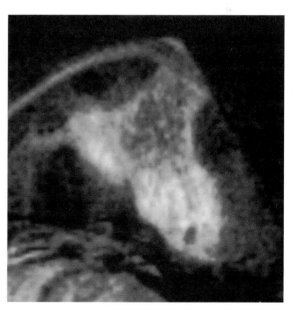

图8.32　伴有纤维囊性变化的患者，在磁共振乳腺成像中的对比增强区域呈弥漫性分布。
减影图像。

腺病
（又称为乳腺腺病）

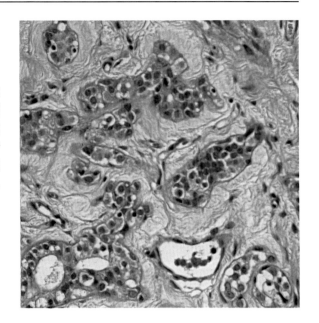

腺病这一术语用于描述小导管和腺泡结构的不同程度的串珠状增生，合并小叶结缔组织增加。乳腺腺病可分为以下几类：硬化性腺病（图8.33，8.35 和 8.36），微囊性腺病（即所谓盲管乳腺病，图 8.34），以及不常见病变如小腺性腺病和放射状瘢痕（又称为为放射状硬化性腺病，此病将在 83 页单独进行讨论）。

一般资料

发病率：	常见良性病变。
高发年龄：	所有年龄阶段。
恶变风险：	低（硬化性腺病因子 2）。

表现

临床：	只有在腺病范围广泛时才可触摸到肿块。
乳腺成像：	常表现为圆形、小叶内微钙化或钙乳。
超声波检查：	通常无特殊表现。
	乳腺组织内偶见结节状低回声区。

临床意义

偶尔很难对产生细微钙化的过程进行确定性鉴别。

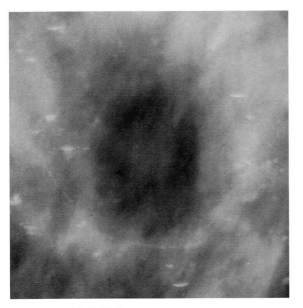

图8.33　硬化性腺病。
对组织学证实为硬化性腺病患者的乳腺进行放大乳腺摄影，其表现为串珠状、圆形和微钙化沉着（钙乳）。

 磁共振乳腺成像：腺病

T 1 加权序列（平扫）
实质内无异常表现。

T2 加权序列
实质内无异常表现。

T 1 加权序列（增强后）
一般而言，腺病的局灶区域内对对比剂摄取明显，从而表现出特征性的恶性改变。因此，由此有可能将腺病和癌区分开，偶尔难以将分支状强化与导管内肿瘤区分开来。伴或不伴腺病的纤维囊性变化和摄取对比剂的量之间具有相关关系，但是对比增强和上皮增生程度之间没有相关性（Sittek 等，1996）。

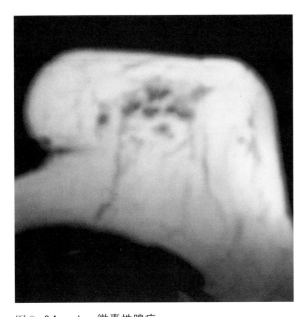

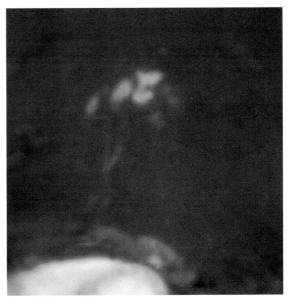

图8.34a，b　微囊性腺病。
a T1 加权平扫图像显示乳腺表现正常，乳腺实质呈斑点状分布，周围由脂肪组织围绕。

b 注射对比剂后，腺病区域内出现明显对比增强（减影图像）。
组织学：微囊性腺病。

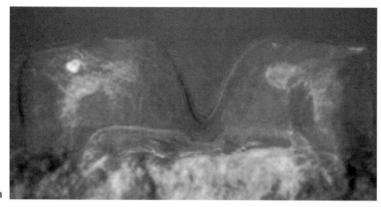

图8.35a，b　硬化性腺病。
动态磁共振乳腺成像中的假阳性表现。

a 双侧乳腺的减影图像，显示右侧乳头后方区域富血管的、边界清楚的病变。

b 对信号进行分析显示初始信号强烈升高，超过100%，并出现初始期后平台期，磁共振乳腺成像定位后进行开放性组织活检。
　组织学：局部区域的硬化性腺病。

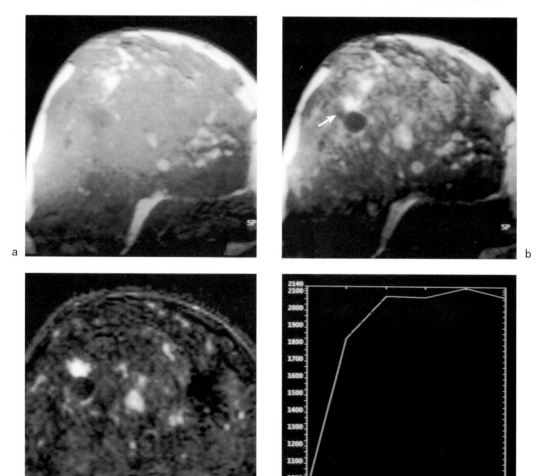

图8.36a-d　硬化性腺病。
a T1加权平扫图像显示少许低信号囊肿。
b 注射对比剂后呈斑片状强化。一囊肿的前方摄取对比剂的星状区域（箭头所指）。

c 减影图像将该病变勾画得更清晰。
d 初始期信号强烈升高，并出现初始期后平台期，磁共振乳腺成像定位后进行开放性组织活检。
　组织学：局灶性硬化性腺病。

单纯性囊肿

囊肿内充满液体，呈圆形或椭圆形结构，大小不一，从显微镜下可视到可触摸得到的非常明显的肿块。组织病理学显示的囊肿内壁上皮组织通常包含两层：内层上皮层和外层肌上皮层。有时出现细微的囊内分隔。囊肿在数量上可能是单发或者多发，并可出现纤维囊性变化的典型成分（图8.37-8.41）。

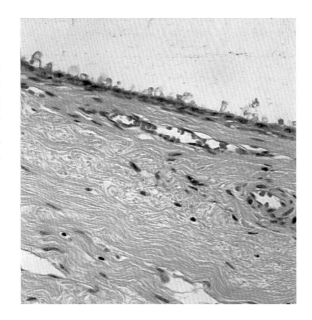

表现

临床：　　　　　小囊肿：通常为隐匿性的。
　　　　　　　　大囊肿：有弹性、边界清楚且具有活动性的可触及肿块，有时疼痛明显。

乳腺摄影术：　　小囊肿：通常为隐匿性的。
　　　　　　　　大囊肿：边界清楚、质地均匀的圆形病变。可能出现晕轮征。

超声波检查　　　可检测到直径1mm以上（包括1mm）的小囊肿。
（可选择的方法之一）：病变呈圆形到椭圆形的无回声表现，边界光滑，后方声影增强。

临床意义

大囊肿会导致乳腺疼痛（乳腺痛）和囊性结节，因此与临床相关。这种情况出现时，可以进行经皮抽吸来缓解症状，偶然可以看见不对称性小囊肿。

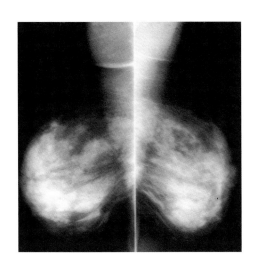

图8.37　纤维囊性变化伴大囊肿形成。
乳腺X线摄影术显示双侧乳腺内见多个圆形密度影。

磁共振乳腺成像：单纯性囊肿

T1 加权序列（平扫）

边界清楚的低信号病变，其内无可辨认的结构为囊肿壁。囊肿与周围脂肪组织分界清楚。

T2 加权序列

边界清楚的、内部结构均匀的高信号病变。能否检测到直径约 2 mm 以上的囊肿取决于矩阵和视野。

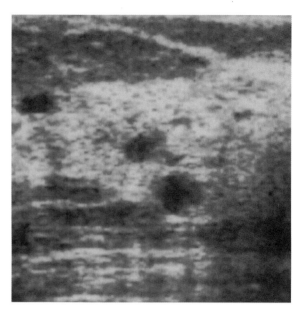

图 8.38　纤维囊性疾病。
超声检查显示小囊肿后方的声影增强。

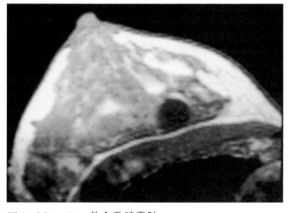

图 8.39a，b　单个乳腺囊肿。
a　梯度回波 T1 加权平扫序列显示边缘清楚的低信号病灶，病灶与周围结构界限清晰。

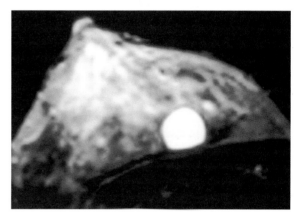

b　在反转恢复序列中，边界清楚的乳腺囊肿显示为极高的信号。

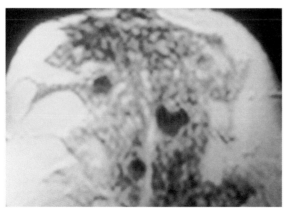

图 8.40a，b　多个乳腺囊肿。
a　梯度回波序列 T1 加权平扫，显示乳腺实质内的数个界限清晰的低信号病灶，脂肪组织分散于乳腺实质中。

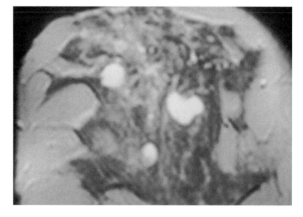

b　T2 加权图像中，囊肿显示为高信号。

磁共振乳腺成像：单纯性囊肿

T1 加权序列（平扫）

　　注射对比剂后，囊肿和周围脂肪组织信号强度之间的差别没有发生显著变化。实质内的囊性病变由于周围的乳腺组织摄取了对比剂而使其边界变得更清晰。单纯性乳腺囊肿不摄取对比剂。

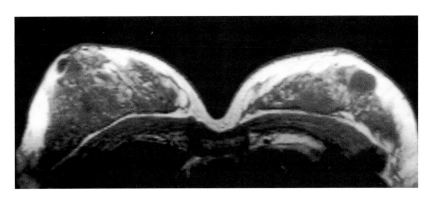

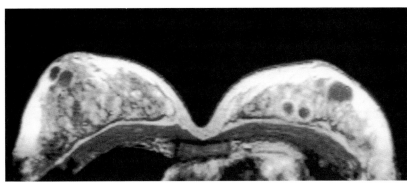

图 8.41a，b　位于乳腺实质内的乳腺囊肿。

a 梯度回波序列 T1 加权平扫显示乳腺实质内出现一些低信号病灶。

b 注射对比剂后，由于周围实质的对比增强，周围实质和出现的囊肿的分界变得更清晰。

复杂性囊肿

复杂性囊肿与单纯性囊肿的不同在于其囊肿腔内或囊肿壁内可以看到炎性的（图8.45，8.46）、出血（图8.43，8.44）或新生物形成（图8.42）的变化。

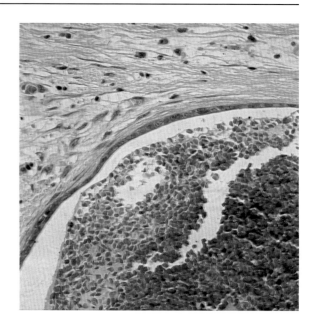

表现

临 床：	小囊肿：通常为隐匿性。
	大囊肿：表现为有弹性的、边界清楚的并具有活动性的可触及肿块。在极少数病例中，很难与恶性肿瘤相区分。
乳腺摄影术：	通常和单纯性囊肿的表现相同。
	（部分病例中）囊肿边界不清表明其为复杂性囊肿。
超声波检查 （选择方法之一）：	可能不能对囊肿成分进行评估（例外：膀胱充气造影）。 能明确显示部分或全部的囊肿壁异常，非典型性囊肿内容物，或表现为回波性结构的囊性肿瘤内的实体成分。

临床意义

复杂性囊肿的确诊通常需要经皮活检或开放性活检来进行进一步诊断性评估。

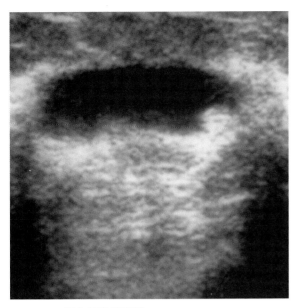

图8.42　复杂性乳腺囊肿。
超声波检查显示的圆形管腔内病变为囊性癌。

 磁共振乳腺成像：复杂性囊肿

T1加权序列（平扫）

　　病变呈边界清楚的低信号灶，其无可辨认的结构为囊肿壁。位于脂肪组织内的囊肿边界清楚，囊肿与乳腺实质之间的分界不清。与乳腺实质相比，出血性囊肿（巧克力囊肿）表现为高或等信号，或出现沉积征。

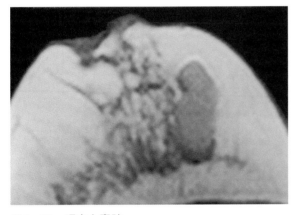

图8.43　巧克力囊肿。
梯度回波序列T1加权平扫图像，病变呈卵圆形，与乳腺实质相比，巧克力囊肿呈均匀高信号。

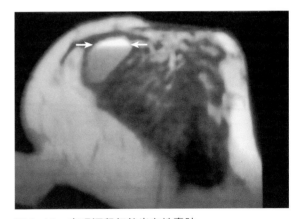

图8.44　出现沉积征的出血性囊肿。
梯度回波序列T1加权平扫图像显示的出现血液－液体沉积边界（箭头所指）的卵圆形病变，沉积的血液成分呈显著的高信号，与乳腺实质相比，液体呈中等高信号。（注意：患者取俯卧位！）

磁共振乳腺成像：复杂性囊肿

T1 加权序列（增强后）

感染：偶尔增厚的囊肿壁摄取的对比剂增加，而囊肿内的成分无强化。当囊肿数量很多时，进行重复性检查时常表现为发生强化的病变的分布是呈不断变化状的。

囊腔：在囊肿发生感染时看到的"环状强化"不是恶性征象，应当把它看作非恶性表现，因此最好称其为壁强化。

出血性囊肿：囊肿周围的组织偶尔出现轻微摄取对比剂是反应性充血的征象。

囊肿内实体性肿瘤：囊肿内的实体性肿瘤出现摄取对比剂的现象，常作为恶性可疑的标准。

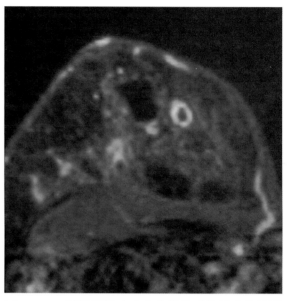

图8.45   纤维囊性疾病患者的伴感染性变化的囊肿。
显示感染性囊肿的壁强化及另一个囊壁部分强化的减影图像，图中还显示有几个无对比增强的囊肿。

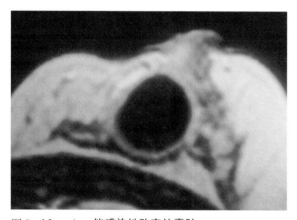

图8.46a，b   伴感染性改变的囊肿。
a 梯度回波序列 T1 加权图像，乳晕后的圆形囊肿，其囊壁增厚。

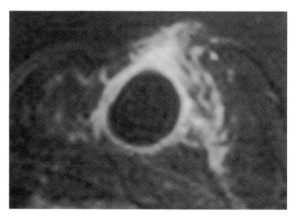

b 显示囊肿厚壁内及周围实质部分对比剂摄取明显的减影图像。
组织学：伴有周围硬化性腺病的感染性囊肿。

放射状瘢痕

（又称为硬化性乳头状增生、硬化性乳腺病、放射状硬化性病变）

放射状瘢痕这一术语指的是具有星状结构且其中央为包含有腺体成分的纤维弹性（回缩性的）内核的病变。伴有不同程度的上皮增生和乳头状瘤病的导管从该内核呈放射状发出（图8.47-8.50），通常可以在紧密相邻的末端看到极为类似的硬化性腺病及大汗腺样化生。

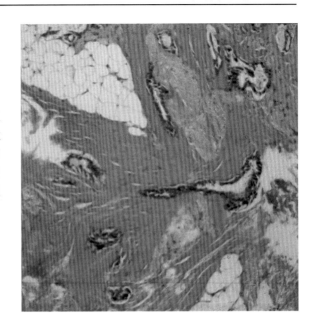

一般资料

发病率：　　　　　罕见（尚无经证实过的数据）。

高发年龄：　　　　所有年龄段。

恶变风险：　　　　向管状乳腺癌转化的过渡性阶段已作描述，研究证实其意义在于确定了其为癌前病变。

表现

临床：　　　　　　一般没有与之相关联的可触及肿块。
　　　　　　　　　通常是在乳腺摄影术或已切除乳腺组织中偶然发现的。
　　　　　　　　　多发性病灶已作描述。

乳腺摄影术：　　　呈伴有硬癌结构的软组织密度。
　　　　　　　　　典型表现直径<1cm（>1cm：复杂性硬化性病变）。

超声波检查：　　　偶尔表现为低回声星状病变。

临床意义

通常不可能将放射状瘢痕和硬癌鉴别开，局部切除可以作为治疗上的选择。

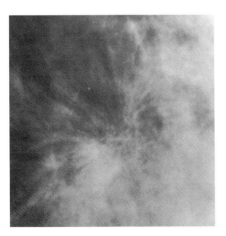

图8.47　放射状瘢痕
点压迫乳腺摄影术表现为呈典型的向中央回缩的星状结构。

磁共振乳腺成像：放射状瘢痕

T1 加权序列（平扫）

放射状瘢痕表现为信号强度与乳腺实质相同的星状病灶，因此，当星状病灶位于乳腺实质内时，很难或不可能将其与乳腺实质区别开来。放射状瘢痕在脂肪组织内则容易被检测出来。

T2 加权序列

无特异性表现。

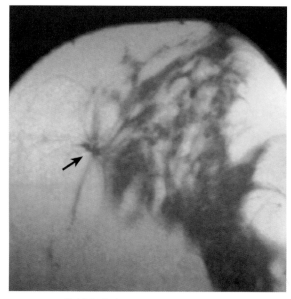

图 8.48   放射状瘢痕。
T1加权平扫图像，显示脂肪组织内星状、低信号病变（箭头所指）。
组织学：放射状瘢痕。

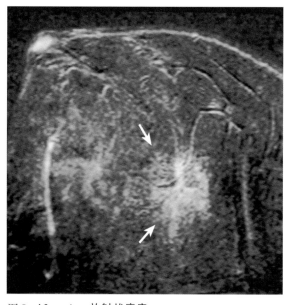

图 8.49a，b   放射状瘢痕。
a 显示的是位于右侧乳腺中央区域内的富血管区的减影图像，其部分边界呈星芒状。

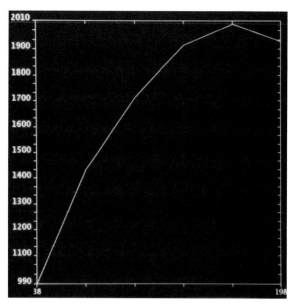

b 信号曲线表现为初始期中等对比增强，伴持续性初始期后增强。
组织学：放射状瘢痕。

磁共振乳腺成像：放射状瘢痕。

T 1 加权序列（增强后）

　　星芒状病变中对比剂的摄取由少量到中等，星芒状病变的信号强度曲线一般为非特异性的。对全部诊断标准进行考虑时，明显强化的星形改变通常应考虑为恶变可疑。

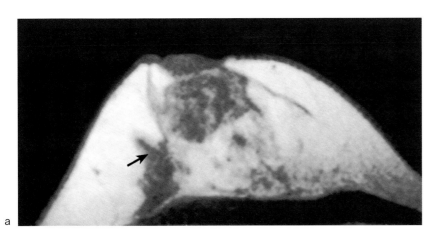

图8.50a-d　放射状瘢痕。

a 平扫图像显示星芒状结构呈明显散在状（箭头所指）。

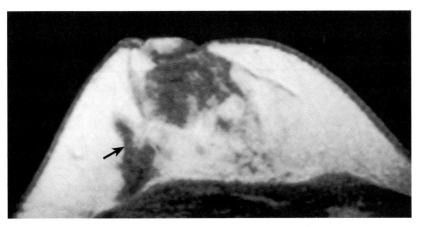

b 注射对比剂后呈显著增强。

c 放射状瘢痕在减影图像中更易于被检测到。

d 信号曲线表现为初始期中度对比增强，伴有初始期后平台期。

组织学（术前立体定位后）：放射状瘢痕。

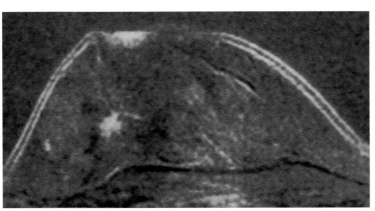

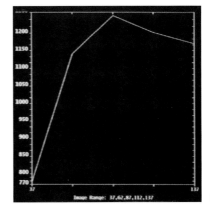

错构瘤

(形象性的称呼："乳腺中的乳腺"；Kronsbein 和 Bässler，1982)

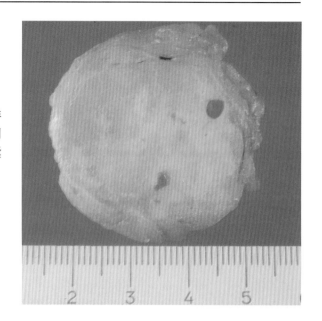

乳腺错构瘤是边界清楚的病变，具有器官样结构且边界呈沟状或假包膜状。它们由含量不同的脂肪组织、纤维基质和实质（伴有或不伴有囊性成分）所组成（图 8.51－8.53）。

一般资料

发病率：	罕见（1:1000）。
高发年龄：	40～60 岁。
恶变风险：	无风险增加。

表现

临床：	隐匿性（如果脂肪瘤所占成分较高）。
	可触及性肿块（如果纤维性组织所占成分较多）。
乳腺摄影术：	呈含有脂肪瘤成分的边界清楚的病变。
（可选择方法）	由于周围组织受压迫而产生晕轮征。
超声波检查：	边界清楚的低回声病变。

临床意义

如果无恶变征象出现，则仅能偶然发现无需治疗的病变。

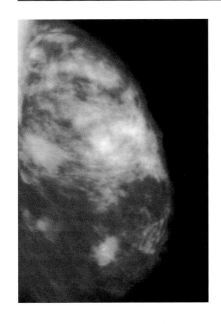

 磁共振乳腺成像：错构瘤

T1 加权序列（平扫）
　　边界清楚的圆形、椭圆形或分叶状病变，边界呈假包膜样且其内见器官样结构（实质成分呈中等信号，脂肪瘤成分呈高信号，囊性成分呈低信号）。

T2 加权序列
　　边界清楚的圆形、椭圆形或分叶状病变，边界呈假包膜样且其内见器官样结构（实质和脂肪瘤成分呈中等信号，囊性成分呈高信号）。

◁ **图 8.51　错构瘤。**
普通乳腺摄影 X 线片显示乳腺腋尾部的一边界清楚的含有脂肪瘤和实质成分的病灶。

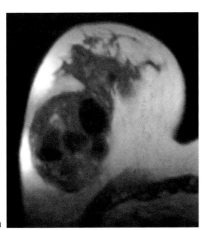

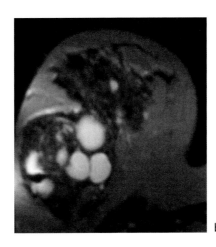

图 8.52a，b　错构瘤。
a T1 加权序列显示病灶内部结构（实质、脂肪、囊肿）均匀，边界清楚。
b T2 加权序列显示病灶内囊性结构呈高信号。
　组织学：错构瘤。

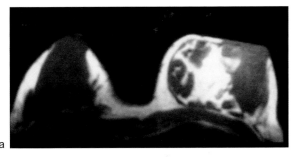

 磁共振乳腺成像：错构瘤。

T1 加权序列（增强后）
　　错构瘤的脂肪瘤和囊性部分是不摄取对比剂的。由于血管过度形成，错构瘤实质部分的对比增强从无强化到明显强化，通常伴有持续性初始期后信号增强。

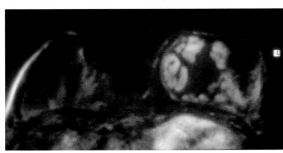

图 8.53a，b　错构瘤。
a T1 加权序列显示占据了整个左侧乳腺的错构瘤，其成分既包含有实质成分也包含有脂肪瘤成分。
b 减影图像显示错构瘤内非脂肪瘤成分明显强化。
　组织学：错构瘤。

急性乳腺炎

急性乳腺炎这一术语描述的是原发性小管上行性乳腺感染并出现继发性间质扩散。在哺乳期出现的乳腺炎称为产褥期乳腺炎。出现于哺乳期以外的乳腺炎称为非产褥期乳腺炎（图8.54－8.56）。在接受免疫抑制剂治疗和糖尿病的情况下，易于感染非产褥期乳腺炎。

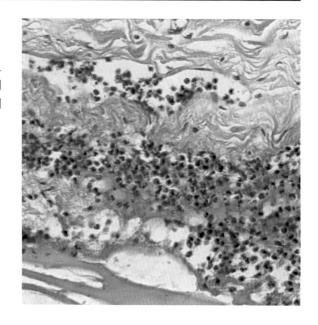

一般资料

发病率：	极低。
高发年龄：	所有年龄段。
并发症：	脓肿或瘘管。

表现

临床：	高热、红斑、疼痛（典型的感染三联征）及乳腺肿胀。
（可选择方法）：	淋巴结炎、囊肿形成、皮肤增厚。
	发热及提示感染的实验室检查指标升高。
脱落细胞学和／或	
经皮穿刺活检	
（可选择方法）：	分离培养的微生物。
乳腺摄影术：	与对侧乳腺相比，透亮度弥漫性降低（结构不清）；皮肤增厚。
超声波检查：	皮下结构回声增强，皮肤增厚。

临床意义

临床检查和乳腺成像技术不能肯定地区别非产褥期乳腺炎和炎性乳腺癌。如果抗生素治疗无效的话，则有必要进行活检来除外恶变可能。

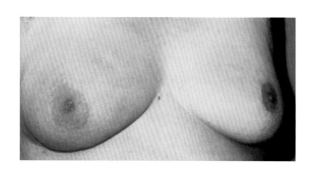

图8.54　乳腺炎。
非产褥期乳腺炎的临床表现为红斑，右侧乳腺肿胀。

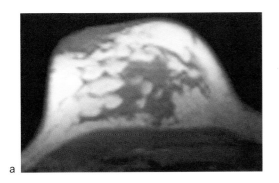

a

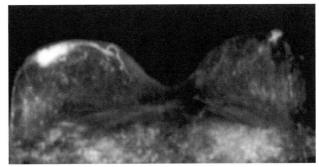

b

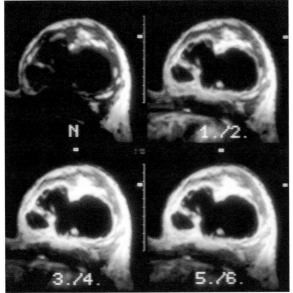

c

图8.55a-c　急性非产褥期乳腺炎

a T1加权平扫图像显示右侧乳晕后和乳晕周围区域内见局限性低信号区域。

b 最大密度投影技术显示该区域（右侧乳腺）内出现一富血管区。左侧乳头的生理性增强。

c 信号分析曲线表现为初始期显著对比增强，伴有初始期后的平台期。

组织学：急性乳腺炎。

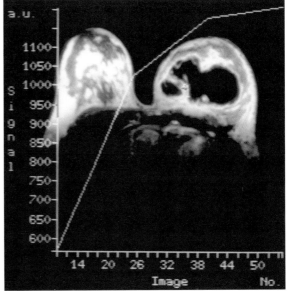

图8.56a，b　伴乳腺脓肿形成的产褥期乳腺炎。

a T1加权平扫图像（N）显示乳腺内脓肿患者的整个左侧乳腺内的广泛性液体积聚。注射对比剂后，脓肿壁和周围实质内增强（1～6min）。

b 信号强度曲线显示初始期中度对比增强，伴有持续性初始期后信号升高。

组织学：形成脓肿的乳腺炎。

慢性非产褥期乳腺炎

慢性非产褥期乳腺炎是乳腺终末导管和乳腺小叶内部及其周围的无菌性感染过程（图8.57－8.59）。根据组织学和发病机制可以将其分为三类：乳管炎，肉芽肿性乳腺炎和小叶性乳腺炎。乳管炎和肉芽肿性（闭塞性）乳腺炎的特征为分泌物潴留、导管扩张及导管周围性乳腺炎。小叶性乳腺炎也是破坏性的和肉芽肿性的。在导管周围性乳腺炎的最后阶段，一典型表现为导管出现玻璃样变，并伴有钙化。

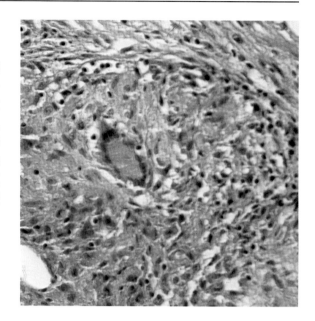

一般资料

发病率：	占所有女性的5～25%（依据定义）。按照日常惯例更可能<5%。
分布：	通常为双侧性。
高发年龄：	30～90岁（最高40～49岁）。
并发证：	形成瘘管，形成脓肿（极为罕见）。

表现

临床：	疼痛症状罕见。 乳头溢液（血性液体罕见）；较少见的是发生乳头回缩或乳晕后瘘管形成。
乳腺摄影术：	乳头后导管扩大。在炎症早期，细微钙化极少见。在炎症后期，可出现典型的球状和管状钙化，中央呈透明状，并可见呈线状的细微钙化朝向乳头排列。
输乳管造影术：	乳晕下的导管扩张；对比剂可勾画出导管结构的囊性扩张。
超声波检查：	乳头后区域呈低回声管状结构（导管扩张）。 偶尔呈低回声（肉芽肿）或无回声（囊性）区域。

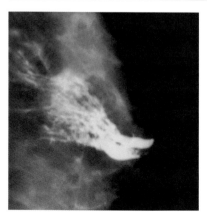

图8.57 导管扩张。
输乳管造影术显示导管扩张。

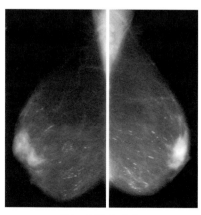

图8.58 浆细胞性乳腺炎。
乳腺摄影术显示典型的线状钙化。

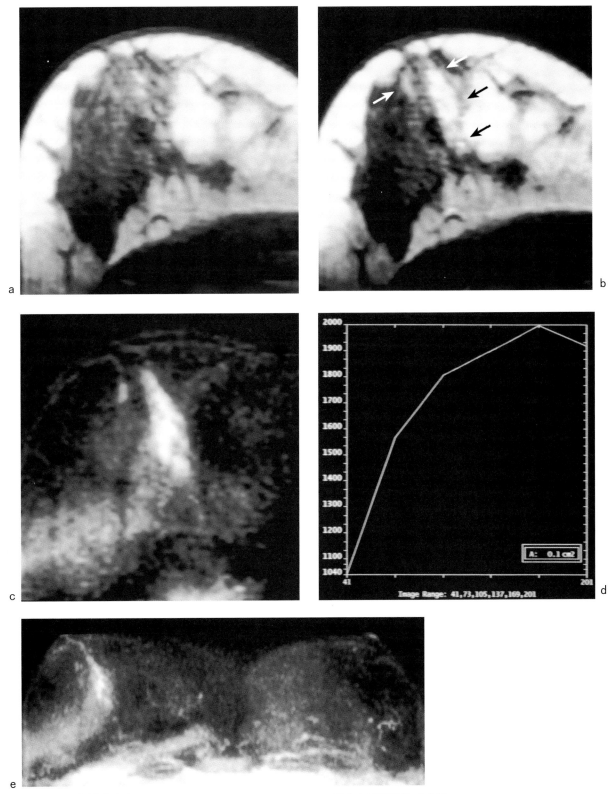

图 8.59 慢性乳腺炎。

a 正常右侧乳腺 T1 加权平扫图像的表现。

b 注射对比剂后乳晕下部分节段性增强（箭头所指）。

c 减影图像。

d 最大密度投影技术曲线。

e 初始期呈中度对比增强，注射对比剂后第 4 次测量的信号值最大。

组织学：沿主输乳管蔓延的慢性乳腺炎。

乳腺内的淋巴结

乳腺内的淋巴结是乳腺实质内的淋巴结。从组织学上来说，乳腺内的淋巴结与其他部位的淋巴结是没有区别的（图8.60-8.62）。

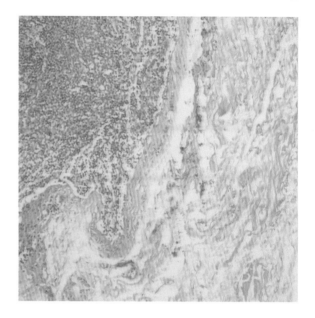

一般资料	
发病率：	常见生理性表现。
高发年龄：	所有年龄段。
表现	
临床：	通常为隐匿性。
乳腺摄影术：	一般呈椭圆形，偶尔呈圆形，边界清楚。中央或周围见特征性的透光（脂肪）区域。
超声波检查：	表现为中央呈高回声和周围呈低回声的组织结构（与腋窝淋巴结相同）。
临床意义	

乳腺内淋巴结一般是偶然发现的，对人体无害。乳腺内淋巴结转移极少见。根据TNM分期，它们都归属于腋窝淋巴结。

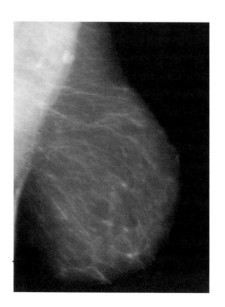

图8.60 乳腺内淋巴结。
乳腺摄影术显示乳腺内淋巴结的典型位置位于胸大肌前方，呈椭圆形、边界清楚的肿块。

磁共振乳腺成像：淋巴结

T1 加权序列（平扫）

位于乳腺实质内部时，边界不清。乳腺淋巴结更常见的位置是位于乳腺实质外，脂肪组织内，呈椭圆形、边界清楚的低信号区，特征为中央呈高信号区。

T2 加权序列

无特征性表现。

T1 加权序列（增强后）

边界柔和的淋巴结通常为无或仅出现轻微对比增强，然而，表现为发生反应性炎性变化（尤其是手术后 2～3 周到数月）的淋巴结，有时可表现为极其强烈的对比增强，表示为恶变征象（例如，流出现象）。

空洞：中央包含有脂肪和炎性变化的淋巴结可导致图像表现为类似环状强化。

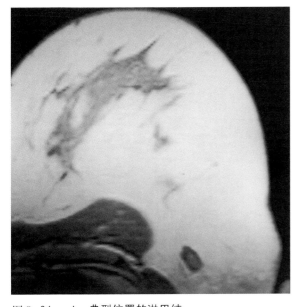

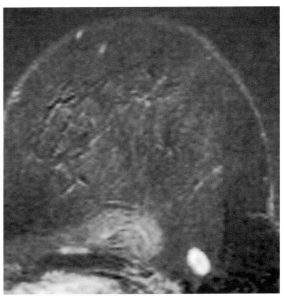

图 8.61a，b　典型位置的淋巴结。

a　T1 加权平扫图像显示胸肌前方边界清楚的病变，其中央包含有脂肪。

b　注射对比剂后，淋巴组织呈环状强化，是由于淋巴组织中央部分的脂肪不摄取对比剂，且淋巴组织发生非特异性感染所致。

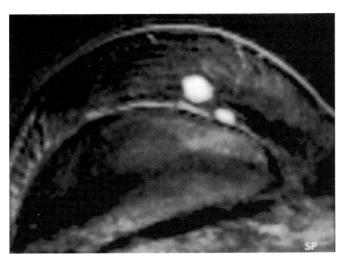

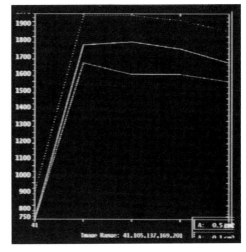

图 8.62a，b　乳腺内淋巴结。

a　一年前行乳腺全切并作乳腺再造术后发生感染性变化的两个乳腺内淋巴结出现明显对比增强。

b　初始期强烈对比增强伴初始期后平台期。

组织学：淋巴结炎，未见恶性变化。

脂肪坏死
（又称为脂性坏死伴微囊性钙化）

脂肪坏死指的是局限性的死亡脂肪组织区域，具有特征性的由进行性的酶降解所导致的形态学变化。新近发生的脂肪坏死区域会出现白细胞和组织细胞浸润，接着，会逐渐出现血管生成良好的肉芽组织，通常在大约几周后变成瘢痕组织。液化的脂肪组织聚集在一起后，会形成所谓的油脂囊肿（图8.63-8.66）。

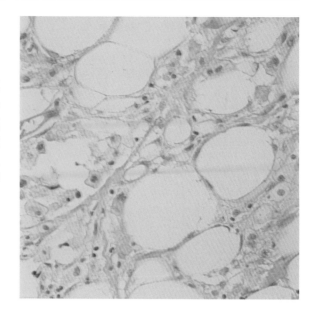

一般资料

病 因： 创伤后（外伤，手术，针吸活检），感染，异物反应（硅胶，石蜡）。

恶变风险： 无风险增加。

表现

临 床： 通常呈隐匿性。有时出现无痛性肿块或皮肤增厚。

乳腺摄影术： 个人病史：活检史？手术史？

检查：外观可见瘢痕？

超声波检查： 新鲜坏死：呈边界不清的密度升高区域。

稍后：密度升高区边界变清晰。

油脂囊肿：圆形，中央呈透光区的病变，可能含有形态各异的钙化或病灶边缘钙化。

变化范围很大：从圆形、边界清楚的病灶到显示出恶性特征的病灶均可见。

临床意义

有时使用乳腺成像技术很难区分脂肪坏死和乳腺癌，即癌症复发。

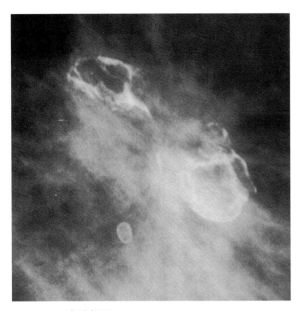

图8.63　脂肪坏死。
乳腺摄影术显示术后脂肪坏死内形态各异的块状钙化。

 磁共振乳腺成像：脂肪坏死

T1加权序列（平扫）

脂肪坏死的信号强度和乳腺实质的相同。电烙术可能导致术后磁敏感性伪影。出现油脂囊肿时，可表现为高信号（与脂肪组织信号相近）的圆形病变。大量钙化可能导致信号丢失。

T2加权序列

由于反应性水肿，新鲜脂肪坏死可形成边界不清的高信号区域，之后，出现油脂囊肿时，可出现中央为脂肪样信号的圆形病变。此外，脂肪坏死出现6个月后没有特征性变化。

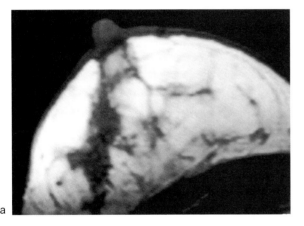

a

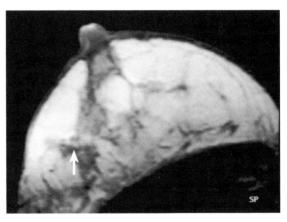

b

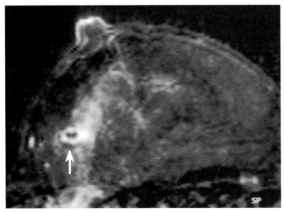

c

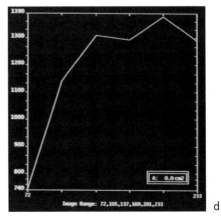

d

图8.64a-d　新鲜脂肪坏死。
病灶局部切除术后患者。

a　正常的T1加权平扫检查。

b　注射对比剂后实质内局部增强。乳腺后面部分血管过度生成区域内出现环状增强（箭头所指）。

c　显示病变的减影图像（箭头所指）。

d　信号曲线分析显示病灶表现为在初始期中度对比增强后，伴随出现初始期后平台期。该病灶和另一个部位的复发的肿瘤同时切除（图中未显示）。

组织学：脂肪坏死。

磁共振乳腺成像：脂肪坏死

T1 加权序列（增强后）

在毛细血管开始萌芽时的早期阶段（创伤／手术后的 6 个月内），脂肪坏死呈局限性的，但边界不锐利的区域，摄取的对比剂增多。初始期信号通常是平缓的增强，初始期后信号呈典型的持续性增强，平台期较罕见。在毛细血管开始萌芽时的后期（6 个月后），一般不出现增强对比区域，除非该区域中含有额外出现的炎性成分。

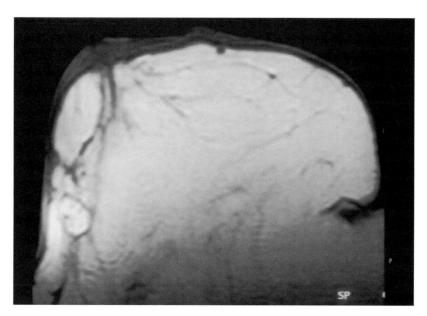

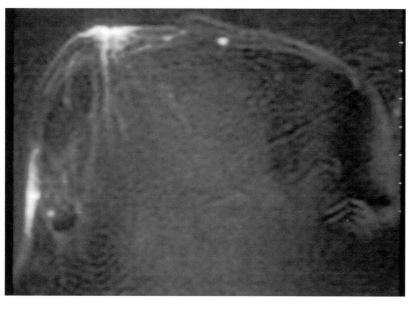

图 8.65a，b 伴有油脂囊肿的脂肪坏死。

a T1 加权平扫图像显示与油脂囊肿相关的信号强度病灶。边缘钙化使病灶周围信号稍低。需要补充说明的是，其14个月以前局部病灶切除术后行放射治疗导致皮肤增厚。

b 注射对比剂后，在油脂囊肿的位置没有强化。位于油脂囊肿外侧面的，右侧乳头区域内及斜穿乳腺中央部分至乳头间的静脉出现局部性强化。

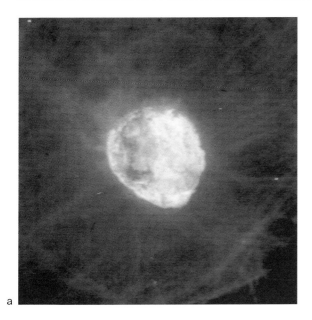

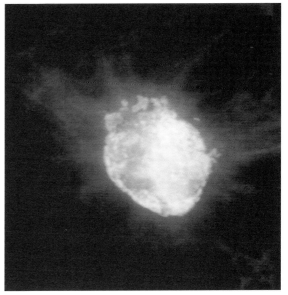

a

b

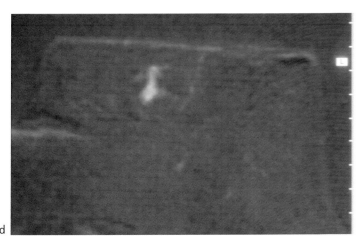

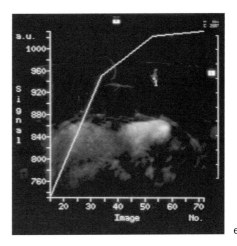

d

e

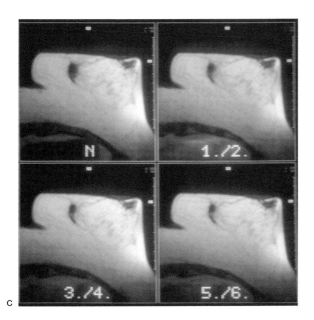

c

图8.66a-e　合并伴有局灶性乳腺炎的脂肪坏死。

a　局部病灶切除术并放射治疗2年后脂肪坏死区内的形态不规则的巨块状钙化（挑选的放大乳腺摄影术的图像）。

b　1年后的乳腺摄影术图像，显示巨块状钙化的上极发生破坏，并且细刺变粗，邻近区的密度增加。

c　动态磁共振乳腺成像显示大量钙化导致的病变呈无信号区。病灶周围出现散在对比增强。

d　病灶周围摄取对比剂的减影图像。

e　信号强度曲线显示病灶表现为在初始期呈轻微对比增强，伴随出现初始期后平台期。

　组织学：伴有周围局灶性感染成分的脂肪坏死。

术后改变

血清肿

　　血清肿是组织中的伤口处血清的局灶性集中，如手术后的伤口（图8.67和8.68）。可选择的诊断方法为超声波检查。

 磁共振乳腺成像：血清肿

T1加权序列（平扫）

　　较大或较小的局限性区域的信号通常显示为比周围乳腺实质信号强度稍低。

T2加权序列

　　在乳腺实质内见高信号的液体潴留。

T1加权序列（增强后）

　　血清肿周围区域通常在刚刚手术后时表现为吸收少许对比剂，而在几天后吸收对比剂较多。

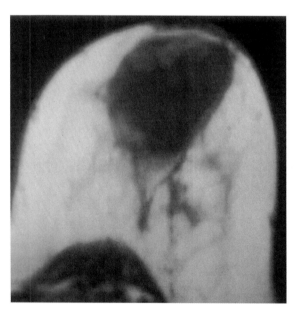

图8.67　血清肿。
T1加权平扫检查显示手术后的乳头后区域内见低信号的椭圆形病灶。注射对比剂后该信号无强化（未显示）。

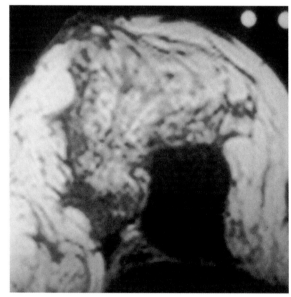

图8.68　血清肿。
T1加权平扫检查显示手术后在紧靠胸壁部见低信号的梭形病灶。注射对比剂后该信号无强化（未显示）。

血肿

　　乳腺血肿是一种乳腺内的出血，如手术后血肿（图8.69）。可选择的诊断方法为超声波检查。

 ### 磁共振乳腺成像：血肿

T1加权序列（平扫）

　　血肿呈与身体中其他区域血肿一样的根据出血时相的不同而变化的典型信号强度。新鲜血肿表现为均匀高信号，可能伴有沉淀征象。亚急性出血表现为内部呈低信号，其周边呈高信号环。

T2加权序列

　　血肿呈与身体中其他区域血肿一样的根据出血时相的不同而变化的典型信号强度。新鲜血肿表现为均匀低信号，带有低信号强度外周环的亚急性出血低信号强度。

T1加权序列（增强后）

　　血肿周围的实质内产生弥漫性的反应性对比剂摄取。该区域的初始期对比增强呈轻度到中度，通常表现为持续性的初始期后信号增强。血肿内无对比剂摄取。

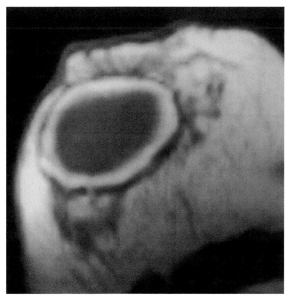

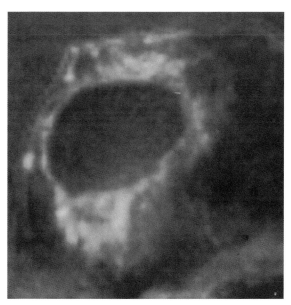

图8.69a，b　血肿。

a T1加权平扫图像显示乳腺内亚急性血肿。因高铁血红蛋白转换成去氧血红蛋白使得血肿周围出现高信号环。

b 减影图像显示紧邻血肿周围的区域内出现反应性对比增强。血肿内无对比增强。

脓肿

乳腺脓肿是脓液局限性聚集在乳腺内的一个空腔内，由发生感染性崩解后的组织组成，如术后脓肿（图8.70）。可选择的诊断方法为超声波检查。

 磁共振乳腺成像：脓肿

T1加权序列（平扫）

病变一般呈圆形或椭圆形，多边形少见，由于蛋白质成分含量高而使病灶呈高信号（与实质信号强度相比）。

T2加权序列

病变一般呈局限的圆形或椭圆形，多边形少见，信号很高。有时病灶周围的信号升高，可作为发生反应性充血的指征。否则就没有区分脓肿和血清肿的标准。

T1加权序列（增强后）

液体成分内无对比剂摄取，脓肿壁发生明显强化，称作壁强化（鉴别诊断：癌）。

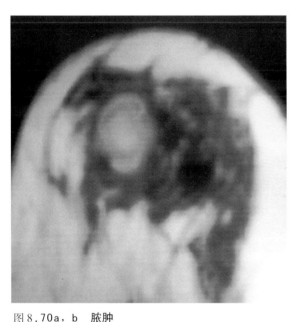

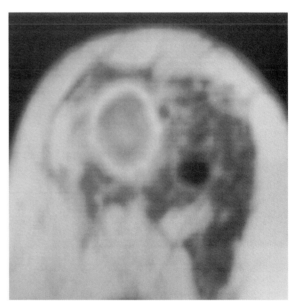

图8.70a，b 脓肿

a T1加权平扫图像显示乳腺实质内见一椭圆形的高信号病灶。低信号囊肿是起病的征象。

b 注射对比剂3min后的T1加权图像，显示脓液信号强度无变化。脓肿壁内因摄取对比剂出现明显的环状强化。乳腺实质内生理性对比增强使囊肿边界清晰。

瘢痕组织

瘢痕组织的主要成分是含有少量纤维细胞和一些血管成分的胶原纤维。在伤口的愈合过程中，在组织损伤（例如手术，创伤）大约 3 - 6 个月后，肉芽组织会转变成瘢痕组织（图 8.71）。

 磁共振乳腺成像：瘢痕组织

T1 加权序列（平扫）

通常表现为低信号，边界不清或呈星状结构。当瘢痕组织位于乳腺实质内时，很难被检测出来，如果瘢痕组织位于脂肪组织内时，可从高对比的图像中识别出来。

T2 加权序列

通常表现为低信号，边界不清或呈星状结构。

T1 加权序列（对比增强后）

无对比剂摄取，只有出现局灶性感染时，才能看到较小的富血管区域与瘢痕组织重叠在一起而显示出来。这些在信号强度曲线上表现为初始期呈中度对比增强及持续的初始期后信号升高，初始期后平台期罕见。

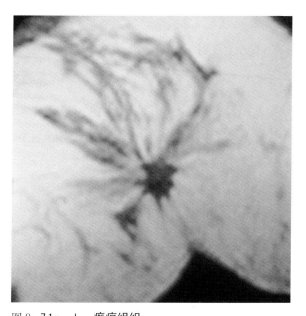

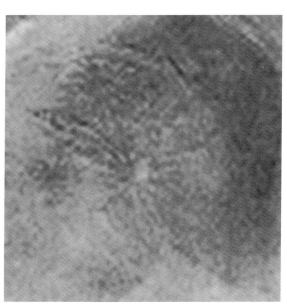

图 8.71a，b　瘢痕组织。
a T1 加权平扫图像显示星状的低信号病灶，周围为脂肪组织。注意长的放射状毛刺。

b 减影图像显示瘢痕组织内无对比增强。

放疗后改变

对乳腺癌行保乳手术后所进行的放疗总剂量是60Gy内，少量病人使用的放疗总剂量是2～2.5Gy。此外，还要对肿瘤所在处追加照射10Gy。乳腺在放疗过程中出现的急性反应一般为体温过热、水肿、及感觉到压力增加，尽管这个阶段一般仅持续数周，但是有时症状消失则需要几个月，患者恢复的时间长短变化很大。可能的迟发变化包括有皮肤色素沉着、乳房变硬及乳房变形（图8.72和8.73）。

 磁共振乳腺成像：受照射后的乳腺

T1 加权序列（平扫）

皮肤变厚（非对称性！），有时持续数年。

T2 加权序列

受照射后的乳腺实质内的信号呈明显不对称性升高，通常持续数年。

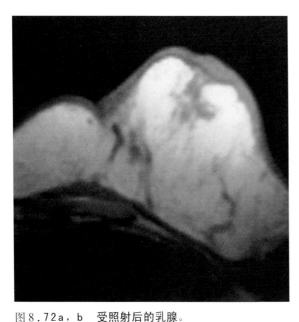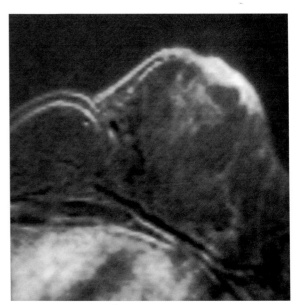

图8.72a，b 受照射后的乳腺。

a 在保乳术后行放射治疗术结束6个月后的T1加权平扫检查。注意皮肤明显增厚。

b 注射对比剂后的减影图像显示乳腺皮肤内部呈明显对比增强；乳腺实质内亦可见稍许轻微的对比增强。

磁共振乳腺成像：受照射后的乳腺。

T 1 加权序列（对比增强后）

受照射乳腺实质呈局限性或弥漫性对比增强，皮肤变厚。接受放疗后发生变化的个体差异很大，这些变化可在放疗后持续 3 个月到 2 年。对比剂摄取增加区域内的信号强度曲线表现为初始期信号中等升高（<100%）和初始期后信号持续性升高或平台期，无流出现象，皮肤内的对比增强常呈双线结构（轨道征）。

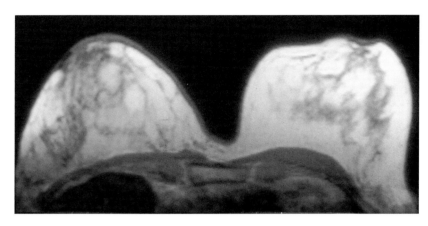

图 8.73a-c 受照射后的乳腺。

右侧乳腺行乳腺癌癌肿局部切除术并术后放疗 18 个月后的磁共振乳腺成像。

a T1 加权平扫图像显示皮肤增厚。

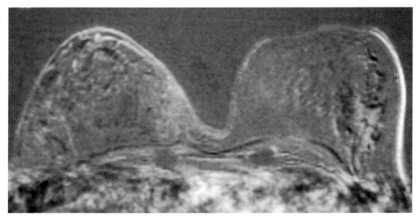

b 注射对比剂后乳腺实质内无明显对比增强。右乳腺乳晕周围区域内的皮肤增厚表现为持续性双线状强化。左乳腺外侧面部分出现运动伪影。

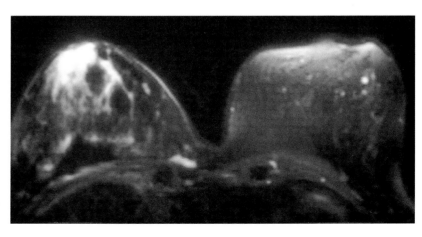

c T2 加权图像显示右侧乳腺实质内信号显著升高。

9 恶性变化

导管内肿瘤的分类

导管原位癌(DCIS)

　　*导管原位癌*的特征是肿瘤细胞的增殖局限于乳腺的导管单位内，光学显微镜下无肿瘤侵犯黏膜进入到周围基质的征象。

　　导管原位癌这个术语包含了一组在病理学上呈异形性的病变。粉刺型ＤＣＩＳ的特征是受累导管中心出现明显坏死，而非粉刺型ＤＣＩＳ按照不同的组织学类型而可进一步分为硬化型、筛型、细小乳头型、乳头型和粘附型（图９.１－９.５）。在任一病例中常可见有几种组织学类型共存。

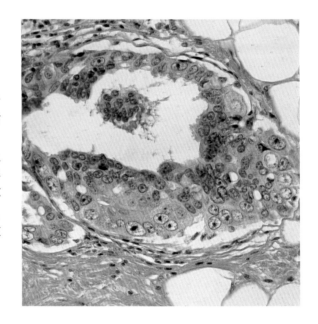

一般资料

发病率：	普查２０％，粉刺型最为普遍，占所有导管原位癌的５０％。
高发年龄：	４０～６０岁
双侧对称性：	无显著增加。
多灶性：	大约３０％。
恶变风险：	粉刺型导管原位癌可达５０％；非粉刺型导管原位癌较之低些。

表现

临床：	通常呈隐匿性，肿块可触及的病例约占１０％。 偶尔出现病理性乳头溢液或明显变化
乳腺摄影术 （可选择的方法）：	约７０％病例中可见可疑细微钙化（粉刺型导管原位癌中比非粉刺型导管原位癌更常见）。 乳腺放大摄影术有时很有帮助。 带毛刺的肿块少见（约２０％）。
超声波检查：	通常无特征性征象。

临床意义

　　这一组发生异形性变化的ＤＣＩＳ病变被认为是癌前病变，但不是所有罹患ＤＣＩＳ的患者都会在同侧乳腺出现侵袭性乳腺癌。用影像技术常常难以对导管原位癌所侵犯的所有范围进行评估，所推荐的处理方法仍处于争议中。

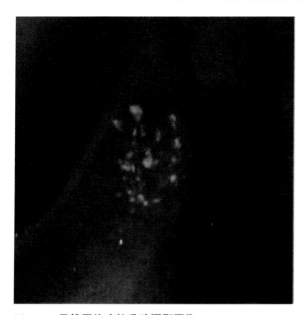

图9.1　导管原位癌的乳腺摄影图像
花簇状，多形性细微钙化。
组织学：粉刺型导管原位癌。

磁共振乳腺成像：DCIS

T1 加权序列（平扫）

与周围乳腺实质相比，DCIS 表现为等信号，没有显示 DCIS 病灶的特异性变化。磁共振乳腺成像的空间分辨率尚不能显示出细微钙化。

T2 加权序列

没有特异性变化。

T1 加权序列（对比增强后）

分支状的富血管病灶，边界不清，毛刺状或圆形较少见。无环形强化。对信号强度曲线的分析表明，在50%的病例中可显示出典型的恶性特征，40%病例的信号分析结果是呈非特异性的，10%的病例中没有摄取对比剂。磁共振乳腺摄影术对粉刺型 DCIS 的灵敏度较非粉刺型稍高。

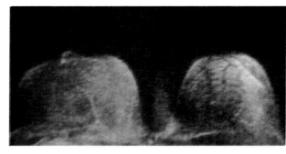

图9.2a, b　浸润性导管原位癌
磁共振乳腺成像中的假阴性。

a　乳腺摄影术显示在右侧乳腺的尾部，细微钙化呈节段性分布（箭头）。

b　注射对比剂后，在相应的磁共振乳腺成像（最大密度投影图像）中无异常表现。

细胞学：粉刺型导管原位癌，浸润范围超过约4×6cm。

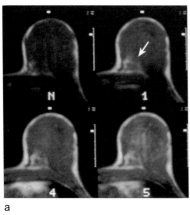

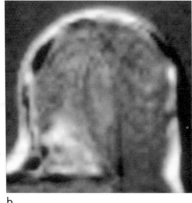

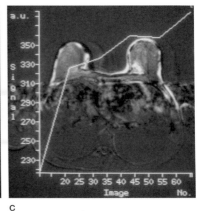

a

b

c

图 9.3a-c　导管原位癌；磁共振成像的非特异性表现。
对应的乳腺 X 线照片显示在左侧乳腺内上象限出现花簇
状、多形性细微钙化（见图 9.1）。
a 磁共振乳腺成像显示呈分支状的对比增强区域（箭头）。

b 在减影图像中的影像表现，尽管出现运动伪影。
c 信号分析曲线没有显示出恶性特征。
组织学：非粉刺型导管原位癌。

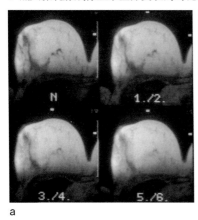

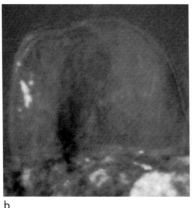

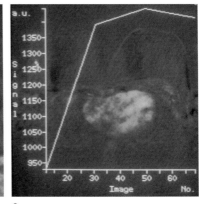

a

b

c

图 9.4a-c　导管原位癌；磁共振成像的可疑表现。
对应的乳腺 X 线照片显示出呈节段状分布的细微钙化
（无图像）。
a 动态磁共振乳腺成像显示呈线状对比强化。

b 减影图像中的影像表现。
c 信号分析初始曲线表现为初始期中度对比增强，伴初
始期后平台期。
组织学：非粉刺型导管原位癌。

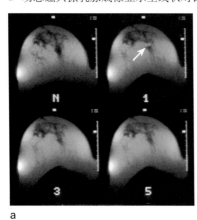

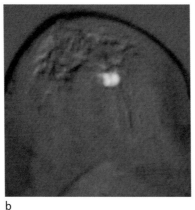

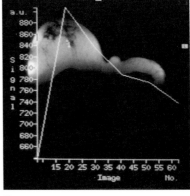

a

b

c

图 9.5a-c　导管原位癌；磁共振成像表现的可疑恶性
征象。
对应的乳腺 X 线照片显示呈花簇状分布的细微钙化（无
图像）。
a 动态磁共振乳腺成像显示出两个邻近的、边缘部分不

清的富血管病变（箭头）。
b 减影图像。
c 信号分析曲线表现为初始期轻微对比增强，伴初始期
后"流出"现象。
组织学：粉刺型导管原位癌。

文献调查结果

目前，人们一般假设动态磁共振乳腺成像检测导管原位癌的灵敏度可达到50%～60%。在很多原位癌的患者身上，检测不到对比增强；在其他一些患者身上，人们可以发现富血管区域，其信号强度曲线是非特异性的，不能靠这些信号强度曲线对乳腺癌作前瞻性诊断。现在还不能完全依赖磁共振乳线摄影术来检测导管原位癌的原因并不在于其空间分辨率有限，而更主要的原因是这些肿瘤未表现出有更高水平的新生血管生成。至少有一定比例的导管原位癌病变的生长所需，在病理性肿瘤血管生成并且有可能通过磁共振乳腺成像显示这些血管之前的长时间里，明显是通过周围组织的弥散作用而提供的。

在所公布的关于磁共振乳腺成像检测导管原位癌敏感度的资料中，不同研究的结果因所依据的病例选取标准和评价方法不同而有很大差异（表9.1）。

另一方面，也有一些关于仅靠磁共振乳腺成像就将DCIS病灶检测出来的文献报道，这些病变是已经明显处于病理性肿瘤血管形成早期阶段的，或伴随初始浸润的导管原位癌病变，即含有微观浸润成分，从而导致可检测到的对比增强。根据我们的经验，仅仅从磁共振乳腺成像就发现导管原位癌的比例在所有可额外检测到的癌症中大约占5%。

在保乳性手术治疗前的术前阶段中，对导管内肿瘤成分的检测是非常重要的（见第11章）。在我们自己所做的研究之一中发现，在手术前进行的磁共振乳腺成像检查中，有8%的患者能检测到导管内肿瘤从原发肿瘤扩散开，即浸润性导管内成分（EIC）。在这些病例中，其之前所做的乳腺X线摄影和超声检查，并没有显示出现浸润性导管内成分（Fischer等，1999）。其他的一些作者报道磁共振乳腺成像检测浸润性导管内成分的敏感度可以达到80%～90%的水平（Mumtaz等，1997；Soderstrom等1996）。

表9.1　导管原位癌：磁共振乳腺成像的敏感度

作者（年份）	导管原位癌（C/NC）	磁共振成像中的错误结果
Boné 等（1996）	17 (n.s.)	18% 假阴性
Fischer 等（1996）	35 (21/14)	29% 无对比增强
		29% 非特异性对比增强
Gilles 等（1995）	36 (24/12)[1]	6% 无早期增强
Orel 等（1997）	13 (6/7)	23% 假阴性
Rieber 等（1997）	7 (n.s.)[2]	100% 假阴性
Soderstrom 等（1997）	11 (n.s.)[3]	0% 假阴性
Tesoro-Tess 等（1995）	6 (3/3)	50% 假阴性
Vieweg 等（1999）	37 (n.s.)[1]	50% 非典型表现

C，粉刺型；NC，非粉刺型；n.s，未公布。

[1] 这些病例的1/3含有微浸润成分。

[2] 患者的病例数选择严格。

[3] 其中6例含有微浸润成分。

小叶原位癌(LCIS)

小叶原位癌的特征是出现于乳腺终末导管小叶单位的肿瘤细胞增殖。光学显微镜下未见肿瘤细胞侵犯穿过基底膜浸润到周围基质（图9.6和9.7）。

现在一般认为小叶原位癌并不代表癌前病变，而是认为出现LCIS是随后形成侵袭性乳腺癌的风险增加的标志，这种侵袭性乳腺癌可以出现在乳腺的任何位置。

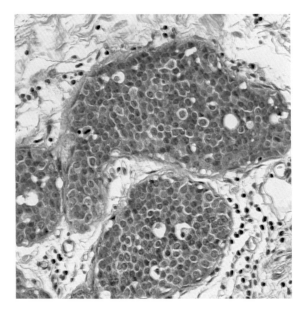

一般资料	
发病率：	大约占所有非浸润性乳腺癌的20%。
高发年龄：	40~50岁（通常在绝经前）。
多中心性：	约50%。
两侧发生：	约30%。
恶变风险：	10%~20%。
表现	
临床：	通常呈隐匿性，大约10%的病例可触摸到肿块
乳腺摄影术：	无特征性表现
超声波检查：	通常无特征性表现
临床意义	

小叶原位癌通常是在由于其他原因而切除的乳腺组织中，在显微镜下偶然发现的，没有相关的临床或放射学的特征性表现。

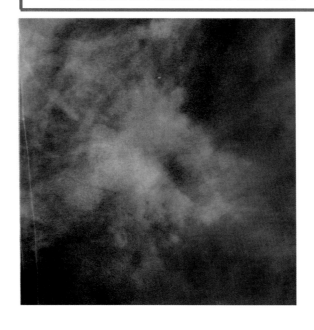

图9.6 小叶原位癌
乳腺摄影术显示出实质内边界不清的高密度灶。
组织学：小叶原位癌。

图9.7a-d　浸润性小叶原位癌

a T1加权平扫检查正常。

b 减影图像病灶呈椭圆形，部分边缘模糊的区域，不均匀对比增强。

c 信号强度曲线：有些区域呈明显的，其他区域则呈中等程度的初始期对比增强，伴有持续性初始期后信号升高或平台期。

d 运用磁共振对病灶进行定位后的图像（箭头所指为LCIS）。

组织学：小叶原位癌（<2cm）。

磁共振乳腺成像：小叶原位癌

T1加权序列（平扫）

与周围乳腺实质相比，小叶原位癌表现为等信号，没有能提示小叶原位癌病变出现的特异性变化。

T1加权序列（对比增强后）

在我们自己所收集的病例中，大约有1／3的病例表现为边界模糊的对比增强区域，其信号强度曲线呈非特异性的。然而，在大多数病例中，没有发现能前瞻性预测恶性肿瘤的征象。目前的文献中尚未见详细报告。

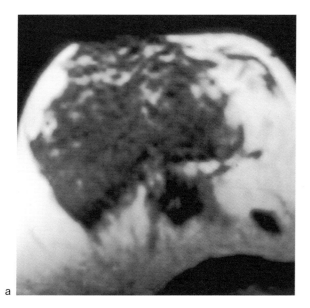

a

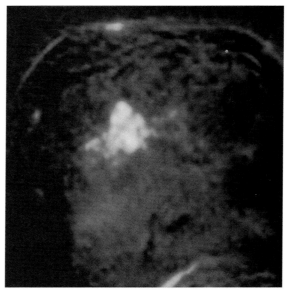

b

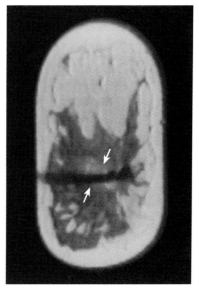

c

d

浸润性肿瘤分类

浸润性导管癌

浸润性导管癌是最常见的恶性乳腺肿瘤，因为没有或只有部分特异性的组织学分类方法，因此它不属于其他任何类型的浸润性乳腺癌。肿瘤细胞最初在终末导管内生长，进而从一个或多个部位穿透基底膜。浸润性导管癌含有大量的纤维性成分，此外，还常会出现大量的导管内成分，所累及的面积占浸润性肿瘤的比例可达 1 / 4 以上。总的来说，这种肿瘤可以描绘成是带有毛刺状或局限性的结构（图 9.8－9.16）。

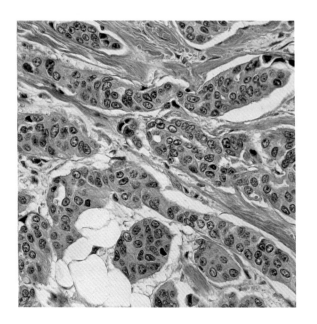

一般资料

分级：	组织学分级：高分化（GⅠ），中分化（GⅡ），低分化（GⅢ）。
发病率：	最常见浸润性乳腺癌类型（65%～75%）。
高发年龄：	所有年龄段，50～60 岁是高峰期。
预后：	病灶边界清楚的比病灶呈毛刺状的预后要好；GⅠ比GⅡ的预后要好；GⅡ比GⅢ的预后要好。
多灶性：	15%。
两侧对称：	5%。

表现

临床：	乳腺癌的典型标准：肿块质地硬，边界不清，通常活动性差，呈无痛性，有时皮肤或乳头皱缩（70% 的乳腺癌最初是由患者自己触摸到的！）
乳腺摄影术：	病灶中央密度升高；乳腺摄影片中见到的病灶大小与触摸到的病灶大小之间存在偏差。病灶形状各异：毛刺状，边界不清，分叶状，有时呈圆形或椭圆形。 约30% 病例中出现花簇状，多形性细微钙化。
超声波检查：	通常呈边界不清的低回声病灶，病灶边缘呈高回声。 病灶中央或周围的后方出现声影。

临床意义

最常见的形态学上变化多端的乳腺恶性肿瘤。

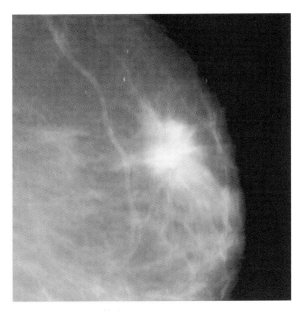

图9.8　浸润性导管癌
乳腺摄影术显示乳腺癌呈毛刺状、高密度病灶。

磁共振乳腺成像：浸润性导管癌

T1 加权序列（平扫）

病灶与周围乳腺实质相比呈等信号，因此，位于乳腺实质中的病灶没有特异性的征象而能使病灶边界清晰。当病变被脂肪组织包绕时，病灶表现为低信号，偶尔表现为圆形或椭圆形，更常见的是呈边界不清的毛刺状病灶。磁共振乳腺成像的空间分辨率尚不能显示多形性细微钙化。

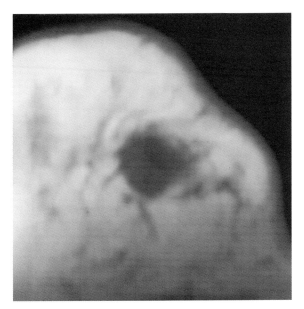

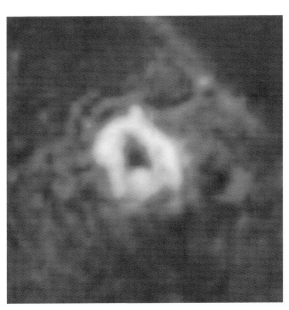

图9.9a，b　浸润性导管癌；圆形
a T1 加权平扫图像显示乳腺内周围由脂肪组织围绕的圆形病灶。

b 病变在减影图像内表现为典型环状增强。

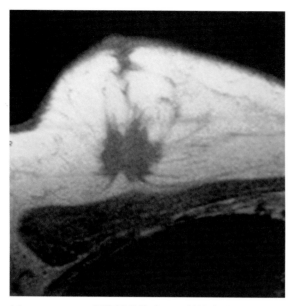

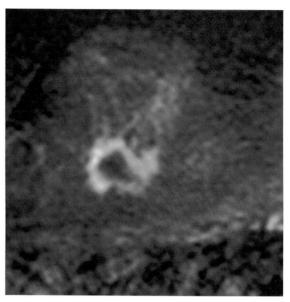

图9.10a，b　浸润性导管癌；毛刺状病灶

a　T1加权平扫图像显示乳腺内周围由脂肪组织围绕的毛刺状病灶。

b　病变在减影图像内表现为典型环状增强，边界不清。

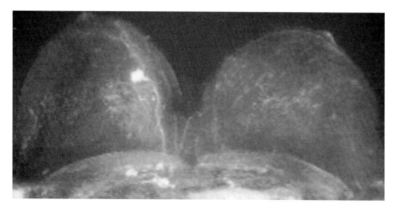

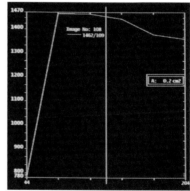

图9.11a，b　浸润性导管癌。

a　位于右侧乳腺偏内侧部，边界不清的富血管病灶，表现为对比剂出现在引流静脉内。极少数病例显示为右侧内乳淋巴结链内出现淋巴结转移的。无心脏伪影重叠（最大密度投影图像）。

b　代表性的信号强度曲线分析表现为初始期中度对比增强，伴初始期后平台期。

组织学：浸润性导管癌伴淋巴结转移。

磁共振乳腺成像：浸润性导管癌

T2 加权序列

与乳腺实质相比，病灶与实质信号强度相同或稍低，偶尔出现瘤周高信号水肿区域。

T1 加权序列（对比增强后）

这些病灶无一例外的都是呈圆形、椭圆形或毛刺状的，并显示出典型的恶性对比增强。一般病灶边缘不清，在50％的病例中可见到环状增强，偶尔呈向心性对比动力学改变。在信号分析中，约35％的病变表现为初始期中等对比增强，约60％的病变表现为初始期明显对比增强。极少病变仅表现出初始期轻度对比增强（约5％）。在初始期后最常见的是平台期；其次是流出现象。初始期后的持续性信号升高罕见。在此序列中，有可能看到扩大的肿瘤静脉。

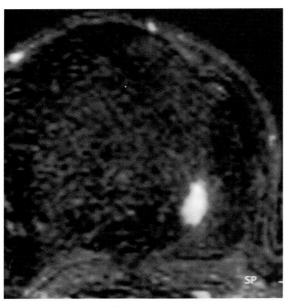

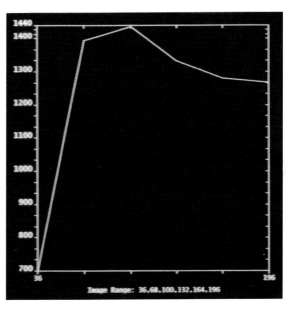

图9.12a，b　浸润性导管癌。
a 减影图像显示病灶呈椭圆形，边界不清。

b 信号分析曲线表现为初始期明显对比增强，伴初始期后"流出"现象。
组织学：浸润性导管癌，pT1 G Ⅱ。

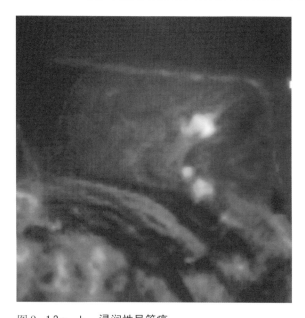

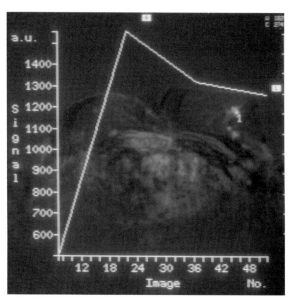

图9.13a，b 浸润性导管癌。

a 减影图像显示左侧乳腺多个富血管的、边界不清的病灶。

b 信号分析曲线表现为初始期明显的对比增强，伴初始期后"流出"现象。

组织学：多灶性，浸润性导管癌。

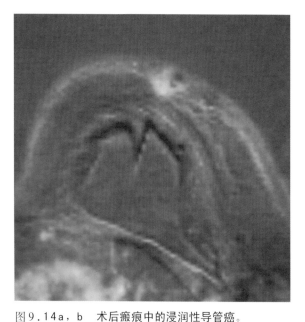

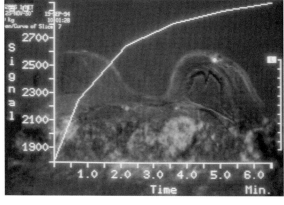

图9.14a，b 术后瘢痕中的浸润性导管癌。

a 减影图像显示乳晕后区出现对比增强区。注意运动伪影。

b 信号分析曲线显示其为非典型性信号强度曲线，表现为初始期轻度对比增强并初始期后持续性信号增强。

组织学：术后瘢痕中的浸润性导管癌。

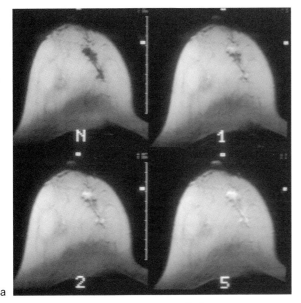

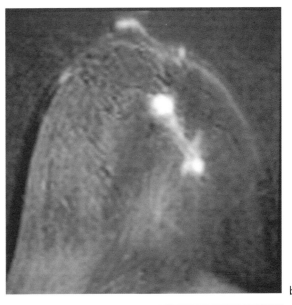

图9.15a-c　多灶性，浸润性导管癌。

a 动态磁共振乳腺成像显示两个由肿瘤桥连接的边界不清的、毛刺状病灶。

b 减影图像。

c 信号分析曲线显示其为非特异性曲线，表现为初始期中等对比增强伴初始期后平台期。

组织学：多灶性，浸润性导管癌。

图9.16a，b　浸润性导管癌。

a 肿瘤位于乳腺中央，血管丰富，边界不清，并有指向周围的呈放射状的毛刺。

b 信号分析曲线表现为初始期明显对比增强伴初始期后平台期。

组织学：浸润性导管癌（pT1），伴有大量导管内成分。

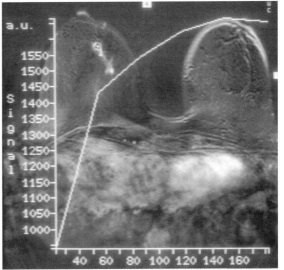

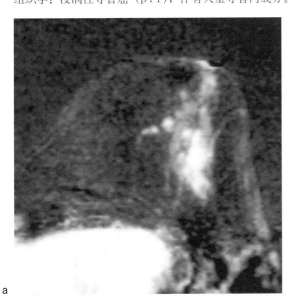

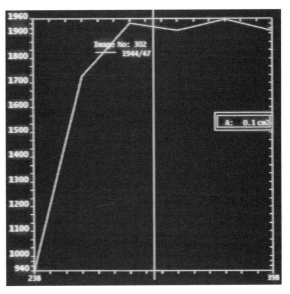

文献调查结果

就磁共振乳腺成像而言，在所有乳腺癌中，浸润性导管癌是研究得最好的。总的来说，来自各个研究小组的关于磁共振乳腺成像敏感性报告的结果相同，文献报道报告的磁共振乳腺成像敏感性介于 95%～98% 之间，也有极少数文献报道磁共振乳腺成像的敏感性较低，主要原因是由于技术或方法上的缺陷所致。因此，乳腺的磁共振成像是目前检测浸润性乳腺癌的最灵敏方法（表9.2）。

仅运用磁共振乳腺成像检测浸润性乳腺癌的文献报告表明了这种诊断方法的价值。来自于不同研究小组的报告，主要是在用其他成像技术检测到可疑乳腺癌病灶的基础上，对这些患者的术前处置中进行磁共振乳腺成像，表9.3 显示的是对相关研究结果的总结。

表9.2　浸润性导管癌：磁共振乳腺成像的敏感性

作　者　（年 ）	病例数	敏感性
Boné 等（1996）	130	100%
Fischer 等（1999）	233	97%[1]
Gilles 等（1994）	29	97%
Harms 等（1993）	46	96%[2]
Kaiser（1996）	130	99%[3]
Klengel 等（1994）	10	100%[4]
Orel 等（1995）	43	100%
Stomper 等（1995）	22	100%

[1] 2×周围组织明显强化，1×技术错误，3×延迟性肿瘤增强。

[2] 两例乳腺癌误诊为乳腺生理性强化。

[3] 一例乳腺癌位于检测区外，1×相位编码梯度的重叠伪影。

[4] 0.5T 检查系统。

表9.3　磁共振成像检测浸润性乳腺癌的重要性

作者(年)	患者例数	指征	仅在磁共振成像中检测出的乳腺癌病例数[1]
Boetes 等（1995）	60	术前	9
Fischer 等（1999）	463	术前	35
Harms 等（1993）	30	术前	11
Heywang–Köbrunner（1993）	169	疑难病例	14
Krämer 等（1998）	46	术前	9
Oellinger 等（1993）	33	术前	8
Orel 等（1995）	167	术前	22
Rieber 等（1997）	34	术前	5
Schorn 等（1999）	14	寻找未知原发灶	6

[1] 所有肿瘤均为浸润性，主要为导管癌型。

浸润性小叶癌

(Invasive Lobular Carcinoma)

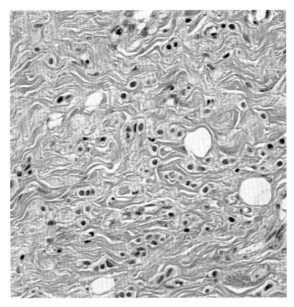

浸润性小叶癌（图9.17和9.20）的组织学特征是促结缔组织增生的基质反应，肿瘤细胞呈线性排列，呈环绕导管和小叶周围生长（所谓的"印度列兵"和"靶心样"生长模式）的趋势，及小肿瘤细胞出现。在一些肿瘤中，除了小单型细胞，还有"印戒细胞"（中央为黏液小球的肿瘤细胞）。可以分为弥漫性和结节性生长方式（图9.18和9.19）。

一般资料

发病率：	浸润性乳腺癌第二大常见类型（10%～15%）。
高发年龄：	所有年龄；40～60岁是高峰期。
多灶性：	约30%。
预后：	较差（原因在于诊断晚），偶尔以不常见的转移方式扩散（例如：腹内转移，骨盆内转移，腹膜后转移）
多灶性：	导管癌的两倍（30%）。
两侧对称：	导管癌的两倍（10%）。

表现

临床：	肿块从隐匿性的到大的、可触摸得到的均可见。
乳腺摄影术：	弥漫型：乳腺结构扭曲，局限性密度变化，或结构不规则。罕见与肿瘤相关的细微钙化。
	结节型：通常呈局灶性的、边界不清的高密度，显示出典型的恶性征象。
超声波检查：	弥漫型：常呈弥漫性低回声改变。
	结节型：具有典型恶性征象的局灶性病变。

临床意义

浸润性小叶癌是所有乳腺成像技术中癌症检出率最低的，因此，浸润性小叶癌偶尔在较晚的阶段才首诊出来。

图9.17　浸润性小叶癌
左侧乳腺腋尾部的毛刺状，等信号肿块。

磁共振乳腺成像：浸润性小叶癌

T1 加权序列（平扫）

　　病灶与周围乳腺实质相比呈等信号，因此，位于乳腺实质中的病灶没有特异性的征象而能使病灶边界清晰。当病变被脂肪组织包绕时，病灶表现为圆形低信号，或边界不清（尤其是结节型）。这种平扫检查通常无显著性表现。

T2 加权序列

　　此病变显示出与乳腺实质相同或稍低的信号强度，偶尔出现瘤周高信号水肿区域。

T1 加权序列（对比增强后）

　　通常这些病灶呈圆形、不规则形或毛刺状，并显示出典型的恶性对比增强，病灶境界通常不清晰，环状增强可出现在50%的结节型病例中。信号曲线分析显示出自中等到明显的初始期对比增强，偶尔病变仅表现为初始期轻微对比增强。初始期后最常见的是平台期；其次是流出现象，不过，也有可能出现初始期后阶段的持续性信号升高。磁共振乳腺成像中对浸润性小叶癌的检出率低于对浸润性导管癌的检出率（表9.4）。

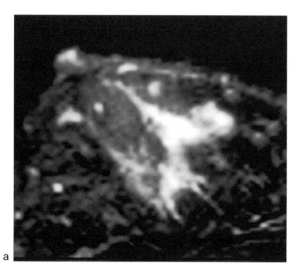

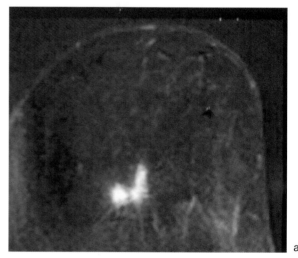

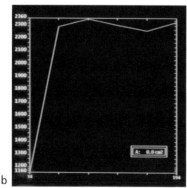

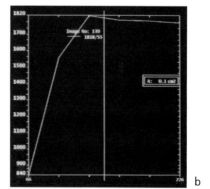

图 9.18a，b　浸润性小叶乳腺癌，弥漫型。
a 减影图像显示弥漫性对比增强，表现为从乳腺中央部分向周围呈放射状延伸的树枝状线条。
b 信号分析曲线表现为显著的初始期对比增强，伴初始期后平台期。
组织学（粗针活检）：浸润性小叶癌 G Ⅱ 。

图 9.19a，b　浸润性小叶乳腺癌，结节型。
a 减影图像显示左侧乳腺中央部分相邻的圆形和椭圆形肿瘤，肿瘤边界不清。
b 信号分析曲线表现为显著的初始期对比增强，伴初始期后平台期。
组织学：浸润性小叶癌 pT2 G Ⅱ 。

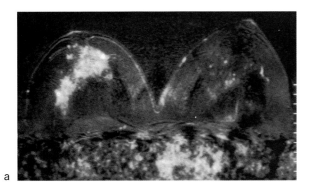

a

b

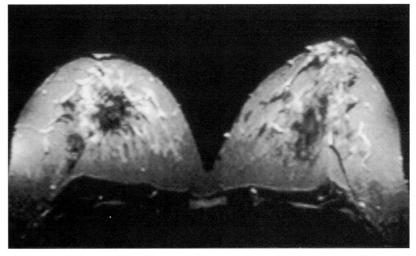

c

d

图 9.20a-d　浸润性小叶癌。

a　单层减影图像显示出广泛对比增强区域。

b　运用 MIP 技术显示肿瘤侵犯的整个范围。

c　变化不一的信号强度曲线，有一部分曲线显示出恶性特征。

d　T2 加权检查表现为肿瘤中心呈低信号，瘤周水肿。组织学（新辅助疗法前的粗针活检）：浸润性小叶癌。

文献调查结果

浸润性小叶癌是对所有乳腺成像技术的一大挑战，尤其是此类乳腺癌中的弥漫型，有时是难以检测出来的，医学文献报道表明磁共振乳腺成像在检测此类肿瘤的灵敏性有限。尽管如此，磁共振乳腺成像已证明其在检测肿瘤和术前评估及评估肿瘤范围等方面优于其他乳腺成像技术（表 9.4）。

表 9.4　浸润性小叶癌：磁共振乳腺成像的敏感性

作者（年）	病例数	标准	磁共振成像敏感性
Fischer 等（1999）	24	检测	92%[1]
Rodenko 等（1996）	20	范围	100%
		形态学	91%
Sittek 等（1998）	23	检测	83%[2]

[1]　一例假阴性呈轻微对比增强；一例假阴性是由于周围实质弥漫性增强所致。

[2]　两例假阴性是表现为无对比增强；两例假阴性是由于周围实质弥漫性增强所致。

髓样癌

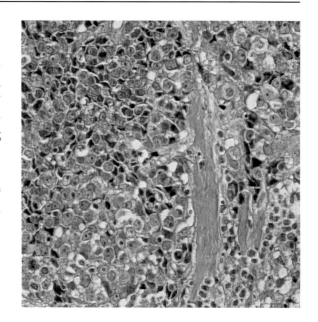

典型类型的髓样癌的组织病理学特征的定义是肿瘤细胞呈在宽基底层内生长的倾向，无明显的细胞边界（合胞体结构），高细胞核分级（有明显核仁的多形性细胞核，通常伴有高速有丝分裂），局限性的肿瘤边界，以及肿瘤周围和内部的明显的淋巴浆细胞性反应。含有这些大部分，不是全部，微观特征的癌症称为非典型髓样癌。髓样癌的中位大小为2～3cm，超过5cm的病灶易于出现中央性肿瘤坏死和钙化（图9.21－9.23）。

一般资料

发病率：	罕见，不到所有乳腺癌的10%，通常与BRCA基因有关。
高发年龄：	所有年龄阶段；通常在50岁以下。
预后	典型性：比浸润性导管癌要乐观。
	非典型性：和浸润性导管癌相同。

表现

临床：	边界清楚的肿瘤。
乳腺摄影术：	边界清楚的圆形或小分叶状肿块。
超声波检查：	偶尔部分表现为边界不清，原因是由于淋巴细胞性浸润所致。
	边界清楚，圆形低回声病变。

临床意义

髓样癌在恶性乳腺肿瘤中有特殊意义，因为典型性髓样癌有时是很难从乳腺良性实体肿瘤（例如：纤维腺瘤）分辨出来的。

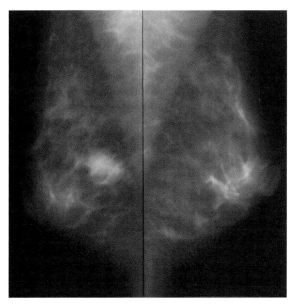

图9.21　乳腺髓样癌。
乳腺摄影术显示右侧乳腺中央部分的一个边界清楚的圆形肿块。

 磁共振乳腺成像：髓样癌

T1 加权序列（平扫）

边界清楚的低信号病灶，病灶位于实质内时难以检测出来。

T2 加权序列

与乳腺实质相比，病变呈相同或稍低信号。偶而出现瘤周高信号水肿区。

T1 加权序列（对比增强后）

圆形或椭圆形病变，表现出典型的恶性对比增强，偶尔出现环状增强。信号分析曲线通常表现为初始期中等到明显的对比增强，极少数病变表现为初始期仅轻微对比增强。初始期后最常见的是平台期；其次是流出现象，初始期后出现持续性信号升高非常罕见。

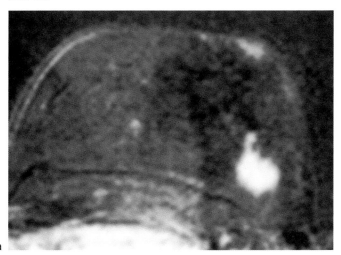
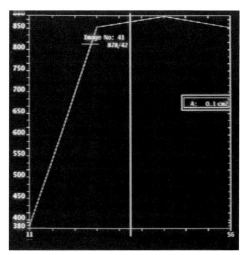

图9.22a，b　髓样癌。
a 减影图像显示为带小卫星状分支的圆形病变。

b 信号分析曲线表现为初始期明显对比增强，伴初始期后平台期。
组织学：髓样癌 pT2 GⅡ。

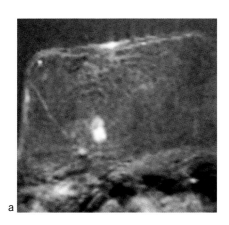
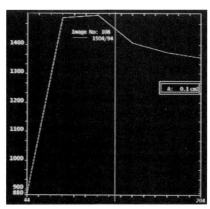

图9.23a，b　髓样癌。
a 减影图像显示一部分边缘不清晰的椭圆形病变。
b 信号分析曲线表现为初始期中等对比增强，伴初始期后流出现象。
组织学：髓样癌 pT1 GⅡ。

黏液癌

典型类型的黏液癌组织病理学特征的定义是：大量的细胞外黏液分泌物聚集在岛屿丛状的肿瘤细胞周围，钙化罕见。非典型或混合型黏液癌被看作是导管性或其他含有少部分黏液性分泌物的（占肿瘤体积的25%~50%）癌瘤的变异体。

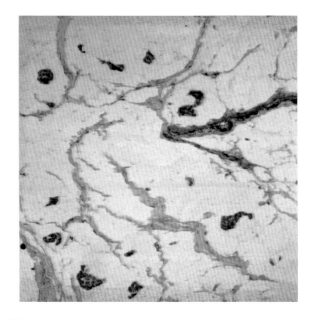

一般资料

发病率：   罕见，大约占所有乳腺癌的1%~4%。

高发年龄： 所有年龄阶段；年长女性占的比例高。

预后   典型性：预后乐观。
            非典型性：与浸润性导管癌相同。

表现

临床：   肿瘤边界清楚。

乳腺摄影术：边界清楚的圆形或小分叶状肿块（图9.24）。
            偶尔部分边界不清。
            肿瘤相关的细微钙化罕见。

超声波检查：边界清楚，常呈高回声病灶，其次为低回声病灶。

临床意义

取决于所含黏液成分的程度，与其他乳腺癌相比，黏液癌的预后乐观。

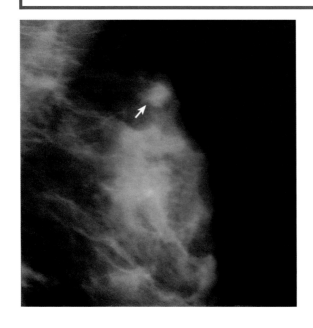

图9.24　乳腺黏液癌。
乳腺摄影术显示左侧乳腺内一境界清楚的、部分边缘不清（箭头所指）的圆形病灶。

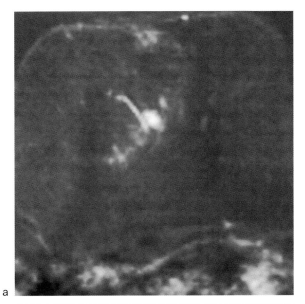

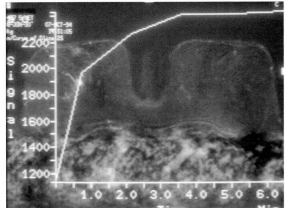

a

b

磁共振乳腺成像：黏液癌

T1 加权序列（平扫）

边界清楚的低信号病变，位于乳腺实质内时难以检测出来。

T2 加权序列

与乳腺实质相比，病变的典型表现是呈等或稍低信号。

T1 加权序列（对比增强后）

圆形或椭圆形的边界清楚的病灶，出现对比增强，环形强化罕见。信号分析曲线通常显示初始期呈非常强烈的对比增强（＞200％平扫的信号值），偶尔仅表现为初始期中等对比增强，仅初始期轻微对比增强的病变罕见。初始期后最常见的是平台期，其次是流出现象。初始期后阶段的持续性信号升高非常罕见。空洞：确实存在一些无对比增强的黏液癌病例（图9.26）。

图9.25a，b　黏液癌。

a 减影图像显示椭圆形病灶，病灶邻近静脉。

b 信号分析曲线显示初始期中等对比增强，伴初始期后平台期。

组织学：黏液癌。

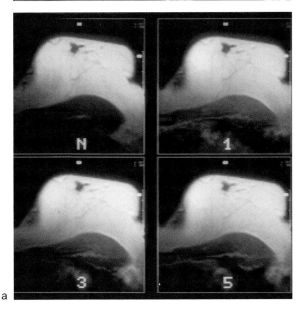

a

图9.26a，b　黏液癌。磁共振乳腺成像的缺陷。

a 动态测量显示病灶无对比强化（注射对比剂1，3，5分钟后测量）。

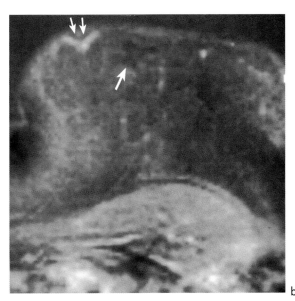

b

b 减影图像。肿瘤内无对比强化（箭头所指）（图9.24乳腺摄影片）。乳腺内静脉呈正常对比增强（双箭头所指）。

组织学：黏液癌。

浸润性乳头状癌

浸润性乳头状癌是用来描述具有叶状微观生长形式癌瘤的专业术语。此外，这些病变区通常有囊性成分（图9.27－9.29）。必须将导管内乳头状癌、非浸润性囊性乳头状癌与浸润性乳头状癌区分开来。

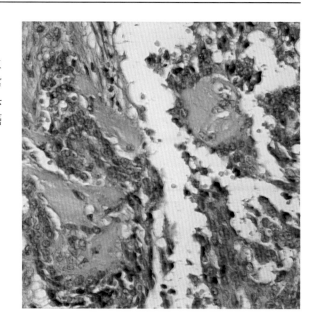

一般资料

发病率： 罕见，大概占所有乳腺癌的2％。

高发年龄： 50～60岁。

预后 同浸润性导管癌。

表现

临床： 病灶呈局限性的，可呈乳晕下肿瘤，血性乳头溢液，乳头收缩。

乳腺摄影术： 边界不清，病变通常呈分叶状。

耳后区域出现密度不对称性区。

罕见肿瘤相关性细微钙化。

超声波检查： 病变呈边界不清的低回声或无回声，伴高回声壁，病灶中央或病灶周围的后面出现声影。

临床意义

如果肿瘤边界不表现为囊性壁，就应当考虑乳腺内出现浸润性乳头状癌的可能性。

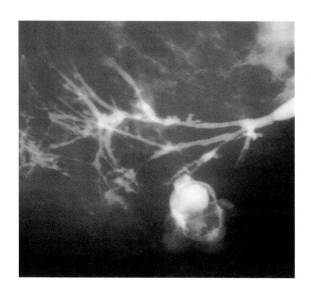

图9.27 浸润性乳头状癌

乳腺导管造影术显示正常导管系统内的单个囊状导管扩张里造影剂不完全充填，而其他的乳腺导管无异常。组织学：浸润性乳头状癌pT1 GⅡ。

磁共振乳腺成像：浸润性乳头状癌

T1 加权序列（平扫）

通常呈乳晕区后边界清楚的低信号病变。

T2 加权序列

偶尔表现为边界清楚的，呈中等信号强度的囊性病变信号灶的灶壁破裂。

T1 加权序列（对比增强后）

通常呈显著对比增强的圆形或椭圆形，边界清楚的病变。最常见的信号分析曲线表现为初始期明显对比增强，伴初始期后平台期或流出现象，也有可能出现环状增强。

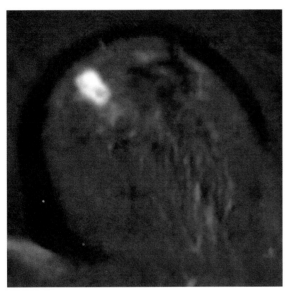

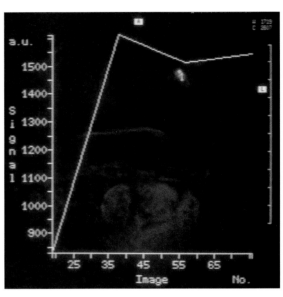

图9.28a，b　浸润性乳头状癌（见图9.27的乳腺导管造影术）。

a　减影图像显示在右侧乳腺内下部区见一椭圆形富血管肿瘤，瘤周对比增强。

b　信号分析曲线显示几乎100%呈初始期对比增强，伴初始期后平台期。

组织学：浸润性乳头状癌 pT1 G II。

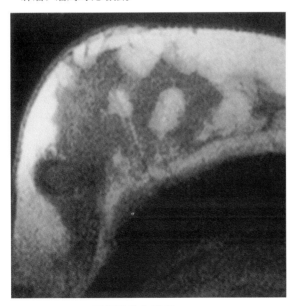

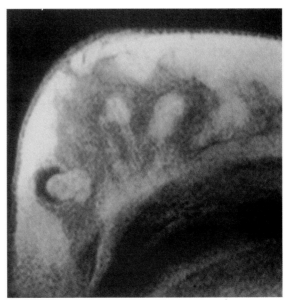

图9.29a，b　浸润性乳头状癌。

a　T1 加权GE序列显示实质性病变位于囊性病变内。

b　囊内和囊外的肿瘤部分呈显著对比增强。

组织学：浸润性乳头状癌 pT1 G II。

小管癌

　　小管癌的典型特征为分化良好的增殖，通常含有角形或分枝状管状肿瘤新生物成分，和正常乳腺导管相似。这些单层立方形上皮呈线形排列，从数量上来说，肿瘤成分中至少有75%的呈管状形式生长才能作此诊断。小管癌含有明显的纤维变性和黏液样成分，肿瘤边界常呈星芒状（图9.30－9.32）。大约50%的病例中存在细微钙化。混合性小管癌指的是管状成分所占比例不到肿瘤的75%。

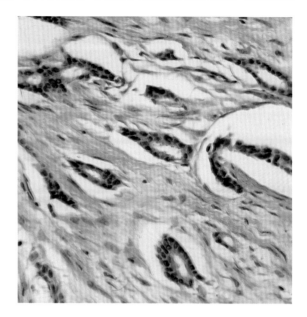

一般资料

发病率：　　　　罕见，不到所有乳腺癌的2%。

高发年龄：　　　所有年龄阶段；50～60岁是高峰。

预后　　　　　　与浸润性导管癌相比，较为乐观。

表现

临床：　　　　　可触摸到的可疑肿瘤。

乳腺摄影术：　　边界不清，常表现为带有明显毛刺的星芒状病变。偶尔可见乳腺正常结构扭曲、变形。
　　　　　　　　50%以上的病例中可见细微钙化。

超声波检查：　　边界不清的低回声病变，伴后方声影衰减。

临床意义

　　小管癌通常起源于称为放射状瘢痕的良性增殖性病变。随着肿瘤的扩大，小管癌逐渐表现为向普通的浸润性导管癌转化。

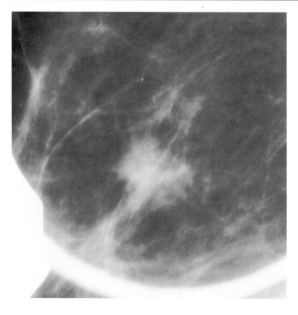

图9.30　小管癌

乳腺摄影术显示病变呈星芒状高密度灶（点压迫图像）。

▨ 磁共振乳腺成像：小管癌

T1 加权序列（平扫）

位于实质内的星芒状低信号病变是很难被检测出来的，当病变位于脂肪组织内时，表现出可疑特征。

T2 加权序列

与乳腺实质相比，病变呈与乳腺实质相同或稍低信号强度，偶尔可见瘤周高信号水肿区。

T1 加权序列（对比增强后）

星芒状病变显示出典型的恶性对比增强模式，环状强化罕见。信号分析曲线通常显示病灶呈中等至明显的初始对比增强。少数病变仅表现为轻微初始对比增强。在初始期后阶段，最常见的是平台期，其次是流出现象，初始期后阶段的持续性信号升高非常罕见。

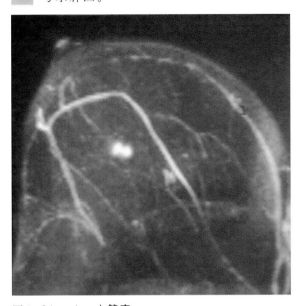

图 9.31a，b　小管癌。
a　减影图像显示出两个相邻的富血管病变。

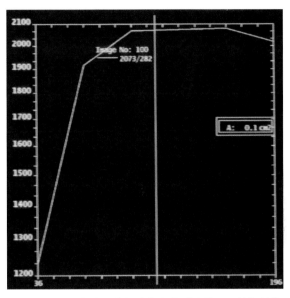

b　信号分析曲线表现为初始期中等对比增强，伴初始期后平台期。
组织学：小管癌 pT1 GⅡ。

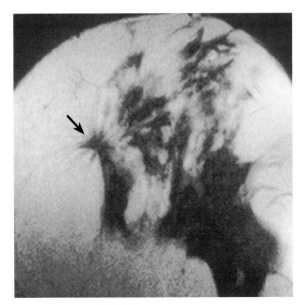

图 9.32a，b　小管癌。
a　T1 加权图像显示星芒状病变位于右侧乳腺中央区域（箭头所指）。

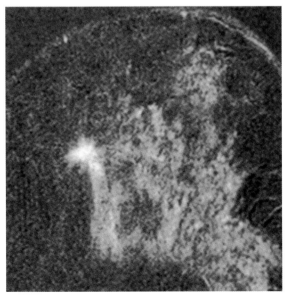

b　减影图像中此病变呈比周围实质更强的对比增强。
组织学：小管癌 pT1 GⅡ。

其他类型的肿瘤

炎性癌

炎性癌并不能算是一种组织学类型，而称之为临床实体更好（图9.33-9.35）。从镜下观见皮肤和乳腺组织呈弥漫性浸润，通常伴难以与之鉴别的浸润性导管癌。炎性癌的显著临床表现为红斑和水肿，受累范围常超过乳腺皮肤的1/3，在大约80%病例中可在扩张的皮肤淋巴管内发现肿瘤细胞。

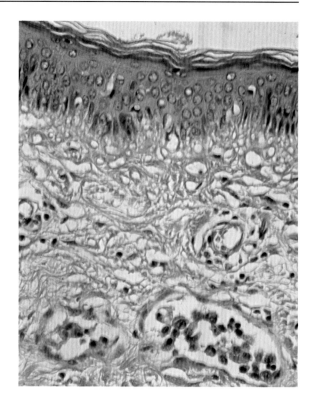

一般资料	
发病率：	罕见（占所有乳腺癌的1%～2%）。
高发年龄：	40～60岁。
两侧发生性：	相当高（文献报道达30%）。
预后	很差。所有乳腺癌中最具侵袭性。

表现	
临床：	红斑，水肿，体温过高，疼痛，弥漫性硬度增加。
（可选择方法）：	皮肤毛孔扩大，橘皮状皮肤，铠甲癌，肿瘤固定。
	腋窝淋巴结扩大常见（转移所致）。
乳腺摄影术：	皮肤变厚。乳腺实质密度增加（注意呈不对称性！）。
	偶尔可见弥漫性多形性细微钙化。
	局限性肿块仅见于1/3的病例中。
超声波检查：	皮肤变厚，间质内液体聚集（注意呈不对称性！）。

临床意义

临床上很难把炎性癌同非产褥期乳腺炎区分开来，即使是运用乳腺成像技术也一样。因此，皮肤活检是区分这两种病变所要进行的首要诊断程序之一。

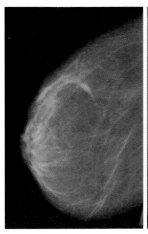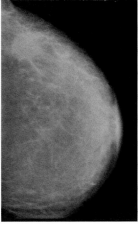

图9.33　炎性乳腺癌。
乳腺摄影术显示单侧乳腺实质密度呈弥漫性升高，皮下区域呈网状结构，且左乳腺的皮肤增厚。注意在外上象限的明显的肿瘤。

磁共振乳腺成像

炎性癌

T1加权序列（平扫）

皮肤增厚常是提示恶变的惟一特征（鉴别诊断：受照射的乳腺，非产褥期乳腺炎）。

T2加权序列

与对侧乳腺相比，受累乳腺的信号强度呈弥漫性升高。皮肤增厚。

T1加权序列（对比增强后）

受肿瘤浸润的增厚的皮肤和实质结构对比增强后信号升高，偶尔信号分析曲线并不显示出典型的恶性变化特征（文献报道称存在有轻度至中度的初始对比增强伴持续性初期后信号升高的情况），偶尔也有关于原发性肿瘤病变的报道。

空洞： 也有一些个案报道在还没有出现临床症状或临床症状轻微时，虽然出现了表皮淋巴肿瘤栓子（隐匿性炎性癌），但是空腔表现为无或轻微的对比增强。造成这种情况显然的原因是在没有肿瘤血管生成时，肿瘤细胞显著的弥漫性穿过淋巴间隔所致。

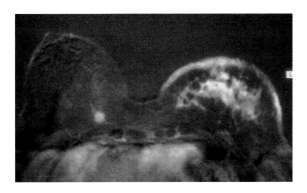

图9.34　炎性乳腺癌。
单层减影图像显示除左侧乳腺中央部分呈显著强化以外，增厚的皮肤信号亦升高。同时生长的对侧的乳腺癌位于右侧乳腺内侧部分。这两个诊断都得到了组织学证实。

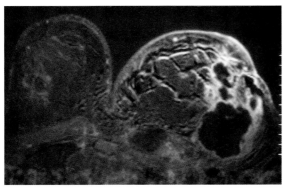

图9.35　炎性乳腺癌。
单层减影图像显示皮肤中等程度增厚，且皮肤和乳腺内结构显著强化。乳腺的大面积坏死与肿瘤空洞形成之间界限清晰。胸肌受肿瘤浸润。
诊断得到组织学证实。

乳头 Paget 病

应将 Paget 病看成是一种累及乳头的导管原位癌（图9.36－9.39）。大的、椭圆的肿瘤细胞称为 Paget 细胞，它们通常呈单个或聚集状位于乳头表皮内，且可能向周围皮肤区域扩散。在病变晚期，可出现溃疡，但真皮层未受浸润。

典型的乳头 Paget 病与（60%）乳腺导管原位癌或（30%）浸润性癌有关。

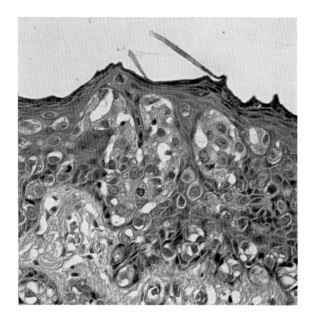

一般资料

发病率：　　　　罕见，大概占所有乳腺癌的2%。

高发年龄：　　　所有年龄段；40～60岁间为高峰期。

预后　　　　　　通常是乐观的（根据乳腺内的表现）。

表现

临床：　　　　　乳头和／或乳晕的未愈性湿疹样变化。

（选择方法）：　可触摸到的肿块见于约60%病例中。

乳腺摄影术：　　有时乳头区变扁平或增厚；乳腺后密度致密。
　　　　　　　　约50%病例中出现乳腺后细微钙化。

超声波检查：　　罕见与诊断相关的表现。

临床意义

主要与原发性 Paget 病作鉴别诊断的是皮肤病。乳头 Paget 病的诊断需要通过脱落细胞学或皮肤活检得到确认。

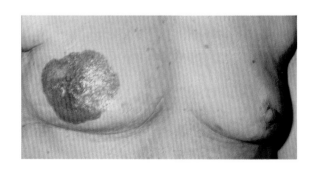

图9.36　乳头 Paget 病。
右侧乳头及其周围皮肤的典型湿疹样变化。右侧乳头区域呈非对称性变平。

磁共振乳腺成像

T1 加权序列（平扫）

乳头区域可能变平和 / 或变厚。

T2 加权序列

罕见有关乳晕下不对称性高密度的文献报道。

T1 加权序列（对比增强后）

从乳头区域内的无强化到表现为初始期明显对比强化和初始期后平台期或流出现象的典型恶性征象的各种不同表现均可见。有时磁共振乳腺成像还可以提供额外的为乳腺内肿瘤（导管原位癌，浸润性癌）所固有的确诊肿瘤及肿瘤侵犯范围的诊断信息。

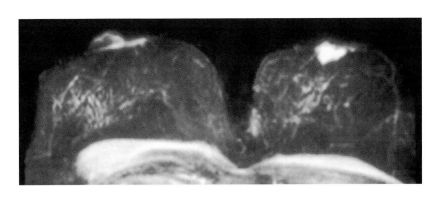

图9.37 乳头Paget病。
减影图像显示左侧乳头和乳晕下区域一局限性增强区域。右侧乳腺的生理性乳头和血管增强。
诊断得到组织学证实。

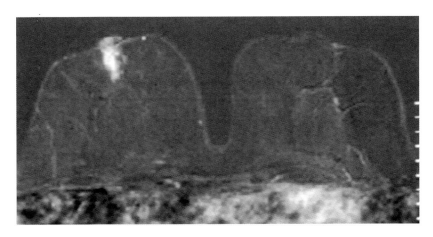

图9.38 乳头Paget病。
减影图像显示从乳晕区向右侧乳腺中央区扩展的对比增强，可看作是一种乳头后导管受累的征象。
诊断得到组织学证实。

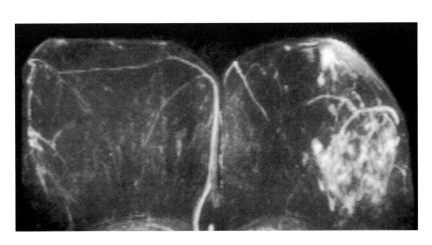

图9.39 乳头Paget病。
减影图像显示左侧乳头和乳晕下区域信号强化升高。另外，还可见左侧乳腺外侧部广泛的导管内和微侵袭性肿瘤。
诊断得到组织学证实。

恶性叶状肿瘤
（又称为叶状肿瘤或恶性叶状囊肉瘤）

　　恶性叶状肿瘤是乳腺的一种很有特点的纤维上皮瘤，与身体中任何其他器官无相似部分（图9.40和9.41）。这种形式恶性肿瘤的特点是其有丝分裂活性高（>5个核裂／10个高倍视野），细胞异型度高，基质成分明显，肿瘤的生长方式呈向周围组织浸润生长。肿瘤基质显示出显著的肉瘤分化。而且，肿瘤还常表现出出血和溃疡的征象。

磁共振乳腺成像：恶性叶状肿瘤

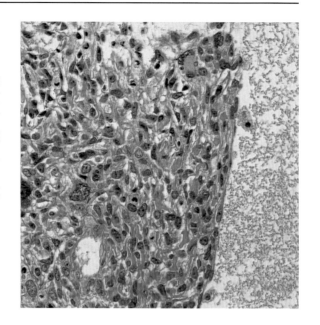

一般资料

预后：	无可靠数据。
转移扩散：	血源性转移占20％，很少呈淋巴性转移。
发病率：	占所有乳腺癌的0.2％。
高发年龄：	40～60岁。

表现

临床：	生长迅速，呈光滑或结节状肿块，直径可达10cm或更大。皮肤随肿瘤长大而变化（变薄和／或变成青紫色）。
乳腺摄影术：	均质性，圆形，椭圆形，或呈分叶状肿瘤（与纤维腺瘤相似）。偶尔可见晕轮征，系由于周围组织压迫所致。极少见细微钙化或巨块状钙化。
超声波检查：	边缘光滑，圆形或分叶状病变，后方声影增强。囊内含物与诊断相关。

临床意义

　　有时侯，在叶状肿瘤和纤维腺瘤之间作鉴别诊断较困难。患者年龄、快速生长及对囊内容物的表述对叶状肿瘤的诊断有提示。

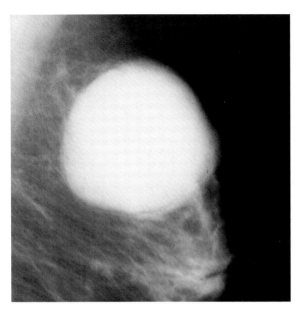

图 9.40　恶性叶状肿瘤。
乳腺摄影术显示一大的边界清楚的分叶状肿块。

 T1 加权序列（平扫）

　　边缘光滑，圆形或分成小叶状病灶，无假包膜分界。信号强度比乳腺实质低或与之相等，有时可见圆形病灶的内容物呈与囊变或坏死性变化相应的 MR 信号较低的信号。

T2 加权序列

　　边缘光滑，圆形或分叶状病灶，与乳腺实质信号相比，呈等信号至高信号。有时可见圆形病灶的内容物呈与囊变或坏死性变化的相应的 MR 信号较高的信号。

T1 加权序列（对比增强后）

　　实体肿瘤部分内呈强烈对比增强。随着检查过程的延长，囊变或坏死区域的分界更清晰。初始对比增强通常为 100% 或更高，初始期后信号通常表现为呈持续性升高或出现平台期。当病灶内没有液性内容物时，将其与基质成分含量高的纤维腺瘤鉴别开来是不可能的。磁共振乳腺成像不可能鉴别良性、恶性和疑似叶状肿瘤。

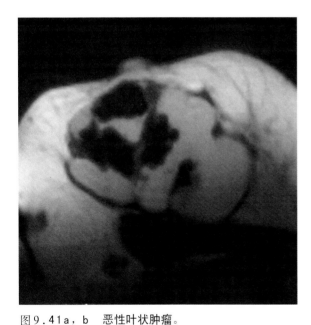

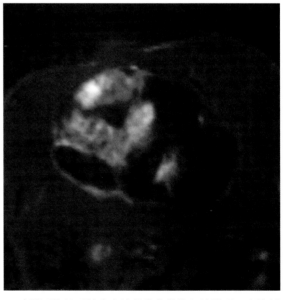

图 9.41a，b　恶性叶状肿瘤。
a T1 加权平扫图像显示一分叶状肿瘤的实体部分（低信号）和出血性囊性部分（高信号）。

b 减影图像显示肿瘤实体部分的非均匀性增强，囊性部分无强化，周围包膜部分强化。
　组织学：恶性叶状肿瘤。

肉瘤

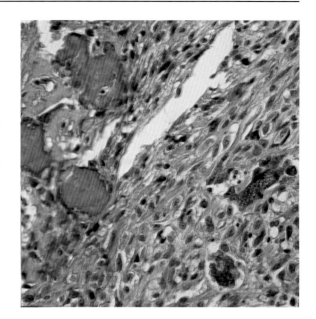

乳腺肉瘤起始于导管周围或小叶周围基质，与其他软组织内的原发性恶性间充质肿瘤的表现相一致。这些肿瘤代表的是一种异质性组织学类型，最常见的类型是恶性纤维组织细胞瘤；其次是血管肉瘤（图9.42和9.43）。有时候，肉瘤可发生于放射治疗后。在乳腺内，已经有文献报道的有纤维肉瘤、恶性纤维组织细胞瘤、脂肪肉瘤、平滑肌肉瘤、软骨肉瘤及血管肉瘤。

一般资料

发病率：	很罕见（＜所有乳腺肿瘤的1％）。
高发年龄：	所有年龄（平均年龄为30～40岁）。
预后：	取决于组织学分级。
两侧发生：	很罕见。

表现

临床：	无痛性，可活动的，通常是快速生长的肿块（检测时约4～6cm）。皮肤随肿瘤长大而变化（伸展，变成青紫色）。
乳腺摄影术：	高密度，通常边界清楚，有时出现微分叶。骨肉瘤的标志是肿瘤内出现骨小梁结构。
超声波检查：	非均质性，低回声结构变化。

临床意义

由于乳腺肉瘤很罕见，所以其临床意义很小。

磁共振乳腺成像

T1 加权序列（平扫）

通常是没有假包膜分界的边缘光滑的病灶，信号强度比乳腺实质信号低或与乳腺实质信号相等。肿瘤内高信号区域与凝血块相对应。

T1 加权序列（平扫 + 脂肪抑制）

肿瘤内高信号区域无信号抑制。

T2 加权序列

与乳腺实质信号相比，肉瘤通常呈边缘光滑的高信号灶。肿瘤内高信号区域与凝血块相对应。

T1 加权序列（对比增强后）

肉瘤呈非均匀性对比增强的边缘光滑的圆形病灶，信号分析曲线显示出典型的恶变特征（初始期显著对比增强；初始期后出现平台期或流出现象）。肿瘤内区域（凝血块）无对比增强，这是血管肉瘤特异病征性的 MR 增强表现（6 / 6 例）。

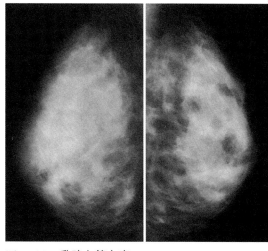

图 9.42　乳腺血管肉瘤。

图 9.43a，b　乳腺血管肉瘤。

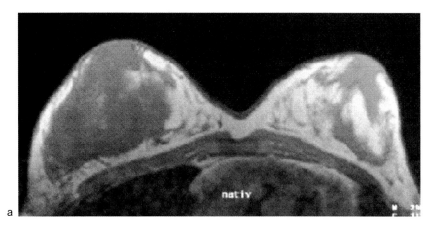

a

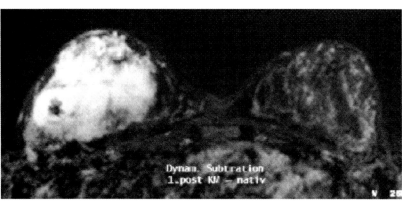

b

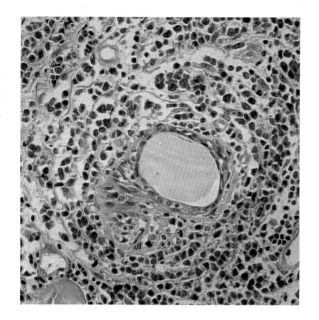

向乳腺内转移是位于对侧乳腺的原发恶性肿瘤最常见的表现，其他的原发性肿瘤是位于乳腺外的（例如支气管肺癌，恶性黑色素瘤），或是呈恶性表现的系统性疾病（例如淋巴瘤和白血病）（图9.44－9.46）。乳腺外原发性肿瘤罕见，包括浆细胞瘤、肾癌、膀胱癌、卵巢癌、胃癌及子宫癌和肠道类癌瘤。结肠腺癌和直肠腺癌极少出现乳腺转移癌。

预后：	通常很差（以下除外：恶性黑色素瘤，淋巴瘤）
发病率：	很低。
高发年龄：	依原发肿瘤而定。
两侧发生：	相当普遍（文献报道可达30％）。

临床：	乳腺内的小病变通常呈隐匿性的。
乳腺摄影术：	实体性原发性肿瘤的转移：病变呈边缘平滑的，圆形，均质性病灶。
	淋巴瘤或白血病转移：乳腺实质密度呈弥漫性升高。
	细微钙化或巨块状钙化罕见。
超声波检查：	边缘光滑的圆形实性病灶，伴后方声影增强。
	淋巴瘤或白血病转移：实质性回声的弥漫性增强。

对原发性乳腺肿瘤和乳腺转移瘤，即来源于血液性或淋巴系统性疾病的乳腺转移瘤所进行的鉴别，对治疗结果和预后非常重要。

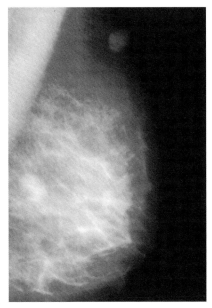

图9.44　乳腺转移瘤。
乳腺摄影术显示数个边界清晰的，均质性圆形病灶。

 磁共振乳腺成像：乳腺转移瘤

T1 加权序列（平扫）

乳腺转移瘤病灶呈低于乳腺实质的信号或与乳腺实质信号相等，边缘光滑，因此，位于实质内时，难以检测出来。病变位于脂肪组织内时，肿瘤边界很明显，很容易检测出来。淋巴瘤可能表现为皮肤增厚。

T2 加权序列

乳腺转移瘤病灶呈边缘光滑的等信号或略高信号，弥漫性浸润性病变导致受累乳腺呈较高信号（非特征性表现）。

T1 加权序列（对比增强后）

乳腺转移瘤呈边缘光滑的圆形或椭圆形病变，通常呈显著对比增强。信号分析曲线显示出原发性乳腺癌的典型特征（初始期显著对比增强；初始期后出现平台期或流出现象），可能呈环状强化。

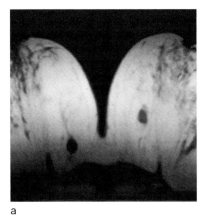 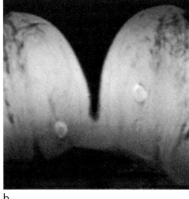 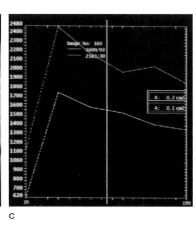

a　　　　　　　　b　　　　　　　　c

图9.45a-c　恶性黑色素瘤的乳腺内转移。
a T1 加权平扫图像显示两侧乳腺的病灶呈椭圆形低信号。

b 病变在T1 加权增强后呈环状强化。
c 信号分析曲线显示初始期显著对比增强伴初始期后"流出"现象。

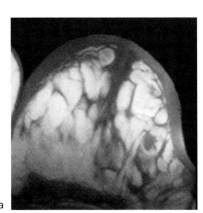 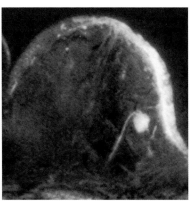

a　　　　　　　　　　　　　　　b

图9.46　乳腺霍奇金淋巴瘤表现。
a T1 加权平扫图像显示皮肤增厚。
b T1 加权增强后图像显示部分皮肤呈对比增强（诊断得到组织学证实）。另外，在乳腺外侧部可见一边界不清晰的富血管病灶（细胞学穿刺证实其为霍奇金淋巴瘤）。

10 男性磁共振乳腺成像

男性乳腺发育

男性乳腺发育这个各词可追朔至盖仑(Galen)时代（约公元129～200年）。它指的是男性单侧或双侧性乳腺的良性增大，通常是可逆性的（图10.1）。男性乳腺发育归因于乳腺间质成分的少量增加和导管的增殖。可以分为几个不同的类别，可能是正常的生理现象，或是与下述疾病相关的病理性表现。

新生儿期男性乳腺发育，青春期男性乳腺发育，老年性男性乳腺发育

这些形式的男性乳腺发育代表着由于各自激素状况不同而所致的生理性变化，乳腺成像技术在诊断性检查中不起作用。

男性乳腺发育

成年男性的病理性乳腺发育是在过量的雌性激素或雄性激素分泌水平下降的影响下形成的。此外已发现很多带有"雌激素效应"的药物会导致男性乳腺发育。下述原因需要引起特别注意：

- 雌激素治疗，雌激素分泌性，或男性促性腺素分泌性睾丸肿瘤或肾上腺肿瘤，类肿瘤综合征，肝硬化。
- 无睾丸畸形，去势，性腺功能减退症，克兰费尔特（Klinefelter）综合征，甲状腺功能亢进。
- 含螺内酯、西米替丁、维拉帕米、大麻的药物。

磁共振乳腺成像显示在T1加权平扫序列中，乳头后区域呈低信号，注射对比剂后该区域通常不显示或仅显示轻度对比增强。如果发现明显强化或增强可疑，则必须进行活检，以排出恶变可能。

假性男性乳腺发育

假性男性乳腺发育的增大的乳腺内仅包含有脂肪组织（超重！），无乳腺实质成分。磁共振乳腺成像中的相关表现可排除真性男性乳腺发育。

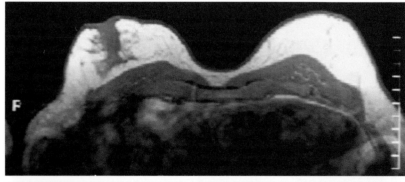

图10.1a，b 单侧男性乳腺发育。

a T1加权平扫图像显示右侧乳头后区域内实质体。

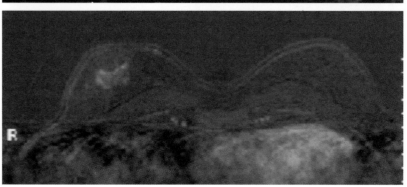

b 减影图像显示轻度对比增强。

男性乳腺癌

与较早的观点相比，男性乳腺癌和女性乳腺癌在组织学上并没有明显区别。然而，因为管状结构在男性乳腺内不常见，所以仅有很少的关于男性浸润性小叶癌的报告。尽管大多数肿瘤是浸润性导管癌（图10.2），但是所有其他组织学类型的乳腺癌（非特殊型、髓样癌、乳头状癌、胶样癌和Paget病）都有在男性中发生的报告。

男性乳腺癌很少见，在所有乳腺癌中所占比例不到1%。男性乳腺癌的发病率随年龄增长而上升，在50～70岁之间是高峰期（35岁时的发病率为0.1/100，000；85岁时的发病率为11/100，000）。

男性乳腺癌发病率的上升所显示的危险因素包括隐睾、睾丸炎、不育、高胆固醇血症、外源性雌激素注射及放射线照射（潜伏期可达12～35年）。罹患乳腺癌的男性中大约30%的有在女性或男性家族成员中患有乳腺癌的家族史。

对男性乳腺癌可疑者所进行的主要的诊断方法是乳腺摄影术和经皮活检，男性乳腺发育本身并不是乳腺癌发生的危险因素，因此必须将其当作一个不同的诊断。

男性乳腺癌的磁共振乳腺成像表现和女性乳腺癌的一样，显示出相同的恶性特征。

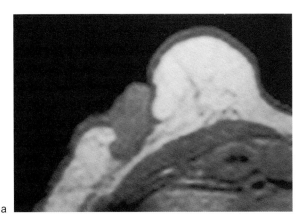

a

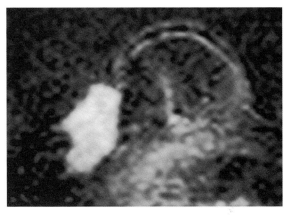

b

c

图10.2a-c　男性乳腺癌。

a　T1加权平扫图像显示肿瘤位于正中央，前侧部有溃疡。

b　减影图像显示其为富血管的，边缘光滑的分叶状病灶。

c　信号强度曲线分析显示初始期显著对比增强（>100%）伴初始期后"流出"现象。

组织学：浸润性导管癌。

11 磁共振乳腺成像的指征

没有明确表现患者的磁共振乳腺成像

临床检查、乳腺摄影术和经皮活检相结合仍然是诊断乳腺癌的基础。乳腺超声检查是一种补充性的诊断技术，尤其是对于在乳腺 X 线摄影中显示乳腺实质呈致密状的乳腺的检测有作用。将从临床检查中得到的结果、影像技术及细胞学组织学检测结合在一起能对乳腺病变和变化作出全面解释（表11.1和图11.1，11.2）。根据结论性的评估，可以把所有发现进一步归于 5 个评估类别之一：1 类（无发现）包含正常检查无明显发现的无需进行鉴别的表现；2 类（明确的良性表现）包括检查中发现的可明确的病变，即典型的良性变化（例如：脂肪瘤，油脂囊肿，错构瘤，钙化纤维腺瘤）；3 类（良性可能性大的表现）包括检查结果为可明确的病变，即指高度良性可能的变化（例如：非钙化性纤维腺瘤，因乳腺实质性结构重叠所致的乳腺 X 线摄影术中的局灶性致密影）；4 类（可能恶性的表现）包含检查结果为可疑异常，却没有典型恶性特征，但是需要进一步检查；5 类（高度提示恶性的表现）包括检查结果可明确的病变，即指恶性可能性很高的变化。

对乳腺表现的全面解释必须把每种诊断性检查的潜能及其局限性均要予以考虑，它既不要求在所有病例中应该运用所有诊断技术，也不要求用所有方法来确定乳腺病变或变化（例如：乳腺 X 线摄影术上看到的花簇状多形性细微钙化，就不需要和高度提示恶变的可触摸肿块或超声检查到的病灶相联系起来）。

在评估 3 类表现的诊断性疾病检查中，若常规成像技术已经运用，但是没有足够高的可能性来排除恶变，有时则运用动态磁共振乳腺成像的指征。

在评估 4 类表现时，磁共振乳腺成像是作为补充性的诊断性检查来进行的。在磁共振成像检查中，所有的恶性特征都没有表现出来时，则开放性活检有时是可以避免进行的（见第 1 2 章）。如果磁共振乳腺成像不能避免活检的话，其检查结果就可作为术前的局限性阶段。

磁共振乳腺成像在对病灶高度提示恶性可能（5 类）患者的术前分期中起着重要作用，它的价值在于它能额外提供与肿瘤有关的关于肿瘤的大小和侵犯程度、多中心性及两侧发生性的信息。

目前的文献中可以找到大量的关于运用磁共振乳腺成像来进一步评估在乳腺 X 线摄影和／或超声检查中的表现不确定的报道。这些病例通常被称作所谓的"问题病例"。Buchberger 及其同事将磁共振乳腺成像当作对不能明确的局限性病灶和弥漫性异常的补充技术，他们的研究工作已经表明磁共振乳腺成像在某些病例中能提供额外诊断信息。然而，他们并不建议停止采用活检（Buchberger 等，1997）。Gilles 及其同事强调磁共振乳腺成像对发现临床隐匿性病灶的灵敏度高（95％），但在他们的研究中，磁共振乳腺成像的特异性仅达53％（Gilles 等，1994）。Heywang-Köbrunner 及其同事的研究显示，对共计525 例"问题病例"进行磁共振乳腺成像检查，检查的灵敏度从60％提高到98％，特异性从45％提高到65％。然而，必须指出的是，该研究所收集的病例包括在寻找未知原发性肿瘤中所进行的研究，以及手术后的患者，两者都已有进行磁共振乳腺成像的适应证（Heywang-Köbrunner 等，1990）。Rieber 及其同事在一项回顾性分析中，表明为对诊断不明的乳腺病变作进一步评估而使用常规的磁共振乳腺成像，能正确地排除96％以上的病例是恶性的，然而，浸润性（0.8％）和导管内（2.9％）病变都漏诊了（Rieber 等，1997）。

概括地说，当前文献中发表的研究中强调了的一个事实，即常常不是所有的有明确指征的常规诊断程序都进行了。偶尔漏掉了对超声检查结果的描述，而且大多数研究中没有提到经皮活检。为评价动态磁共振乳腺成像，尤其是考虑到每种检查指征的费用 - 效果问题，应当做前瞻性研究以对特异性的"问题病例"进行定义。

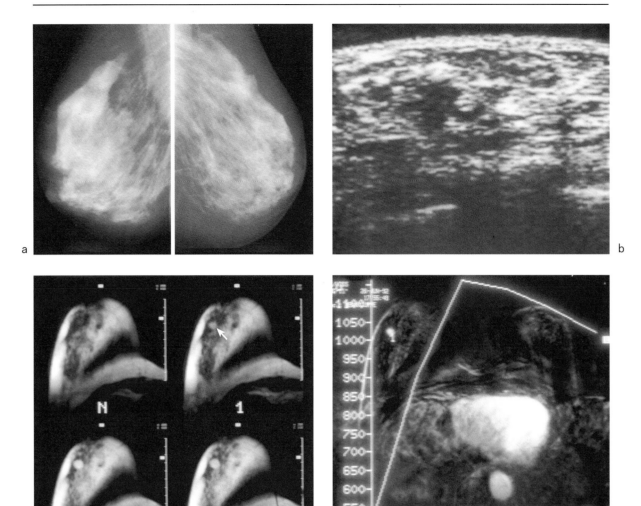

图 11.1a-d　为进一步评估表现不明确所进行的磁共振乳腺成像。81 岁患者，无激素替代治疗史，右侧乳头外侧面诊断不明确的可触摸肿块。

a　乳腺 X 线摄影术显示非均质性的致密乳腺组织（美国放射学会 3 型），没有可以辨认的病变。

b　超声检查显示右侧乳腺外上象限见一边界不清的低回声病灶。

c　动态磁共振乳腺成像，平扫检查显示正常。增强后检查显示右侧乳腺外上象限见一富血管的边缘平滑的圆形病灶，伴环状强化（箭头所指）。

d　信号分析曲线显示初始期显著对比增强伴初始期后"流出"现象。

超声（US）引导下的粗针活检：无恶性变征象。

阅片诊断：右侧乳腺内可疑异常。

结果：术前作超声引导下对右外上象限病变进行定位的开放性活检。

组织学：浸润性导管癌 pT1c（12mm）G II 非特殊型。

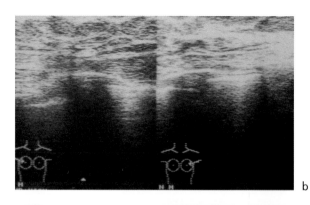

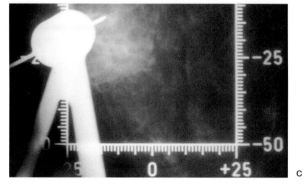

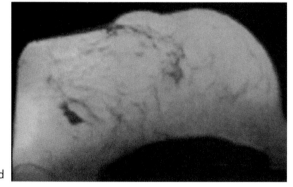

a

b

c

d

d

图 11.2a-e　为进一步评估表现不明确所进行的磁共振乳腺成像。56 岁患者，乳腺 X 线摄影普查，无高危因素，临床检查为正常。

a 乳腺 X 线摄影术显示病灶位于右乳腺外上象限，呈边界不清的纤维腺性乳腺组织（美国放射学会 2 型）。

b 超声检查未见可辨认出来的相关病变。

c 立体定位粗针活检后的组织学：乳腺无非典型性的增殖性纤维囊性变化。

d T1 加权平扫图像显示相应的表现。

e 减影图像显示模糊区域内表现为无对比增强（对比剂注射后的第 2 次测量）。

阅片诊断：右侧乳腺内的良性表现可能性大。

结论：6 个月后随诊复查乳腺 X 线摄影术。

随访 4 年以上，乳腺 X 线摄影术表现显示无变化。

表11.1　根据传统诊断后全面解释的磁共振乳腺成像的指征

阅片综合诊断	分　类	结　论
阴性	1	无需磁共振成像
良性表现	2	无需磁共振成像
良性表现可能性大	3	需要磁共振成像
可疑异常	4	需要磁共振成像
高度提示恶性的表现	5	磁共振成像分期

磁共振乳腺成像的指征：
不确定的乳腺表现

　　磁共振乳腺成像能为乳腺表现不明确的患者额外提供诊断相关性信息，这些患者可以是进行常规成像技术后或由于某些原因不能进行这些成像技术的患者。磁共振乳腺成像对于直径在 5～10mm 的不明确病变时，尤其有作用。

空洞

　　由于可疑的细微钙化可能意味着是导管内乳腺癌，所以不能用磁共振乳腺成像来进一步评估可疑的细微钙化，因为磁共振成像不能可靠地确定或排除细微钙化（见第9章，导管原位癌）。

术前分期

术前进行磁共振乳腺成像是其运用的最重要指征之一，在所有的乳腺成像技术中，磁共振乳腺成像是检测浸润性乳腺肿瘤灵敏度最高的技术。这是因为磁共振乳腺成像特别适合于除了能显示对侧乳腺癌外，还能额外提供有关肿瘤侵犯范围、可能存在的多灶性或多中心性等术前信息。目前已发表的研究有力地证明了术前MR分期在制定基于分期基础上的恰当治疗策略中的作用。

肿瘤大小

运用乳腺成像技术（乳腺X线摄影术，超声，磁共振乳腺成像）来评估肿瘤大小和组织学的肿瘤测量的对比性研究证明，磁共振乳腺成像是优于其他方法的最好方式。Boetes等（1995）发现磁共振乳腺成像和在组织学标本中测量的肿瘤大小无明显差异。相反，乳腺X线摄影术（14%偏差）和超声（18%偏差）明显低估了肿瘤大小。这些结论得到了Mumtaz等（1997）（磁共振乳腺成像 $r^2=0.93$，X射线乳腺摄影术 $r^2=0.59$）和Rodenko等（1996）（磁共振乳腺成像为85% vs. X射线乳腺摄影术为32%）研究结果的证实。

大量导管内成分（EIC）

磁共振乳腺成像在检测导管内成分（图11.3和11.5）上也优于传统的X线乳腺摄影术。在这点上，Mumtaz及其同事的研究表明磁共振乳腺成像的灵敏度为81%，特异性为93%，然而，乳腺X线摄影术的灵敏度和特异性值（62%和74%）显著低于磁共振乳腺成像（Mumtaz等，1997）。与此结论一致的是，Soderstrom及其同事都认为术前磁共振乳腺成像能准确评价95%的肿瘤大小（与此对应的是乳腺X线摄影术能准确评价74%乳腺肿瘤的大小）（Soderstrom等，1996）。

提示出现EIC的磁共振乳腺成像的重要特征是原发性肿瘤周围出现树枝状结构的对比增强区域，若还出现小的圆形或椭圆形强化灶的话，就是微浸润性肿瘤的征象。由于磁共振乳腺成像中大量导管内成分的树枝状结构的缘故，使得信号分析中选取的ROI非常小，并且取得的信号—时间曲线通常缺乏提示恶变的典型特征。因此，出现了上述形态学变化，没有恶性可疑的信号—时间曲线时，也不能排除EIC。

多病灶

医学文献中关于多病灶的定义非常多。大多数研究小组对多灶性的叙述都是基于Lagios及其同事的解释，他们把多病灶定义为在乳腺的一个象限内出现两个或多个病灶（Lagios等，1981）。

> **！多病灶**
> 乳腺的一个象限内出现两个或多个癌瘤。

已报导的多病灶乳腺癌的发病率（图11.4和11.7）介于25%和50%之间。乳腺X线摄影术检测出多病灶比例约为15%。

在我们自己的受试组中，约8%的乳腺癌显示为多病灶。其中超过70%的可单独在术前的磁共振乳腺成像中识别出来（Fischer等，1999）。这些结果与其他小组的研究结果是相一致的（Rieber等，1997；Harms等，1993）。

多中心性

多中心性的定义也很多，我们推荐运用下述的严格定义：对多个病灶在乳腺各象限的分布进行了描述且规定了继发性病变距离原发病灶有一确定的最小距离。

> **！多中心性**
> 乳腺象限内出现一个或多个癌瘤，而不是隐匿于原发灶中，且与原发病灶的距离最少2cm。

由于使用不同的定义，文献报道的有关多中心性乳腺癌的发病率差异很大（图11.6）。组织病理学研究报道的多中心性乳腺癌的发病率在40%~60%之间。然而，必须要说的是，一些在组织学上证明为导管内病变而诊断为多中心性的腺癌并不会发展成有症状的浸润性乳腺癌，并由此而有显著的临床意义。多中心性发病率的真实估计在15%~30%之间。

数个研究表明磁共振乳腺成像是检测乳腺癌多中心性的最灵敏的方法，我们自己的基于大量受试患者（$n=463$）的术前磁共振成像研究显示

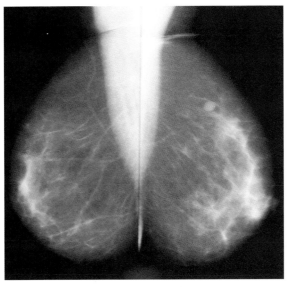

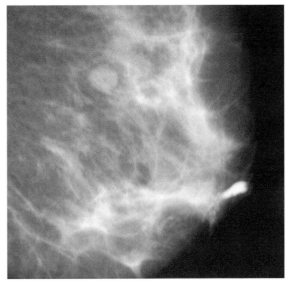

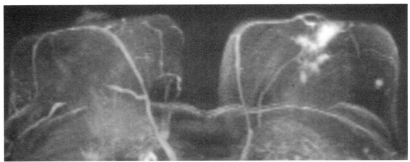

图 11.3a-c　含大量导管内成分的乳腺癌。54 岁患者，左侧乳腺乳头血性分泌物，无异常可触摸到的发现。

a 乳腺X线摄影术显示乳腺组织密度不对称 (右侧乳腺：美国放射学会1型；左侧乳腺：美国放射学会2型)。左侧乳头后区域内出现边界不清的高密度，其内含有可疑细微钙化。

b 乳腺导管造影术清楚显示在簇状细微钙化处，导管末端扩大呈圆钝状。

脱落细胞学：癌细胞。

综合性阅片诊断：左侧乳腺乳腺癌。

c 磁共振乳腺成像确认了肿瘤 (最大密度投影技术)，延伸至乳腺中央部的树枝状对比增强进一步证明了肿瘤。

侧面表现：左侧乳腺外侧部的纤维腺瘤。

组织学：含大量导管内成分的导管癌 (pT1c)。

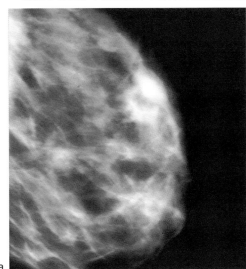

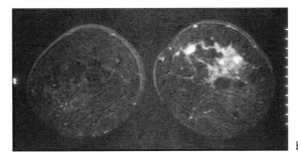

图 11.4a，b　多灶性乳腺癌。48 岁患者，左侧乳腺内上象限可触及肿瘤。

a 乳腺X线摄影术显示乳腺组织的密度不均匀，其内见一边界不清的病灶 (美国放射学会 3 型)。

超声检查中确定了相关的同一病灶 (无图)。

综合性阅片诊断：病灶高度提示恶性可能。

b 磁共振乳腺成像减影图像确认具有典型恶变特征的相应病灶，并可见肿瘤向外侧远方扩展 (冠状位)。

组织学：多灶性，部分导管浸润，部分黏液性乳腺癌 pT1c　G II N0 (0/10)。

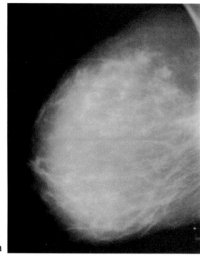
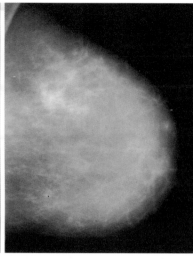

图 11.5a, b   含大量导管内成分的乳腺癌。50 岁患者, 左侧乳腺中央部分可触及肿瘤。

a 乳腺 X 线摄影术显示左侧乳腺呈纤维腺瘤样乳腺组织 (美国放射学会 3 型), 其中—外侧区域内见一边界不清的病灶。

综合性阅片诊断: 左侧乳腺的病灶高度提示恶性可能。

b 磁共振乳腺成像显示左侧乳腺中央部位一富血管病变, 肿瘤邻近区域部分呈树枝状, 部分呈圆形对比增强, 这是导管内-即微浸润性肿瘤成分的特征 (最大密度投影技术)。

组织学: 浸润性导管乳腺癌 (pT1c [11mm] G Ⅲ), 伴广泛性导管原位癌表现及其周围区域微浸润 (实体亚型 G Ⅲ)。

图 11.6a, b   多中心性乳腺癌。41 岁患者, 左侧乳腺切除后改变, 右侧乳腺下方部位可触及异常。

a 乳腺摄影术显示密度不均匀的致密乳腺组织 (美国放射学会 3 型), 其内见一边界不清的病灶 (箭头所指)。
综合性阅片诊断: 乳腺病灶高度提示恶性可能。

b 磁共振乳腺成像确认其外下象限内一椭圆形病变, 此外还进一步描绘出所有象限内的富血管病变, 以此作为多中心性肿瘤生长的证据。

组织学: 多中心性导管浸润性乳腺癌 (pT2 G Ⅱ)。

▽

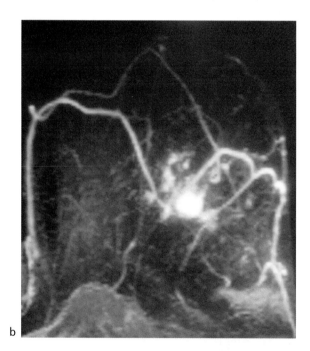

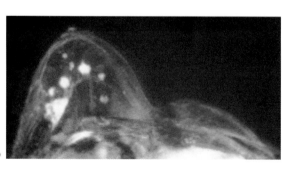

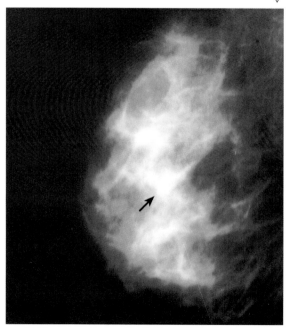

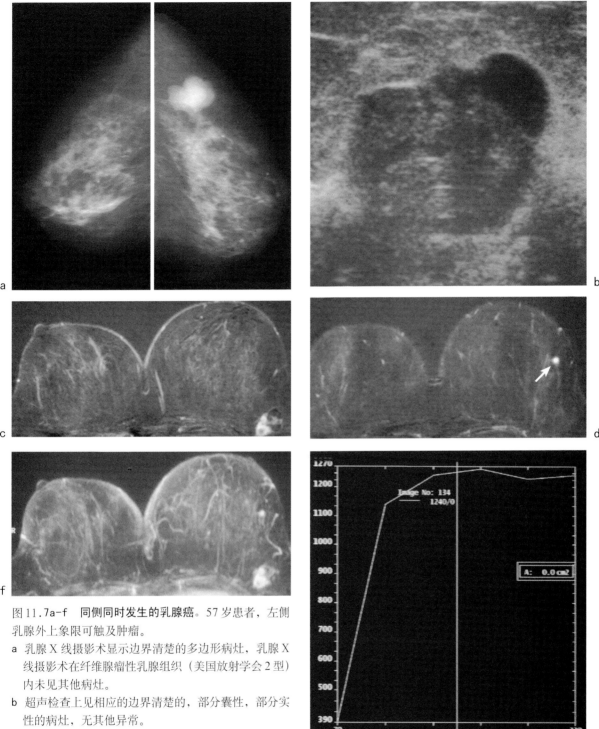

图 11.7a-f 同侧同时发生的乳腺癌。57 岁患者，左侧乳腺外上象限可触及肿瘤。

a 乳腺 X 线摄影术显示边界清楚的多边形病灶，乳腺 X 线摄影术在纤维腺瘤性乳腺组织（美国放射学会 2 型）内未见其他病灶。

b 超声检查上见相应的边界清楚的，部分囊性，部分实性的病灶，无其他异常。
  综合性阅片诊断：病变显示出叶状肿瘤特征。

c 术前磁共振乳腺成像：单层减影图像显示左侧乳腺外上象限内见一部分富血管性的边界清楚的病灶。

d 左乳腺外下象限内的额外检测到的一个直径为 5mm 的小的富血管病灶（箭头所指）。

e 额外检测到的病灶信号分析曲线显示出初始期的非常强烈对比增强伴初始期后平台期。

f 最大密度投影技术对两个病灶的显示。

处理过程：外科手术切除可触及的肿瘤和第 2 个较小的病灶（术前 MR 定位后）。

组织学：直径 3cm 的恶性叶状肿瘤（左侧乳腺外上象限内），浸润性导管癌（pT1a [5mm] G II）（左侧乳腺外下象限）。

在约12%乳腺癌患者身上存在多中心性肿瘤，其中，有半数病例的多中心性是仅在磁共振乳腺成像中检测出来的（Fischer 等，1999）。这些结果得到了其他的几个受试患者人数较少的小组研究的证实。Rieber 等（1997）仅用磁共振乳腺成像在11%病例中发现双病灶癌；Oellinger 等（1993）报道的是28%病例中发现双病灶癌；Harms 等（1993）报道的是37%病例中发现双病灶癌。

同时发生的双侧乳腺癌

文献报道同时发生的双侧乳腺癌（图11.8）在所有乳腺癌中约出现在5%患者中。报告的文献中双侧浸润性小叶癌的发病率明显较高（可达30%）。

在我们自己的术前MRI研究中，5%的乳腺癌患者身上同时可见对侧乳腺癌发生（Fischer 等，1994）。Rieber 等（1997）术前对34例在组织学上确诊为乳腺癌的患者进行MRI检查，获得了相同的诊断结果。此外，有研究资料显示75%的同时发生的对侧乳腺癌仅能在磁共振乳腺成像中检测出来（Fischer 等，1999）。

淋巴结分期

磁共振乳腺成像不能可靠地明确腋窝处的淋巴结是否发生转移（Rodenko 等，1996）。一方面，非特异性的增强，如淋巴结炎性反应，可能会导致假阳性结果。另一方面，微小转移（pN1a）不一定都显示出病理性对比增强（假阴性）。

磁共振乳腺成像对治疗策略的重要性

乳腺癌的主要治疗方法还是基于外科切除，在术前必须做出决定的是是否选择保乳治疗。根据治疗标准，如果肿瘤很大（通常超过2～3cm，一些个案报告为5cm），相对于乳腺的大小而言令人不乐观，或出现多中心性肿瘤时，肿瘤的局部切除（肿瘤切除术，局部病灶切除术）则不是很恰当或是不可能的。自然，治疗策略也必须考虑到见多识广的患者的意愿。乳腺癌的辅助疗法有放射疗法和／或各种联合化疗。

在我们的受试患者中，14%的患者根据术前磁共振乳腺成像提供的更多的诊断信息调整了手术方案，该方法特别适用于对多灶性和多中心性肿瘤进行乳腺切除术，而不是肿瘤切除术；也特别适用于因其他隐匿性乳腺癌而行对侧乳腺的肿瘤切除术（Fischer 等，1994，1999）。Orel 及其同事也报告了根据术前磁共振乳腺成像提供的额外的信息，11%的乳腺癌患者进行了治疗策略的调整（Orel 等，1995）。

与此形成对比的是，3%～5%的在术前磁共振乳腺成像的患者为假阳性表现，这种假阳性表现导致了"不必要的"扩大的手术治疗（Fischer 等，1994；Rieber 等，1997）。

当有适合进行磁共振乳腺成像的指征时，该检查是相对划算的，尤其是考虑到不必要的手术和相关的住院费用。在这种情况下，假阳性发现和由此引起的更改手术操作的比率还是可以接受的。在大多数病例中，既无单独的手术风险也不会增加患者住院时间。

磁共振乳腺成像指征：
术前阶段

磁共振乳腺成像适用于临床和／或乳腺X线摄影术和／或超声检查怀疑是典型恶变（4型和5型）的女性，且需要进行开放性活检而得到组织学确定。正如能够预计的是，主要是对于带有异质性和乳腺实质极其致密的女性（美国放射学会3型和4型）能获得额外的诊断信息。另一方面，如果整个乳腺或几乎整个乳腺由脂肪构成（美国放射学会1型）时，通常会放弃做术前MRI分期。重要的是，当在磁共振乳腺成像上检测到其他性质的隐匿性病变时，进行术前MR引导下的病灶定位应当是可能的。

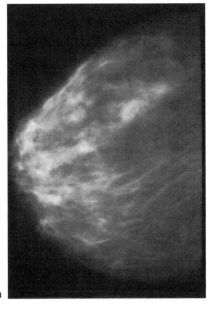

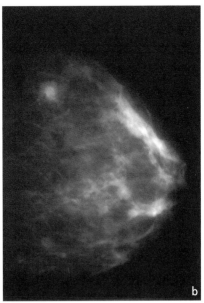

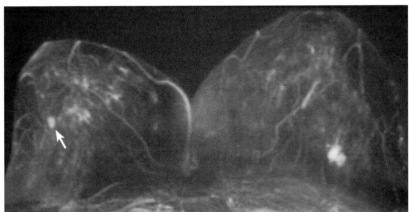

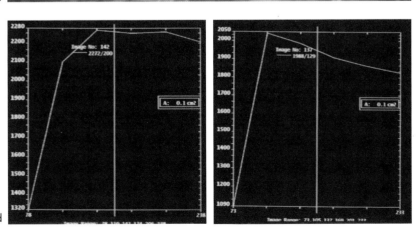

图 11.8a-e　同时发生的双侧乳腺癌。61 岁患者，左侧乳腺外上象限可触及肿瘤。

a，b　乳腺 X 线摄影术显示左侧乳腺内与可触及的肿瘤表现相应的异质性致密乳腺组织（美国放射学会 3 型）。右侧乳腺的乳腺 X 线摄影术显示无明确病变的异质性致密乳腺组织（美国放射学会 3 型）。

综合性阅片诊断：左侧乳腺病灶可疑恶性。

c　磁共振乳腺成像减影图像确认左侧乳腺内的两个病灶，表现为典型的恶性特征。另外，右侧乳腺可见一 8mm 大小，部分边界不清晰的富血管病灶（箭头所指）。

d　右侧病灶的信号—时间曲线。

e　左侧病灶的信号—时间曲线。

处理过程：在术前 MR 定位后，手术切除左侧乳腺可触及的肿瘤和右侧乳腺的病灶。

组织学：左侧乳腺多灶性，导管浸润性乳腺癌（pT2 GⅡ），及右侧乳腺浸润性导管癌（pT1b [7mm] GⅡ）。

新辅助化疗

新辅助化疗这种说法是用来表示外科手术干预前进行的初始的细胞增殖抑制治疗。过去，该治疗策略主要用于炎性乳腺癌，因为该类肿瘤外科手术不能完全切除。近年来，新辅助化疗也越来越多地用于治疗局部生长的乳腺癌，尤其是较年轻的女性。

化疗过程中，临床、超声检查及乳腺 X 线摄影术检查对于提供肿瘤对治疗反应信息方面的作用有限。因为磁共振乳腺成像能提供关于肿瘤大小和血管形成的信息，研究证明，在监测新辅助化疗过程的治疗反应的过程中，磁共振乳腺成像是非常有效的断面成像技术（图11.9）。它最大的价值在于区分"应答者"和"无应答者"。

Rieber 等（1997）认为，在作诊断时，应答肿瘤的初始期对比增强比无应答肿瘤的要高。Gilles 及其同事报告的18例患者的肿瘤显示出新辅助化疗后，在肿瘤的对比增强与组织病理学表现间有良好的关联关系。然而，这些作者评论假阴性表现时，认为假阴性表现有可能是由于小的残留的导管内肿瘤和数毫米大小的浸润性肿瘤所导致（Gilles 等，1994）。Rieber 等（1997）和 Durtz（1996）等的研究证实了这些观察结果。Knopp 及其同事用几个病例展示了肿瘤患者对新辅助化疗无应答、部分应答及应答良好的典型的信号—时间曲线（Knopp 等，1994；Junkermann 和 von Fournier 等，1997）。

> ! **肿瘤对化疗敏感的磁共振成像标准（所谓的"应答者"）**
> - 肿瘤大小的减少超过25%
> - 信号－时间曲线初始期上升较平缓
> - 最大对比增强程度减低

磁共振乳腺成像指征：
新辅助化疗治疗反应的监测

在作新辅助化疗计划的时候，磁共振乳腺成像应当在确定治疗前进行，并记录下治疗前的 MRI 状态。作为治疗反应监测的一部分的首次评估性检查是在第二个化疗周期之后进行的，这次检查的结果是决定是否继续化疗（有应答）或不继续化疗（无应答）的依据。如果可行的话，下一次评估性检查是在第四个化疗周期后进行。

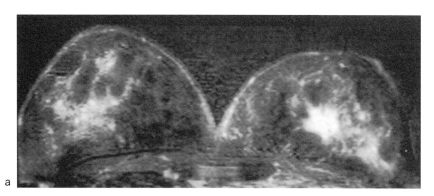

a

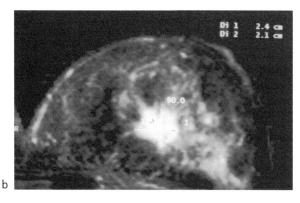

b

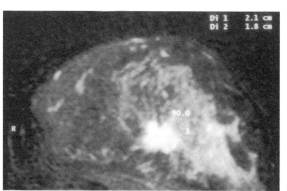

c

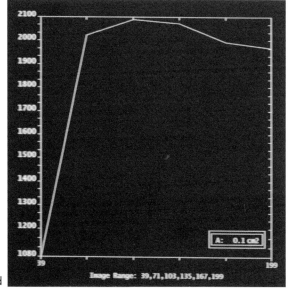

d

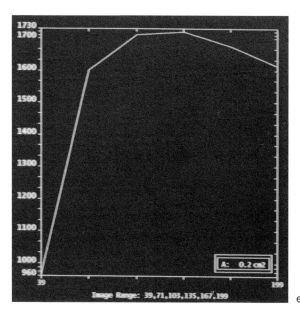

e

图11.9a-e　乳腺癌新辅助化疗的治疗反应监测。39岁患者。组织学上确诊为浸润性导管乳腺癌GⅡ。

a 开始进行化疗前的最大密度投影像，可见肿瘤位于左侧乳腺内，乳腺实质呈弥漫性增强。

b 化疗前肿瘤大小的半定量测量（5cm²）。

c 化疗两周期后肿瘤大小的半定量测量（3.8cm²）。

d 开始进行化疗前的信号—时间曲线。

e 化疗两周期后的信号—时间曲线。初始期的上升稍微趋向平缓，从48%到43%。

原发灶不明的癌瘤（CUP 综合征）

　　CUP 综合征指的是发生转移而原发肿瘤的起始部位尚不知道。乳腺诊断中的一个典型的研究热点是检测到腋窝淋巴结转移的表现而没有鉴别出更重要的之前发生的与淋巴结转移相关的原发性肿瘤（例如乳腺内）。

！ 乳腺癌常见转移部位

- 淋巴性扩散：局部区域（尤其是腋窝、锁骨、胸骨旁的淋巴结）
- 血源性扩散：转移至骨、肺、肝及脑

　　乳腺摄影术是可以在这种情况下选择的诊断性成像方法。乳腺的超声检查是一个很有用的补充性诊断性成像方法。如果这两种诊断技术都不能确认乳腺内原发性肿瘤时，就应该使用动态磁共振乳腺成像（图11.10）。

　　文献报告显示，在确定的明确指征下运用动态磁共振乳腺成像来确认CUP综合征的原发灶肿瘤，有出乎意料高的成功率。在我们自己的研究中，动态磁共振乳腺成像被用于14名原发灶未知的肿瘤转移（淋巴结转移：腋窝6例；锁骨上1例；腹股沟的1例；骨转移1例；肝转移3例，肺转移1例）的患者，并且在临床上、乳腺X线摄影术和超声检查中乳腺均为正常表现。在6例中检测到原发性乳腺癌，3例为假阳性表现（纤维腺瘤，硬化性腺病），在剩余的5例磁共振乳腺成像表现正常的病例中，随访确定没有出现乳腺癌（Schorn等，1997）。Morris等（1997）研究了12例有腋窝淋巴结转移的患者，单用磁共振乳腺成像就发现9例患有原发性乳腺癌。Porter（Porter等，1995）和Van Die（Van Die等，1996）的研究结果与此相同。

磁共振乳腺成像指征：
CUP 综合征

　　对于乳腺临床、乳腺摄影术和超声检查诊断正常的女性在下列情况下适宜用磁共振乳腺成像：

- 出现组织学上和乳腺癌一致的淋巴结转移（尤其是腋窝淋巴结）
- 出现组织上和乳腺癌一致的骨、肺、肝，或脑转移
- 出现诊断很可能是原发性乳腺癌的转移灶

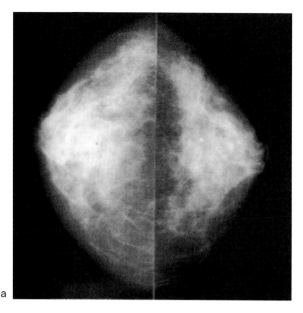

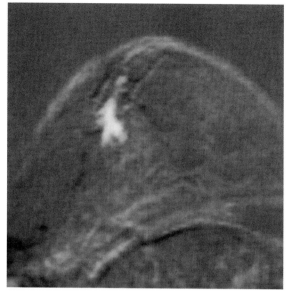

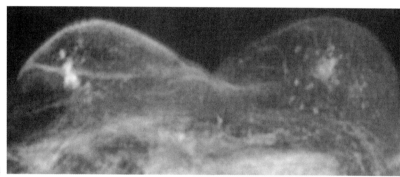

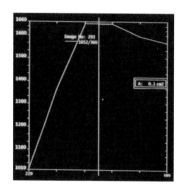

图 11.10a-d　**CUP 综合征**。58 岁　原发性肿瘤未知的骨转移患者。

a　乳腺摄影术显示极其致密的乳腺组织（美国放射学会 4 型），无明显病灶。

b　磁共振乳腺成像显示右侧乳腺乳头后方区域内的树枝状对比增强（单层减影图像）。

c　最大密度投影技术图像的表现。

d　信号分析曲线显示初始期中等对比增强伴初始期后平台期。

处理过程：术前 MR 定位后行外科手术切除病灶。

组织学：浸润性导管乳腺癌（pT1c [16mm] pN0 M1 GⅡ）。

瘢痕与癌的区别

由于注射对比剂后可以显示乳腺的血管状况，因此区分术后瘢痕（图11.12）和恶性肿瘤（图11.11）便成为磁共振乳腺成像的一项很重要的临床运用。一旦伤口痊愈，就可以区分出无血管生成的瘢痕组织和血管明显过度生成的肿瘤，因此，结果是很可靠的。

所有的研究小组高度一致地报告了磁共振乳腺成像区分瘢痕组织的灵敏度极其高。我们的经验是，瘢痕组织内或邻近瘢痕组织的局限性强化区域需怀疑恶变，即使信号分析曲线显示为非特异性的信号—时间曲线。很显然，在纤维瘢痕组织内的肿瘤血管生成通常不会进一步发展成为癌。与这种局限性增强区域的鉴别诊断主要是瘢痕组织内的局限性炎性过程，这种局限性炎性过程所导致的反应性充血在ＭＲＩ上呈类似于恶性肿瘤的表现。无强化出现可以高度可靠地排除浸润性肿瘤。

> ! 空洞
>
> 开放性活检和磁共振乳腺成像之间需要间隔6个月。

磁共振乳腺成像指征：
瘢痕与癌的区别

当Ｘ线乳腺摄影术和超声检查不能可靠地区分术后瘢痕和癌时，就使用磁共振乳腺成像。

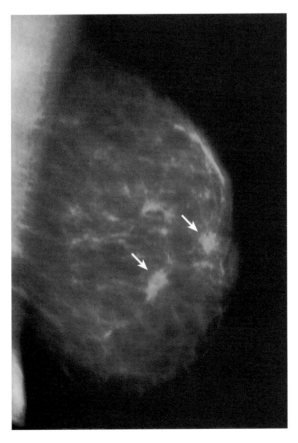

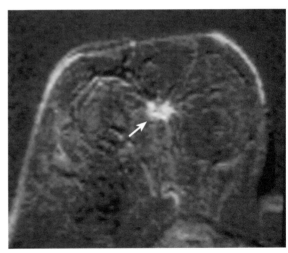

图11.11a，b　术后瘢痕内乳腺癌。63岁患者。两年前右侧乳腺导管切除术后瘢痕。

a 乳腺Ｘ线摄影术显示乳头后区域（即中央）两个毛刺状(Spiculated)病灶（箭头所指）。

综合性阅片诊断：病灶恶变可疑（鉴别诊断：瘢痕组织）。

b 磁共振乳腺成像（减影图像）显示毛刺状病灶中央内显著的对比增强（箭头所指），乳头后第2个病灶内无对比增强。

组织学：中央浸润性导管乳腺癌（pT1b [6mm] N0 GⅢ），乳头后瘢痕。

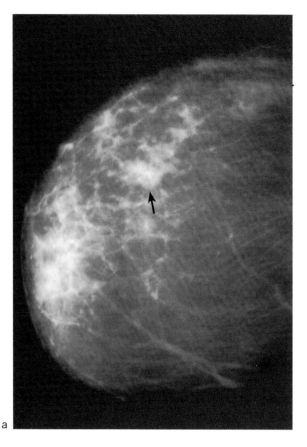

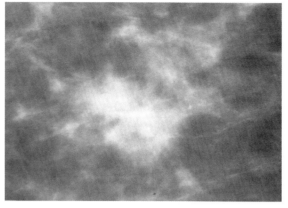

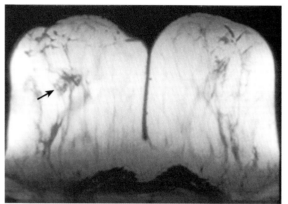

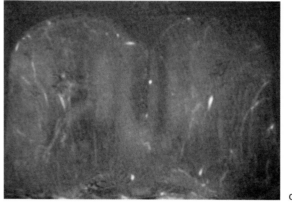

图 11.12a-d　**术后瘢痕**。46 岁患者。

a 右侧乳腺 3 年前开放性活检后的首次术后乳腺摄影术。
　在纤维腺瘤样乳腺组织（美国放射学会 2 型）内发现
　一边界不清、边缘不规则的无细微钙化的高密度影
　（箭头所指）。

b 接触性摄片的部分性放大。超声检查未发现相关病变
　（无图）。
　综合性阅片诊断：瘢痕或癌。

c T1 加权平扫图像确认相应病灶（箭头所指）。

d 减影图像显示病灶无对比增强。最终诊断：术后瘢痕。
　4 年乳腺摄影术随访显示无变化。

局部病灶切除术后的随访

大家都知道的是，在保乳手术和乳腺癌辅助放射治疗之后，X线乳腺摄影术和超声检查的诊断价值有限。正如前文所讨论，磁共振乳腺成像是早期检测乳腺内乳腺癌复发最可靠的成像方法（图11.13－11.15）。

! 注意：

局部病灶切除术后放射治疗和磁共振乳腺成像之间应当间隔12个月。

空洞：

放射治疗后对比增强在不同个体之间的变化很大。

对于局部病灶切除术后的磁共振乳腺成像在随访检查中的价值，不同的研究小组取得的经验是一致的，即肿瘤复发时表现为在注射对比剂后几分钟内显著增强，而瘢痕组织表现为无对比增强。各个研究小组报告的用磁共振乳腺成像检测肿瘤复发的灵敏度可达100%（Heywang-Köbrunner等，1990；Krämer等，1998）。文献报告中，由磁共振乳腺成像检测出的复发的发病率介于10%～25%。平均来说，局部病灶切除术后2～3年出现复发，其大小介于5～15mm。此外，Rieber及其同事的研究表明，局部病灶切除术后的乳腺摄影术和／或超声检查检测出的可疑病变中，有很高比例的病例经磁共振乳腺成像证实其为真阴性。根据磁共振乳腺成像的表现，这些患者可以避免进一步的诊断性处理（Rieber等，1997）。而且，在已确诊的肿瘤复发的病例中，磁共振乳腺成像可以对胸壁附近的乳腺和可能存在的肿瘤向胸肌的浸润进行评估。

磁共振乳腺成像指征：
鉴别肿瘤复发和治疗后的疗效

当X线乳腺摄影术和超声波检查不能可靠地排除经局部病灶切除术后用或不用辅助放疗后的肿瘤复发时，就应使用磁共振乳腺成像。对于磁共振成像的随访间隔期，没有明确的推荐。尤其是对于乳腺实质致密的患者，局限了X射线乳腺摄影术的灵敏度（美国放射学会3型和4型），局部病灶切除术后的第2年或第3年里进行磁共振乳腺成像似乎较恰当，其后的时间间隔大约为2年。

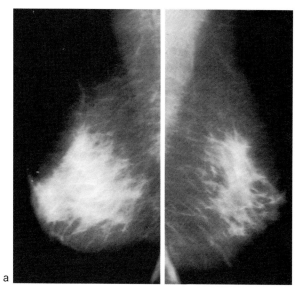

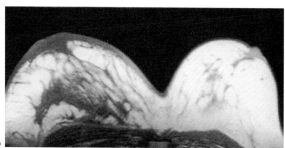

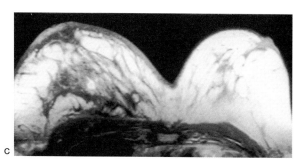

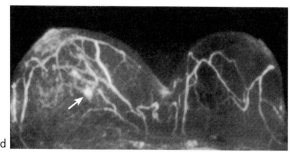

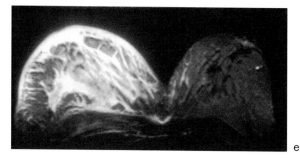

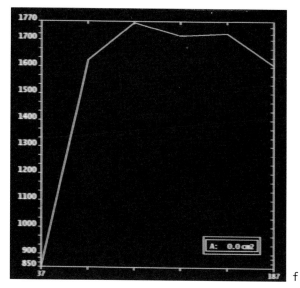

图 11.13a-f　局部病灶切除术后的复发。57 岁患者，右侧乳腺局部病灶切除术和放疗后 13 个月。已知右侧乳腺实质不均匀。

a　乳腺摄影术显示无明显病变的致密乳腺组织。超声检查也显示无明显病变（无图）。

b　T1 加权平扫图像显示右侧乳腺皮肤增厚。

c　对比增强后图像显示右侧乳腺中央部分见一边界不清的环状增强病变。右侧乳腺皮肤内中等对比增强。

d　最大密度投影技术中显示可疑病灶（箭头所指）。

e　T2 加权图像显示放疗后的结果，呈明显的遍布右侧乳腺的水肿性变化。未见可疑病灶的分界。

f　信号分析曲线显示初始期显著对比增强，伴初始期后平台期。

处理过程：术前 MR 定位后行病灶手术切除术。

组织学：浸润性导管乳腺癌（pT1b GⅡ）。

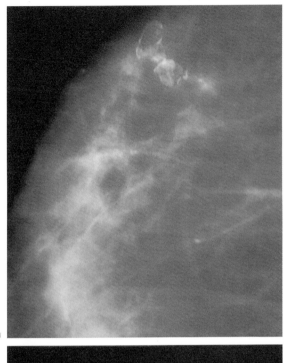

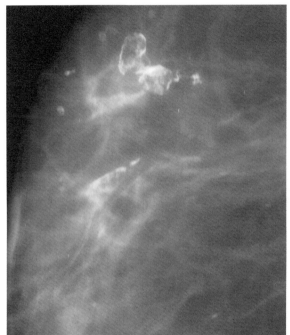

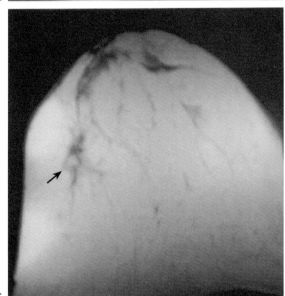

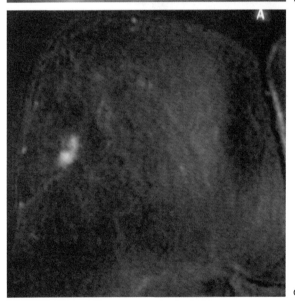

图11.14a-e 肿瘤复发。65岁患者，局部病灶切除术及放疗后3年，正常临床表现。

a 1年前乳腺摄影术随访显示以前肿瘤位置处的伴油脂囊肿的脂肪坏死。

b 目前乳腺摄影术片显示非特异性的高密度，与未发生变化的钙化灶相邻近。

c T1加权平扫图像显示和油脂囊肿相关的信号强度病灶（箭头所指）。

d 减影图像显示哑铃状富血管区域，与油脂囊肿相邻近。

e 信号分析曲线显示初始期轻微对比增强，伴初始期后平台期。

组织学：油脂囊肿旁的浸润性导管乳腺癌复发（[12mm] GⅡ）。

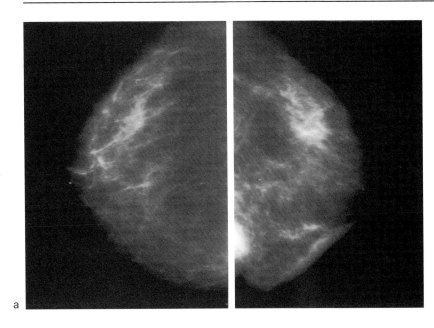

a

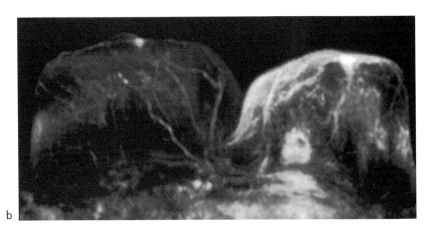

b

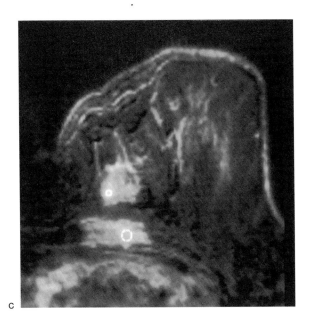

c

图 11.15a-c　局部病灶切除术后乳腺癌复发导致的胸壁浸润。60 岁患者，左侧乳腺局部病灶切除术及放疗后 2 年。皮肤增厚无变化，无可触及的异常发现。

a　头－足位的乳腺摄影术部分显示了一病灶位于左侧乳腺内侧份，靠近胸壁处。其他体位的乳腺摄影术未完成。皮肤呈放疗后增厚。

综合性阅片诊断：乳腺癌复发。

b　磁共振乳腺成像确定了左乳腺内侧份的富血管病变。另外，最大密度投影图像显示局部胸肌受肿瘤浸润。注意数层皮肤增强所致的累积作用。

c　单张减影图像中的表现。

组织学（粗针活检）：浸润性乳腺导管癌复发。

乳腺植入物重建后的随访

　　常规成像技术的诊断价值对于乳腺植入患者而言非常有限。确实，对于评估假体并发症和检测假体周围及后面的癌瘤，常规成像技术都很有限。所进行的磁共振检查中运用了特异性的序列协议，以应对可能的假体并发症问题（见第13章）。磁共振乳腺成像排除恶性病变是通过通常的使用对比剂的动态形式来进行的。

　　尤其是在乳腺假体后区域，靠近胸壁，不能运用乳腺摄影术和超声检查来进行充分的评价，另一方面，轴位或矢状位方向的磁共振乳腺成像能较好地评估这些区域。然而，假体的外侧部位在用通常用的内－外侧方向的相位编码梯度进行检查时，有时会被心脏的伪影所覆盖（见第6章）。因此，推荐在造影前及刚完成动态检查后，应当再做一个旋转相位编码梯度（旋转90°，腹－背方向）的检查（图11.16）。如果这两个序列的减影图像显示在乳腺假体周围或假体后面的外侧部位出现强化区，那么在随后几天中的某一天里，可以采用在腹－背方向的相位编码梯度再作一次磁共振成像检查，这样可以对信号—时间曲线作恰当的分析。

　　Boné及其同事发现，在83例行乳腺切除和乳腺植入物重建术后患者中有17%的出现乳腺癌复发，磁共振乳腺成像在这方面优于临床检查

和X射线乳腺摄影术，磁共振乳腺成像检测到12/14复发（临床6/14，乳腺摄影术9/14）。由于磁共振成像漏过了两例复发（假阴性表现，其中一个是导管原位癌），推荐联合使用这三种方法来检查有乳腺植入物的患者（Boné等，1995）。Heinig及其同事报告了在169例乳腺癌经治疗和植入物重建后，发现有13例复发，其中12例是通过磁共振乳腺成像检测出来的，而联合使用临床检查、X线乳腺摄影术和超声检查仅检查出8例。该研究还显示出假阳性表现，通常是由弥漫性增强的反应性炎性变化和局灶性增强的肉芽种所致，最常发生在磁共振成像检查中（Heinig等，1997）。因此，需要仔细分析信号—时间曲线，以从恶性变化中将炎性变化中区分出来，后者极少表现为初始期后流出现象，且仅偶尔出现平台期。

磁共振乳腺成像指征：
乳腺切除术和乳腺植入物重建后的随访

　　作为对乳腺切除术和乳腺植入物重建后的女性进行诊断性随访的一部分，磁共振乳腺成像应当每间隔1～2年定期进行。这不是通常所指的植入物置入后的12个月内。

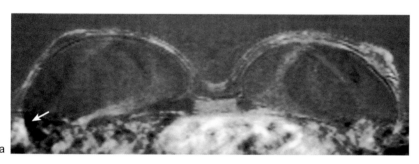

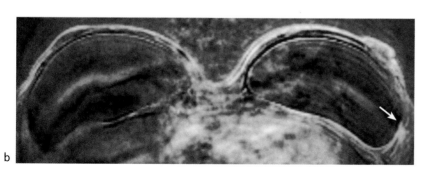

图11.16a，b　乳腺植入物重建后复发。40岁患者，两侧皮下乳腺切除（多病灶性导管原位癌）及乳腺植入物重建。

a 内—外侧方向相位编码梯度的磁共振乳腺成像不能对外侧面的假体部分进行评估。由于心脏伪影所致的右侧假体外侧面假性增强（箭头所指）。

b 检查后期，旋转相位编码梯度在腹—背方向后进行检查，显示左侧假体外侧面的真正增强的病灶（箭头所指）。正如预料中的，由于测量的时间间隔较长导致减影图像（第6帧测量图像减去平扫图像）中出现更明显的运动伪影。

组织学：左侧乳腺浸润性导管乳腺癌复发（[14mm] GⅡ），并导管原位癌。

增加的乳腺癌风险

在工业化国家，女性一生中被诊断为乳腺癌的风险大约为10%。目前已知有很多因素会大大地增加这种风险（表11.2）。

至今还没有研究证实动态磁共振乳腺成像对于罹患乳腺癌风险增加的女性中的价值。因此，应当更加严格地考虑所有的有关一些研究小组所推荐的使用磁共振乳腺成像来检测有乳腺癌家族史的年轻女性，正如预料中的，由于乳腺实质为高密度而导致X线乳腺摄影术对这些年轻女性的价值有限。我们自己的经验确保谨慎避免诸如如下的指征：在超过30%的年轻女性中出现的局灶性增强区域（例如，黏液样纤维腺瘤，个体内的变动）。这些有时需要进一步的诊断方法来排除恶变，包括"不必要"的开放性活检。Kuhl等（1999）提供了令人印象深刻的确认性数据。另一方面，30岁以下的女性中，乳腺癌的发病率为0.07/1000（40岁以下为1/1000），由此推定，按照此适应证所进行的磁共振乳腺成像导致了大量的不必要的开放性活检，而检测另一个在其他方面呈隐匿性的癌瘤的可能性极其低。

对于伴有经证实了的增加乳腺癌形成倾向的基因改变（抑制基因BRCA1和／或BRCA2突变的检测呈阳性）的女性，就是另一回事了。这

表11.2　罹患乳腺癌的危险因素（Lynch）

	低风险	高风险	相对危险
年龄	年轻	年老	>4
母亲和姐妹患乳腺癌	无	有	>4
一级亲属患乳腺癌	无	有	2-4
首次怀孕	<20岁	>30岁	2-4
个人的乳腺癌史	无	有	2-4

些女性患乳腺癌的风险相当巨大，并且随着年龄的增长而增长，约到70岁时，患乳腺癌的可能性约为70%。最初针对30岁以上伴BRCA基因突变的女性的研究显示，每年进行的磁共振乳腺成像对乳腺癌检测（10例癌瘤／135例患者）的灵敏度非常高，而且大大优于其他成像技术（Kuhl等，1999）。

磁共振乳腺成像指征：

高风险患者监测（BRCA突变）

最初的研究指出每年进行的磁共振乳腺成像大大增加了检测出发生BRCA突变患者的乳腺癌的灵敏度。

12 鉴别诊断与策略性思考

局灶性增强

圆形或卵圆形的边界清晰的均匀强化病灶

图12.1 圆形或卵圆形的边界清晰的均匀强化病灶。

鉴别诊断	
常见	罕见
纤维腺瘤（肿瘤内间隔），腺瘤，乳头状瘤，癌（尤其是非特殊型）。	乳腺内淋巴结（脂肪瘤门），脂肪坏死（乳腺X线照片内巨块状钙化），肉芽肿，癌（尤其是髓样型），叶状肿瘤，转移。

鉴别诊断，即治疗策略			
（超声检查和乳腺摄影术内无相关发现）			
超声和乳腺摄影术	MR评分	大小	结果
无发现（Bi-rads™1）	0~3	全部	无
	4	5~10mm	随访[1]
	4	>10mm	切除

[1] 磁共振乳腺成像以6个月为间隔进行随访。

鉴别诊断，即治疗策略			
（超声检查和／或乳腺摄影术内有相关发现）			
超声和乳腺摄影术	MR评分	大小	结果
确定为良性（Bi-rads™1）	0~3	全部	无
	4	>5mm	切除
良性可能性大（Bi-rads™3）	0~2	全部	无
	3	≤10mm	随访2
	3	>10mm	针吸活检3
	4	>5mm	切除
恶性可能（Bi-rads™4）	0, 1	全部	无
	2–4	全部	切除
高度提示恶性（Bi-rads™5）	0–4	全部	切除

[1] 磁共振乳腺成像以6个月为间隔进行随访。

[2] 超声和／或乳腺MR摄影以6个月为间隔进行随访。

[3] 超声引导或立体定位引导下针吸活检。

多发性的圆形或卵圆形的边界清晰的均匀强化病灶

图 12.2　多发性的圆形或卵圆形的边界清晰的均匀强化病灶。

鉴别诊断	
常见	罕见
纤维囊性变化，纤维腺瘤，腺瘤，乳头状瘤。	多中心性癌，转移。

鉴别诊断，即治疗策略
（超声检查和乳腺摄影术内无相关发现）

超声和乳腺摄影术	MR 评分[1]	大小	结果
无发现（Bi-rads™1）	0~3	全部	无
	4	5~10mm	随访[2]
	4	>10mm	经皮活检／切除[3]

[1]　对 2~3 个病变进行评估。
[2]　磁共振乳腺成像以 6 个月为间隔进行随访。
[3]　MR 引导下。

鉴别诊断，即治疗策略
（超声检查和／或乳腺摄影术内有相关发现）

超声和乳腺摄影术	MR 评分[1]	大小	结果
确定为良性（Bi-rads™1）	0~3	全部	无
	4	>5mm	随访 2
良性可能性大（Bi-rads™3）	0~2	全部	无
	3	≤10mm	随访 3
	3	>10mm	针吸活检 4
	4	>5mm	切除
恶性可能（Bi-rads™4）	0, 1	全部	无
高度可疑恶性	2~4	全部	切除

[1]　对 2~3 个病变进行评估。
[2]　磁共振乳腺成像以 6 个月为间隔进行随访。
[3]　超声和／或乳腺摄影术以 6 个月为间隔进行随访。
[4]　超声引导或立体定位引导下针吸活检。

圆形或卵圆形的边界不清晰的均匀强化病灶

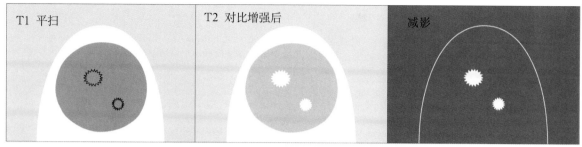

图 12.3　圆形或卵圆形的边界不清晰的均匀强化病灶。

鉴别诊断	
常见	罕见
纤维囊性变化,(硬化的)腺病,癌。	脂肪坏死(病史!),放射性瘢痕,导管原位癌,乳腺炎。

鉴别诊断,即治疗策略
(超声检查和乳腺摄影术内无相关发现)

超声和乳腺摄影术	MR 评分	大小	结果
无发现(Bi-rads™1)	1~3	全部	无
	4	5~10mm	随访[1]
	4	>10mm	经皮活检[2]
	5	>5mm	切除[3]

[1]　磁共振乳腺成像以 6 个月为间隔进行随访。

[2]　MR 引导。

[3]　MR 引导定位后。

鉴别诊断,即治疗策略
(超声检查和/或乳腺摄影术内有相关发现)

超声和乳腺摄影术	MR 评分	大小	结果
确定为良性(Bi-rads™1)	1~3	全部	无
	5	>5mm	切除
良性可能性大(Bi-rads™3)	1~3	全部	无
	4	≤10mm	随访[1]
	4	>10mm	针吸活检[2]
	5	>5mm	切除
恶性可能(Bi-rads™4)	1,2	全部	无
	3	全部	随访[3]
	4,5	全部	切除
高度提示恶性(Bi-rads™5)	1~5	全部	切除

[1]　超声和/或乳腺摄影术以 6 个月为间隔进行随访。

线性对比增强

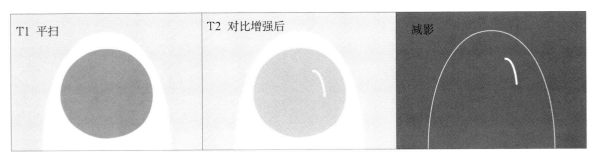

图 12.4　线性对比增强。

鉴别诊断	
常见	罕见
减影图像中的运动伪影（单层评估），乳腺内的静脉。	导管原位癌，蒙多病（浅表性血栓性静脉炎）。

鉴别诊断，即治疗策略
（超声检查和乳腺摄影术内无相关发现）

超声和乳腺摄影术	MR 评分	大小	结果
无发现(Bi-rads™1)	0~4	全部	无
	5	>5mm	随访[1]

[1]　磁共振乳腺成像以 6 个月为间隔进行随访。

鉴别诊断，即治疗策略
（超声检查和／或乳腺摄影术内有相关发现）

超声和乳腺摄影术	MR 评分	大小	结果
确定为良性（Bi-rads™1）	0~4	全部	无
	5	>5mm	随访[1]
良性可能性大（Bi-rads™3）	1~4	>5mm	无
	5	>5mm	随访[1]
恶性可能（细微钙化！） （Bi-rads™4）	0~5	全部	切除
高度提示恶性（Bi-rads™5）	0~5	全部	切除

[1]　磁共振成像以 6 个月为间隔进行随防。
[2]　超声引导或立体定位引导下针吸活拴。
[3]　超声和／或乳腺摄影术以 6 个月为间隔进行随访。

树枝状对比增强

| T1 平扫 | T2 对比增强后 | 减影 |

图 12.5   树枝状对比增强。

鉴别诊断	
常见	**罕见**
腺病，纤维囊性变化，导管原位癌，减影图像内的运动伪影（单片评估），乳腺内静脉的叠加。	既往有输乳管造影术（病史），慢性乳腺炎。

鉴别诊断，即治疗策略
（超声检查和乳腺摄影术内无相关发现）

超声和乳腺摄影术	MR 评分	大小	结果
无发现(Bi-rads™1)	1~3	全部	无
	4	>5mm	随访[1]
	5, 6	>5mm	切除[2]

[1]   磁共振乳腺成像以 6 个月为间隔进行随访。
[2]   MR 引导定位后。

鉴别诊断，即治疗策略
（超声检查和／或乳腺摄影术内有相关发现）

超声和乳腺摄影术	MR 评分	大小	结果
确定为良性（Bi-rads™1）	1~4	全部	无
	5, 6	>5mm	随访[1]
良性可能性大（Bi-rads™3）	1~4	全部	无
	5, 6	>5mm	随访[1]
恶性可能（细微钙化！）（Bi-rads™4）	1~6	全部	切除
高度提示恶性（Bi-rads™5）	1~6	全部	切除

[1]   超声和／或乳腺MR摄影以 6 个月为间隔进行随访。

毛刺状对比增强病变

图 12.6　毛刺状对比增强病变。

鉴别诊断	
常见	**罕见**
纤维囊性变化，（硬化性）腺病，癌瘤。	放射性瘢痕，瘢痕组织内癌（病史），导管原位癌，乳腺炎。

鉴别诊断，即治疗策略
（超声检查和乳腺摄影术内无相关发现）

超声和乳腺摄影术	MR 评分	大小	结果
无发现（Bi-rads™1）	1～3	全部	无
	4～8	<5mm	随访[1]
	4～8	>5mm	切除[2]

[1] 磁共振乳腺成像以 6 个月为间隔进行随访。
[2] MR 引导定位后。

鉴别诊断，即治疗策略
（超声检查和／或乳腺摄影术内有相关发现）

超声和乳腺摄影术	MR 评分	大小	结果
确定为良性（Bi-rads™1）	1～3	全部	无
	4～8	>5mm	切除
良性可能性大（Bi-rads™3）	1，2	全部	无
	3	<10mm	随访[1]
	3	>10mm	针吸活检[2]
	4～8	>5mm	切除
恶性可能（细微钙化！）(Bi-rads™4)	1	全部	无
	2～8	全部	切除
高度提示恶性（Bi-rads™5）	1～8	全部	切除

[1] 超声和／或乳腺摄影术以 6 个月为间隔进行随访。
[2] 超声引导或立体定向引导下的针吸活检。

环形病灶，即周围增强的病变

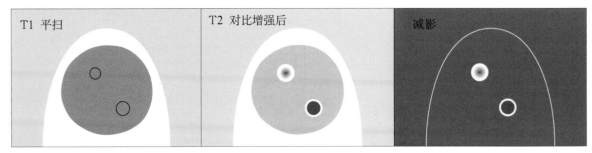

图12.7 环形病灶，即周围增强的病变。

鉴别诊断	
常见	**罕见**
并发性囊肿：狭窄环状（囊肿壁），T2WI 高信号。 浸润性癌：宽环状（致命性肿瘤），T2WI 低信号／等信号。 血管重叠（MIP 图像内的管状结构）。	腺病，脓肿，淋巴结炎。

鉴别诊断，即治疗策略
（超声检查和乳腺摄影术内无相关发现）

超声和乳腺摄影术	MR 评分	大小	结果
无发现（Bi-rads™1）	2，3	全部	无
	>4	≤ 5mm	随访[1]
	>4	>5mm	切除[2]

[1] 磁共振乳腺成像以6个月为间隔进行随访。

[2] MR 引导定位后。

鉴别诊断，即治疗策略
（超声检查和／或乳腺摄影术内有相关发现）

超声和乳腺摄影术	MR 评分	大小	结果
确定为良性（Bi-rads™1）	2，3	全部	无
	4～8	全部	切除
良性可能性大（Bi-rads™3）	2	全部	无
	3	<10mm	随访[1]
	3	>10mm	针吸活检[2]
	4～8	>5mm	切除
恶性可能（Bi-rads™4）	2	全部	无
	3～8	全部	切除
高度提示恶性（Bi-rads™5）	2～8	全部	切除

[1] 超声和／或乳腺摄影术以6个月为间隔进行随访。

[2] 超声引导或立体定向引导下的针吸活检。

弥漫性增强

单侧性弥漫性对比增强

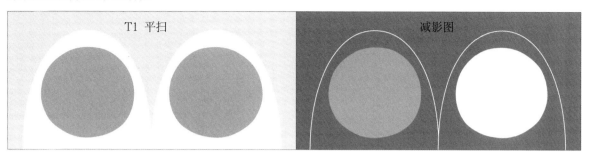

图12.8　单侧性弥漫性对比增强。

鉴别诊断	
常见	**罕见**
乳腺实质不对称，纤维囊性变，腺病，单侧植入物。	正常表现（月经期，激素替代疗法？），乳腺炎，炎性乳腺癌（临床表现？皮肤变化？），浸润性癌（如弥漫性小叶癌、淋巴血管病、浸润性导管原位癌）。 在前几个月内进行了同侧放疗，在几个月前进行了对侧放疗。

鉴别诊断，即治疗策略
（超声检查和乳腺摄影术内无相关发现）
建议在2～3个有代表性的区域进行测量。如果出现初始期显著对比增强，磁共振乳腺成像通常不会得出可靠的诊断性评估。如果可行的话，可以在月经间期或激素替代疗法结束后重新做MRI检查，如果结果相同，推荐使用（MR引导下的）经皮活检。否则，不需要再进行检查。

鉴别诊断，即治疗策略		
（超声检查和／或乳腺摄影术内有相关发现）		
超声和乳腺摄影术	**初始期对比增强**	**结果**
确定为良性（Bi-rads™1）	轻微，中等	无
	显著	随访[1]
良性可能性大（Bi-rads™3）	轻微，中等	无
	显著	针吸活检
恶性可能（Bi-rads™4）	轻微，中等，显著	随访，针吸活检，切除[2]
高度提示恶性（Bi-rads™5）	轻微，中等，显著	针吸活检，切除[2]

[1]　磁共振乳腺成像以6个月为间隔进行随访。
[2]　根据临床、乳腺摄影术和／或超声检查的结果而定。

双侧弥漫性对比增强

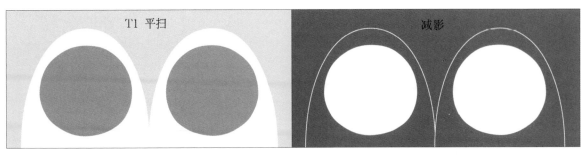

图 12.9 双侧性弥漫性对比增强。

鉴别诊断	
常见	**非常罕见**
正常表现（月经期？，激素替代疗法？），纤维囊性变，腺病。	双侧乳腺炎，双侧炎性乳腺癌（临床表现？皮肤变化？）在几个月前进行了双侧放疗。

鉴别诊断，即治疗策略
（超声检查和乳腺摄影术内无相关发现）
推荐在 2～3 个有代表性的区域进行测量。如果出现初始期显著对比增强，磁共振乳腺成像通常不会得出可靠的诊断性评估。如果可行的话，可以在月经间期或激素替代疗法结束后重新做 MRI 检查。否则，不需要再进行检查。这样，就不能从磁共振乳腺成像检查中得到诊断性或治疗性结果。

鉴别诊断，即治疗策略		
（超声检查和／或乳腺摄影术内有相关发现）		
超声和乳腺摄影术	**初始期对比增强**	**结果**
确定为良性（Bi-rads™1）	轻微，中等，显著	无
良性可能性大（Bi-rads™3）	轻微，中等，显著	无
恶性可能（Bi-rads™4）	轻微，中等，显著	随访，针吸活检，切除[1]
高度提示恶性（Bi-rads™5）	轻微，中等，显著	活检，切除[1]

[1] 　根据临床、乳腺摄影术和／或超声检查的结果而定。

表 12.1 肿瘤内和肿瘤周围变化

肿瘤内的变化	鉴别诊断	肿瘤周围的变化	鉴别诊断
钙化	・伴巨块状钙化的纤维腺瘤 ・脂肪坏死	空气 磁敏感性 伪影	・曾行囊肿抽吸／针吸活检 ・脓肿（罕见） ・曾行开放性活检
脂肪	・乳腺内淋巴结 ・错构瘤 ・油脂囊肿		・异物（例如：针） ・扩胸器
隔膜	・纤维腺瘤 ・复杂性囊肿		・皮下的人工血管 ・开胸术后胸骨环扎术
液体	・囊肿／复杂性囊肿 ・导管扩张 ・叶状肿瘤 ・癌瘤 ・脓肿		・穿孔
血液	・错构瘤 ・复杂性囊肿 ・曾行针吸活检 ・血管肉瘤		

13 假体诊断学

检查技术

为检测假体并发症所使用的检查方法与排除恶性变化所使用的检查方法从根本上是不相同的。首先，在这种检测假体并发症的检查中没有动态研究，动态研究要根据对比注射的需要进行造影剂剂量的调整。其次，使用了特殊序列以便能评估不同的假体成分（硅胶，盐水）。

测量协议

脂肪和硅胶所对应的共振频率稍微有些不同，硅胶的共振频率比脂肪的约低100Hz，比水的共振频率约低320Hz（图13.1）。区分假体不同液体成分的最有效序列为反转恢复（IR）序列，该序列抑制了脂肪信号。另外使用额外的抑制水信号的反转恢复序列，可抑制盐水成分和周围脂肪组织的信号，从而可以得到硅胶信号－强度的图像。另一方面，运用抑制硅胶信号的IR序列可以选择性对盐水成分进行描述。因此有可能采用此方式分别对双腔植入物（硅胶／水）的假体腔都进行成像（图13.2）。

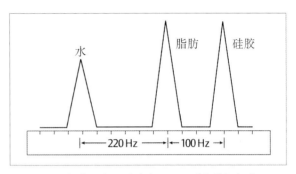

图13.1 脂肪、水和硅胶在1.5T时的共振频率。

用来对乳腺假体成像的其他测量序列包括伴有或不伴有水信号抑制的快速自旋回波序列。然而，这些序列不能如上面描述的IR序列一样，选择性地对假体硅胶成分成像。

与动态MR成像相比，必须从几个角度对乳腺假体进行检查。经验表明，除非乳腺假体在头－足方向变形之外，除了通常用的轴位方向扫描之外，再加上矢状位方向扫描，优于从头到足地对乳腺内的硅胶假体成像。

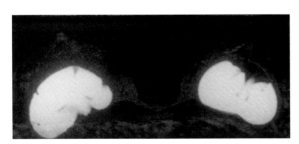

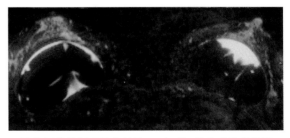

图13.2a，b　水敏感应性和硅胶敏感应性序列。正常的双腔假体（盐水／硅胶）。

a 伴有额外抑制水信号的IR序列。硅胶成分的信号—强度成像。

b 伴有额外抑制硅胶信号的IR序列。盐水成分的信号—强度成像。

正常表现

乳腺假体可以通过手术植入到胸大肌腹侧（胸肌前位置）或其背侧（胸肌下位置）（图13.3和13.4）。

典型的乳腺植入物形状为椭圆形，或为非常罕见的圆形。只要假体的外层是完整的，其表面的变形就不是病理性表现（图13.5）。植入物外层可能是光滑的，也可能是粗糙的。植入物外层通常是用硅胶弹性体做成，手术植入后的特征性表现是纤维囊的薄的表层变形。在该囊外出现硅胶则是病理性表现。

由于本图谱的篇幅有限，不可能对市场上提供的大量硅胶植入物都给出详细信息；要想获得这些信息，读者就应当查阅专业文献。因此，下文所讲述的仅限于最常用的材料：盐水和硅胶。

评估一个植入物的内部结构时，有必要区分单腔和双腔植入物。单腔假体由一个典型地装满黏稠的硅胶凝胶剂或（不断增加的）盐水的腔组成。双腔假体包括一个典型地装满黏稠的硅胶凝胶剂的内腔，和一个装满盐水的外腔。这种内舱装有盐水，外舱装有硅胶的假体的变形被称之为"反转双腔"。

经常可见外壳进入假体腔内的褶皱（放射状褶皱）。这些褶皱通常只有1~2cm长，并且只要它们与外壳之间相连接，这种表现就是正常的表现（图13.6）。

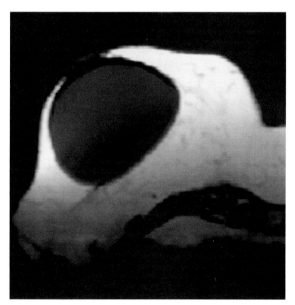

图13.3 胸肌前的假体。
单腔乳腺内假体的轴位图像。

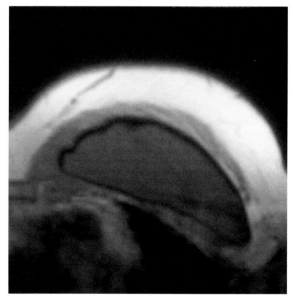

图13.4 胸肌下的假体。
植入到胸大肌后面的假体的轴位图像。

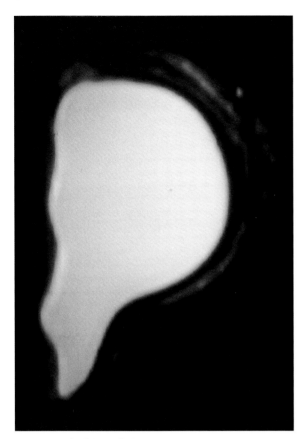

图13.5   假体的正常变形。
MR 矢状位方向的图像显示出假体尾部呈鼻子状突出。

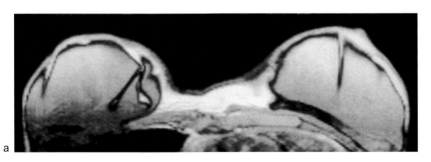

a

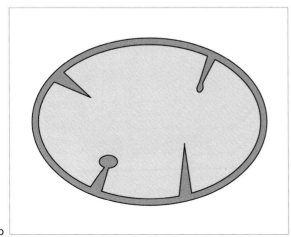

b

图13.6a，b   放射状褶皱。
两侧的从外围延伸进假体腔内的短褶皱和长褶皱。

并发症

囊状挛缩变形

定义：在假体周围的坚硬的纤维囊形成，导致疼痛和不是所希望的植入物的变形（挛缩变形）。假体周围广泛性的钙化通常是与这些表现一起出现。

囊状挛缩变形的分类（Baker分类）：
Ⅰ级：乳腺柔软，形状正常。
Ⅱ级：乳腺坚硬，形状正常。
Ⅲ级：乳腺坚硬，变形可见。
Ⅳ级：乳腺坚硬而疼痛，显著的球状变形。

空洞：形成柔软的、不可触及的囊状是正常表现。形成坚硬的、厚的纤维囊是病理性表现。

┌─ 一般资料
│ 发病率：   可达所有假体的20％。

磁共振乳腺成像：囊状挛缩变形

增厚的假体周围的囊可能表现为信号升高的对比增强以表现肉芽肿的炎性过程（图13.7）。假体周围的无信号区域与巨块状钙化相对应。植入物出现球状变形是可能的。

空洞：MR表现的特异性低，只能根据临床和乳腺摄影术的表现做诊断。

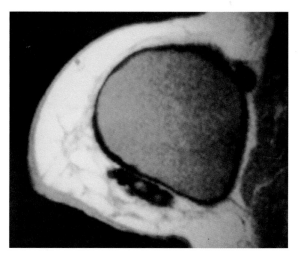

图13.7a，b 囊状挛缩变形。
无信号的囊增厚，额外的假体周围的无信号区域与广泛性的钙化相关。

硅胶流出（硅胶浸出）

定义：镜下观见硅胶通过完整的植入物外壳泄漏出来。结果，硅胶在纤维囊和植入物外壳之间，也就是说，在放射状褶皱内聚集（图13.8）。

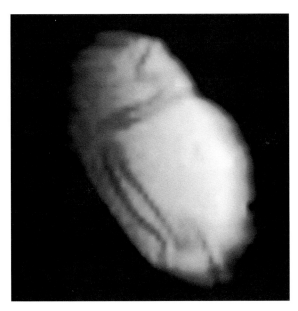

 磁共振乳腺成像："泪滴征"

聚集在放射状褶皱内的硅胶在钥匙孔状的末端褶皱弯曲处是可以清楚地看到的。因此，建议在这些区域进行仔细的观察诊断。

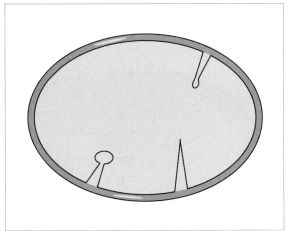

图13.8a，b　硅胶流出。
除了在囊与植入物外壳之间以外，在放射状褶皱内也有与硅胶相同的信号是硅胶流出的标志。假体的囊是完整的。

囊内破裂

定义：植入物壳破裂，其特点是塌陷下来后，漂浮在硅胶凝胶剂内，释放出来的硅胶在假体外面，但是在完整的纤维囊内。囊内破裂在单腔和双腔假体内都会出现。

空洞："囊内破裂"这个术语不能等同于双腔假体内两层壳的内层壳的病变。

一般资料
发病率：   大约占所有假体破裂的80%～90%。

 磁共振乳腺成像："扁面条征"

在填满硅胶的纤维囊内可以看到多条曲线状的低信号强度线（与塌陷的假体外壳相对应），这是囊内破裂最可靠的指征。纤维囊外显示没有硅胶（图13.9和13.10）。

空洞：塌陷了的假体与放射状褶皱相比较。

尖端：放射状褶皱从周围向中央延伸。塌陷了的假体外壳通常呈与囊平行延伸。

"沙拉油征"

可以看到盐水滴在硅胶凝胶剂内漂浮（图13.11）。这不是植入物破裂的可靠征象，只能把它和扁面条征结合在一起作为提示囊内破裂的诊断标准。

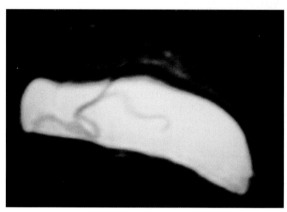

a

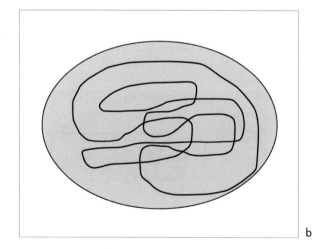

b

图13.9a，b   囊内破裂。
纤维囊内塌陷了的假体外壳（扁面条征），可作为囊内破裂的证明。周围的囊都是完整的。

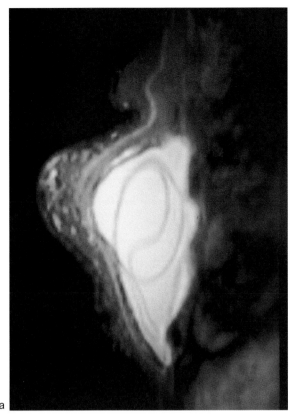

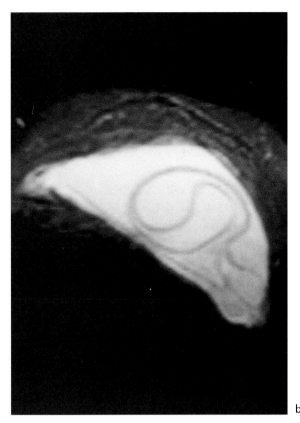

图 13.10a，b　囊内破裂。
伴扁面条征的囊内破裂，单腔假体。

a　矢状位角度。
b　轴位角度。

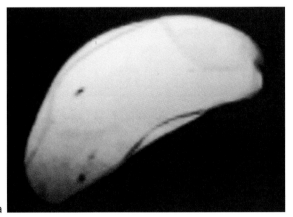

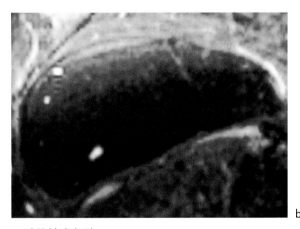

图 13.11a，b　囊内破裂。
伴沙拉油征的囊内破裂，双腔假体。假体内在近颅侧可见扁面条征（未显示）。

a　硅胶敏感序列。
b　水敏感序列。

囊外破裂

定义：植入物外壳和纤维囊均破裂，而且肉眼可见硅胶流出进入到周围组织中。

> **一般资料**
> 发病率：   最高占所有假体破裂的20%。

 磁共振乳腺成像：硅胶游离

纤维假体囊外的乳腺组织周围出现硅胶（图13.12和13.13）。建议至少从两个角度进行检查，以获得对所有假体紧密相邻的组织的全面描述，这才是确定的表现。

"扁面条征"

在填满硅胶的纤维囊内看到塌陷了的假体外壳是囊内破裂的可靠指征。与硅胶游离同时出现，通常在囊外破裂中也可看到这一表现。

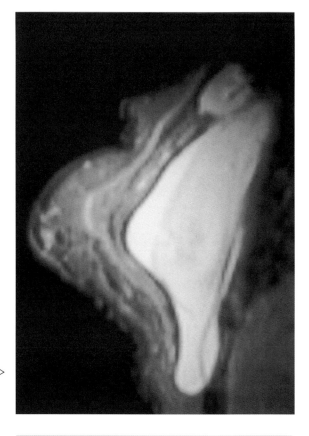

图13.12　**囊外破裂。**
假体腹侧部分到假体头侧部分的囊外破裂。植入物外壳的破裂（扁面条征）及环绕其周围的纤维囊。

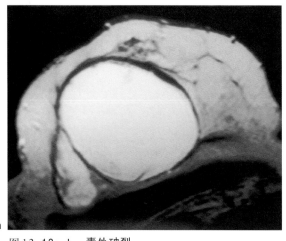

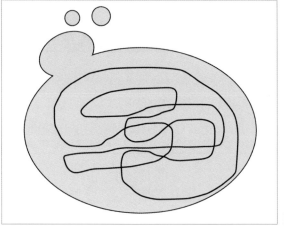

图13.13a.b　**囊外破裂。**
乳腺腋尾部假体囊外的硅胶游离。

硅胶肉芽肿（"硅胶瘤"）

定义： 硅胶聚集在伴随有肉芽肿性成分的乳腺实质内，相当于异物肉芽。出现于直接将硅胶注射进入乳腺组织后或没有将硅胶假体完全移除的情况下。

> ┌── 一般资料
> │ 发病率：　　　　　罕见。

 磁共振乳腺成像：硅胶游离

周围乳腺实质内出现高信号强度病灶区域，是游离硅胶（硅胶敏感性序列）局部聚集的指征（图13.15）。没有必要注射造影剂。建议至少进行两个角度检测，以获得硅胶全面描述，并确定其确切位置。

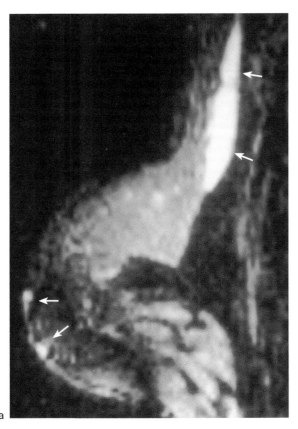

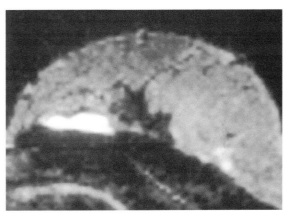

b

图13.14a，b　**硅胶瘤**。对一破裂假体未完全性移除后的磁共振成像随访检查。

a 硅胶敏感性序列显示沿着胸肌和在乳晕平面聚集的拉长了的硅胶信号—强度（箭头所指）。

b 轴位检查中显示胸前硅胶聚集。

这些硅胶瘤经手术切除后得到了组织学确认。

a

自体乳腺成形术

当前的乳腺外科手术中极少使用来自远处位置的组织进行重建性手术。从原理上来说，根据所使用的组织，可以使用磁共振乳腺成像来区分不同形式的组织转换位置的手术。最常用技术是：背阔肌肌皮瓣（图13.15），尤其是用于胸肌

已切除后；横断性腹直肌肌皮瓣（ＴＲＡＭ），其中供应血管束从腋尾部（同侧瓣）贯穿胸壁或从内部到尾侧穿过胸肌（对侧瓣）到各自的乳腺象限。同样还描述了肌皮瓣的其他类型（如对侧上直肌肌皮瓣、腹直肌肌皮瓣）。

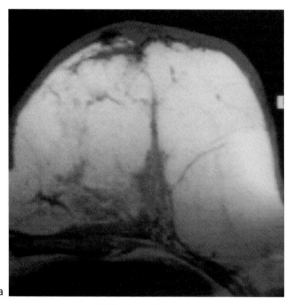
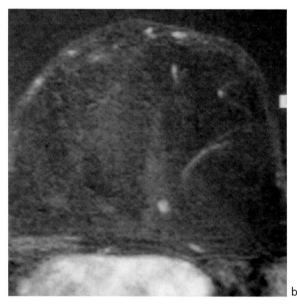

图13.15a，b　背阔肌肌皮瓣
a　梯度回波 T1 加权序列显示左侧乳腺由脂肪组织所构成，乳腺中央的血管束起源于胸壁。

b　减影图像，显示正常血管形成呈肌瓣的非脂肪瘤性血管束内散在的三角形增强。

14 MR 引导下的介入放射学

MR 引导下的介入放射学指征

　　随着动态磁共振乳腺成像的运用越来越多，磁共振乳腺成像表现为可疑恶性变化而不能与临床和传统成像的发现相互联系起来的病例也在不断增加。在这些病例中，尤其是磁共振乳腺成像发现的病变直径在 1cm 或更大时，应当再进行超声检查，并且特别注意病变的确切位置。然而，

当磁共振乳腺成像发现的病变直径小于 1cm 时，在超声检查中发现相关病变的机会相对而言要低。

　　当病变仅仅只由磁共振乳腺成像确定的话，则有以下三种可能的处理过程：

忽略病变		不可接受的
随访（例如每 6 个月）		可以接受的 然而，要注意恶变病例中的诊断已经延迟 6 个月了。
进一步诊断		希望的 需要专业设备。

　　许多小组研制了专用 MR 成像设备以进行经皮活检或术前定位从而进一步对这些病变进行评估。

　　MR 引导下的经皮活检既可以采用细针抽吸活检，也可以是粗针活检。建议只有在病变直径达到 10mm 或以上时采用该方法进行活检，因为大多数系统都不能对直径 10mm 以下的较小病变进行可靠的精细活检。

　　MR 引导下的术前定位是用来帮助医生对准确定位的病灶进行活检，并把切除组织的量限定在最小。病理学家还可使用它对活检材料来进行快速的且是选择性的检查。总体上来说，任何大小的病变都能被定位。然而，设定 5mm 为下限

看起来更可行。表 14.1 中所列方法已经被证明可以作为这类病例中处理过程的方向。

表 14.1　乳腺的诊断性检查中对 MR 发现可疑处的处理方法

病变大小	MR 评分	处理方法
<5mm	<4	不需随访
	4~8	6 个月内随访
5~10mm	<4	6 个月内随访
	4~8	开放性活检
>10mm	<4	经皮活检
	4~8	开放性活检

立体定向装置

最初尝试进行 MR 引导下的术前定位是使用的所谓的"不动手技术"（Fischer 等，1995；Sittek 等，1996）。为此，在皮肤上做标记以估计病灶的方向和位置。这种方法相对来说不是很准确，而且由于立体定向装置的使用，不应当再使用这种方法了。

大多数 MR 引导下的介入放射学设备的一个共同特点是使用一个或多个穿孔的合成材料板来压迫乳腺。在对可疑病变进行精确定位后，针或定位金属线可以通过适当的穿刺通道进入乳腺，不过，对患者的定位方法在不同的系统中各不相同（见图 14.3）。

哥廷根（Göttingen）介入放射学装置

从 1993 年底开始，MR 引导下的乳腺介入放射学研究就在我们科开展了，为此目的，一种专用设备被整合到常用的商业用表面线圈（所谓的肩部－屈曲线圈，Siemens 公司）进行使用，这样，可在仰卧位进行介入操作（图 14.1 和 14.2）。

穿刺部分由两个半圆形的空心半圆柱组成，它们最大可以互成 30°角。这样可以将乳腺固定得比较好，并能对乳头后区域内的异常进行介入放射操作。每个半圆形部分都包含总共 108 个平行排列的穿刺通道（2 行中每行有 3 个通道，2 行中每行有 5 个通道，4 行中每行有 6 个通道，4 行中每行有 7 个通道，5 行中每行有 8 个通道）。通道内径（2.3mm）允许 14G 的活检穿刺针插入。通道与通道之间的距离为 8mm。两个中空的半圆柱都充满了 0.01mol/L 钆溶液。T1 加权序列中，穿刺通道表现为包围在溶液信号强度内的低信号空间。

上面描述的部件是固定在商业用聚甲基丙烯酸甲酯有机玻璃夹持装置上的。在患者仰卧位下使用该系统除了使患者的体位与手术环境下一致外，还能允许最大限度的活动自由及无限靠近乳腺。在受压迫乳腺内，可直接到病变，这导致皮肤和病变间的距离变得很短，通常不到 3~4cm，因此可避免穿刺针偏离。该系统的主要优点在于结构简单，确操作可靠，由于使用商用表面线圈，因而制造成本很低，且使用灵活。

活检装置（哈莱，Halle）

他们与 Siemens 公司的 Heywang-Köbrunner 及其同事合作，用带有集成的压迫装置的单侧乳腺表面线圈研发出一种圆形偏振装置，该系统显示出对胸壁附近的病变进行活检的局限性（Heywang-Köbrunner 等，1994）。后来，这个小组又研发出一种瞄准装置（aiming device，AD），能在磁体孔洞外进行活检和对病变定位（Heywang-Köbrunner 等，1999）。

患者取俯卧位，悬垂的乳腺被板子从内外两侧压迫住和固定，每侧都包含了数条合成的可弯曲的肋状物，并且可以伸展开来，使之可以让任何大小的针或其他设备自由接近。在对受累的乳腺成像后，就把乳腺内的可疑病变的坐标与外部确定的所谓零点联系在一起，根据这点来给活检或穿刺针定位（角度和深度）进行计算，并进行介入操作。由于穿刺针的定位是在系统外部进行的，不能对穿刺针的准确位置进行成像和确定。目前这种设备主要用于进行经皮真空活检。由于不能在分区绘图上显示定位金属丝尖端和可疑病变之间的关系，使得该系统不适合用于在 MR 引导下的术前定位（图 14.3a）。

活检装置（波恩，Bonn）

Kuhl 及其同事报导他们已经使用 Philips 公司的定位和活检装置，成功地进行了 MR 引导下的活检和术前定位。患者取半侧卧姿势躺下，乳腺用压迫板固定好。使用放置在乳腺下的常用的商业用圆形环状线圈进行成像（Kuhl 等，1997）。仅通过放置在外侧面的板子来进行针吸活检，至今已经运用该系统对 300 多名患者进行了检查（图 14.3b）。

活检装置（莱比锡，Leipzig）

Thiele 及其同事报导，他们已经使用 GE 医疗系统的 0.5T 开放性磁共振成像系统进行 MR 引导下的介入放射学操作。进行介入放射学操作时，患者采取坐着的姿势，运用双侧乳腺活检固定装置以两块压迫板来固定乳腺。使用可弯曲的发射和接收线圈进行成像（Thiele 等，1998）（图 14.3c）。

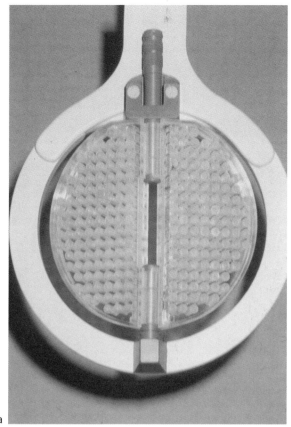

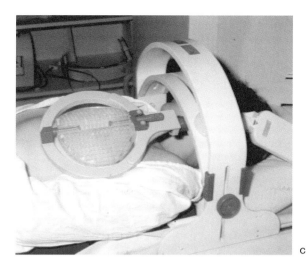

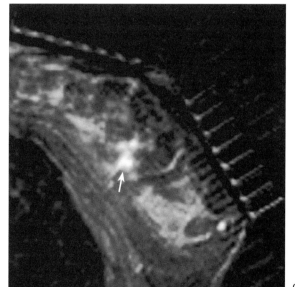

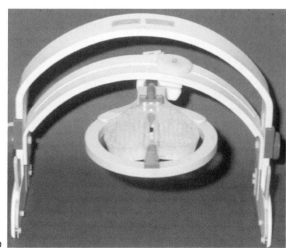

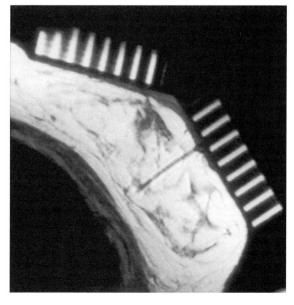

图14.1a-e　哥廷根介入放射学装置

a　上面观。中央穿刺部件和外框架内可弯曲线圈。

b　和固定装置连在一起的完整系统图解说明。

c　在仰卧位患者身上使用的演示图。

d　减影图像中的典型描述。显示一富血管病变（箭头所指）。

e　显示的是穿刺针在定位后的自旋回波 T1 加权图像。

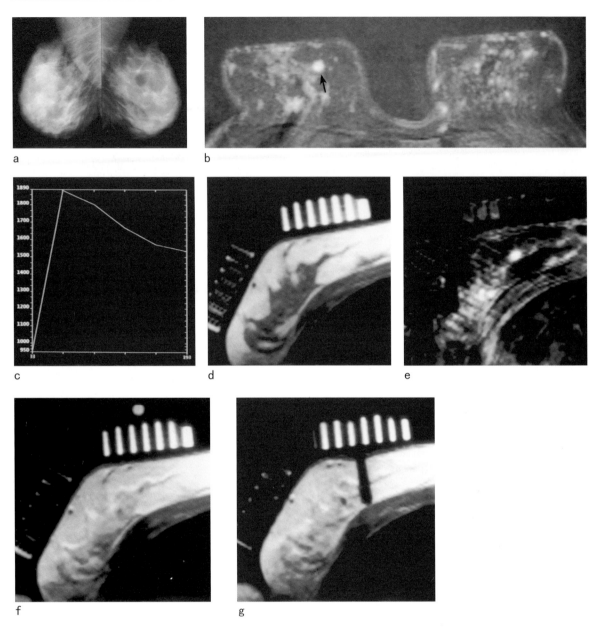

图 14.2a-g 运用哥廷根介入放射学装置进行的 MR 引导下的术前定位。

a 乳腺摄影术显示呈致密乳腺实质。

b 磁共振乳腺成像（最大密度投影技术）显示右侧乳腺内可疑病灶（箭头所指）。

c 信号分析曲线显示可疑信号－时间曲线。

d MR 引导下 T1 加权平扫的定位图像。

e 减影图像中显示病变。

f 对准备使用的通道所进行的油性包囊进行标记。

g 在 MRI 定位后确定金属线的准确位置。

组织学：浸润性导管癌（pT1 GⅢ）。

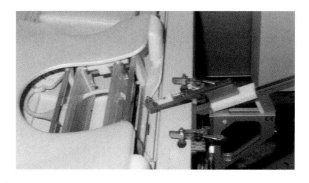

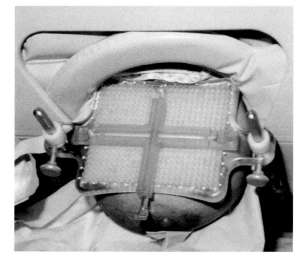

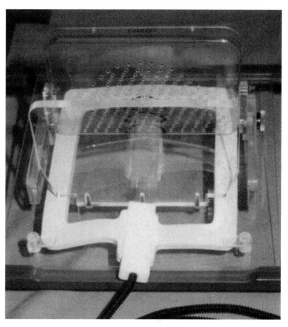

图14.3a-e　各种各样的MR介入放射学装置。

a　哈莱大学的单侧装置（Siemens公司）。

b　波恩大学的单侧装置（Philips公司）。

c　双侧装置（莱比锡大学）。

d　双侧装置（蒂宾根大学）。

e　Noras公司的活检装置（莱比锡大学）。

活检装置（蒂宾根，Tübingen）

　　Müller-Schimpfle及其同事曾经描述过一种可以进行双侧乳腺活检的装置（Müller-Schimpfle等，1998）。患者取俯卧位，并使用外侧面压迫板。为了定位，即为了确定合适的通道，一个装满油的M形管道被整合到压迫板中（图14.3d）。

MR乳腺活检系统

　　Noras Medizintechnik展示了一种进行乳腺活组织检查的装置，它可以被添加到磁共振成像设备公司的表面线圈中（图14.3e）。

MRI 兼容性活检器械

MR 引导下的乳腺经皮活检既可以做细针抽吸活检（22～18G）（表14.2），也可以做粗针活检（18～14G）（表14.3）。为使这两种操作都可以进行，企业提供了大量的不同的MRI兼容性材料。

表中所列出的细活检针在MR信号消失上没有显著区别，根据所选择的序列，这些针所导致的信号消失程度（磁敏感性伪影）介于5mm（自旋回波序列）和8mm（梯度回波序列）之间（Fischer 等，1997）。

表中所列粗针活检针也在MR信号消失上没有显著区别。根据所选择的序列，这些针所导致的信号消失程度（磁敏感伪影）介于7mm（自旋回波序列）和10mm（梯度回波序列）之间（Fischer 等，1997）。

影响MR信号消失的主要因素是所选择的序列和针与主磁场 B_0 间所成的角度。针和磁场平行时信号消失的最小。相比较而言，金属合金的成分间（主要成分：钛和镍）没有显著不同。

有合适的器械可供用作同轴技术中进行粗针活检（表14.4）。

表14.2   MRI 兼容性细针活检针（22–18 gauge）

产品名称	生产商	切口	直径(G)	长度(cm)
Lufkins 的细胞学针	Guerbet	Chiba	22,20,18	5,10,15,20
DAUM 穿刺针	Daum	Chiba	22,20,18	4,5,7.5,10,15
DAUM 抽吸活检针	Daum	Chiba	22,18	7.5,10,15
MReye Chiba 活检针	Cook	Chiba	22,19.5,18	15,20
MReye Franseen 肺活检针	Cook	Franseen	22,19.5,18	15,20
mrTool Chiba Nadel Ultra	Somatex	Chiba	21,19.5,18	9,12,15,22,28

表14.3   MRI 兼容性粗针活检针（18–14 gauge）

产品名称	生产商	直径(G)	长度(cm)
MRI Biogun 粗针活检装置	Guerbet	18,14	10,15
DAUM 活检针	Daum	18,14	7.5,10,15,20
DAUM 活检枪	Daum	18,16,14	10,15
MRT Handy 活检	Somatex	18,16	10,15,20
mrTool Soma–Cut	Somatex	18,14	6,10,15,20

表14.4   MRI 兼容性同轴系统

产品名称	生产商	直径(G)	长度(cm)
DAUM 同轴针	Daum	20,18,16 G	10,15,20
mrTool 同轴针	Somatex	0.8/1.2 mm	5,10,15

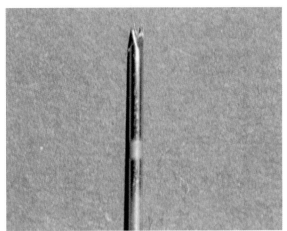

a

b

c

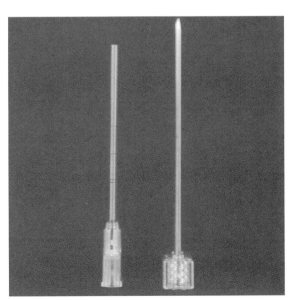

d

e

图 14.4a-e　MRI 兼容性活检器械

a　细针活检针：Chiba 切口（多家厂商）。

b　细针活检针：Fransen 切口（例：Cook 公司）。

c　管侧面带细缝的活检套管（Daum 公司）。

d　内芯切口活检插管（多家厂商）。

e　同轴系统（多家厂商）。

MRI 兼容性定位器械

许多种 M R 兼容性定位针都可以使用于 M R 引导下的术前可疑病变的定位（图 14.5 和表 14.5－14.7）。按照金属丝形状，他们和用于立体定位及超声引导下定位的定位金属线没有什么不同。然而，不同类型的定位金属丝分为可以修正位置的和放置后必须手术移除的两种。

表14.5 MRI 兼容性定位材料

产品名称	生产商	类型	直径(G)	长度(cm)
病变定位系统	Guerbet	钩状金属丝	20	5，7.5，10
DuaLok MR	BARD	双锚状[1]	？？	7.7，10.7
MReye Kopans 乳腺病变定位针	Cook	钩状金属丝	21，20，19	5，9，15
mrTool 定位装置	Somatex	钩状金属丝	19.5，18	5，9，12
mrTool 可调节定位装置	Somatex	U 形[1]	20	5，9，12
DAUM LeLocT	Daum	钩状金属丝	18	5，10，15
DAUM LeLocT D	Daum	双钩状	14	10
标记线圈	Cook	环状	－	0.4

[1] 放置错误后可调整。

表中所列定位金属丝在移除引导针后，在引起 M R 信号消失方面无明显区别。根据所选择的序列，这些金属丝所导致的信号消失程度（磁敏感伪影）介于 3mm（自旋回波序列）和 5mm（梯度回波序列）之间（Fischer 等，1997）。

另一个术前 M R 病变定位的可能方法为放置皮肤标记物，如果病变与可清晰再现的皮肤结构（例如：乳头）之间存在密切的分区绘图上的对应关系，该方法就是可行的。一些小组喜欢在乳腺内使用钆－活性碳悬浮液进行术前病变定位时。

表14.6 MRI 可探测的皮肤标记

名称	生厂商	直径
CT-MRI 分区绘图标记	E－Z－EM (Guerbet)	20mm
油脂囊肿 （例如硝酸甘油）	Pohl	～5mm

表14.7 MRI 可探测的标记悬浮液

1.4ml 活性碳悬浮液（100ml 葡萄糖溶液中含 4g 活性碳）
+0.1ml 钆溶液（1 份 0.5mmolGd-DTPA ＋ 4 份 5% 葡萄糖溶液）
总量 =1.5ml （Heywang－Köbrunner，1995）

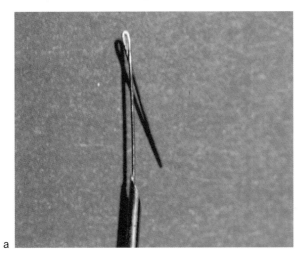

a

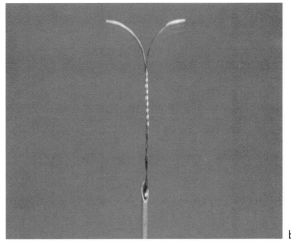

b

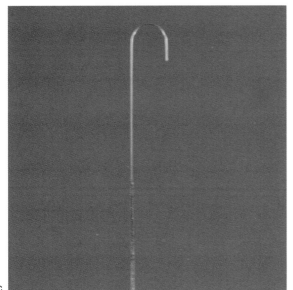

c

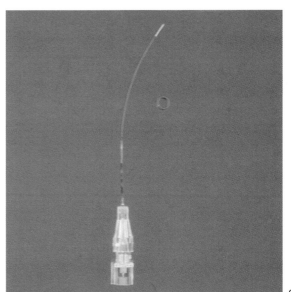

d

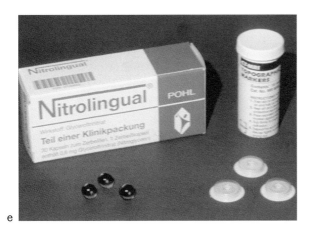

e

图 14.5a-e　MRI 兼容性定位设备。
a　钩状金属丝（多家厂商）。
b　双锚状（BARD 公司）。
c　"U"形定位金属丝（Somatex 公司）。
d　标记线圈（Cook 公司）。
e　皮肤标记物（多家厂商）。

病变完全切除的确认

在术前对可疑病变进行超声或立体定位后，运用合适的技术检查能对手术期间中要切除的病变组织是否能完全切除进行确认。然而，因为不能在切除了的组织中运用成像技术展现病理性肿瘤血管形成，所以仅用磁共振乳腺成像检查尚不可能确认病变是否切除。

我们运用手术切除前几分钟静脉注射对比剂及随后的对切除标本的 M R 成像的研究结果并不令人满意。此外，标本的 X 线成像不能可靠的区分各个切除的病灶 (Fischer 等，1997)。

因此，目前普遍性地强制推行一种对切除样本内 M R 所显示的病变进行成像的方法，看来还是不大合理或不大可能的。然而，在最终的组织病理学诊断出来后，如果诊断结果和预期的诊断不一致，推荐使用 M R 乳腺成像随访检查。根据

我们的经验，手术 1 0 天后可以很容易的进行这样的检查。正如可预期的那样，术后变化，例如充血、血清肿，以及可能出现的血肿在检查中均可见到。然而，由于可疑病灶的大小、位置和对比增强特征在术前检查中就已知道，尽管出现术后改变，对于没有切除成功的病变通常是有可能确定的。

由于司法上的原因，作为一种选择，可以在术后 6 个月进行 M R 乳腺成像随访检查。经过这一段时间后，伤口完全愈合，纤维性瘢痕组织没有显示出影响观察的对比增强。

尽管在 M R 引导下对可疑病变进行了术前定位，如果术后 M R 成像检查显示病灶没有完全切除，患者必须再次在 M R 引导下对病变定位后进行手术切除 (图 14.6)。

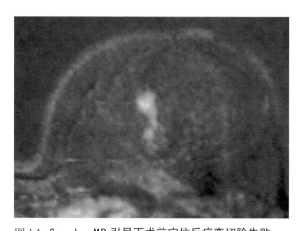 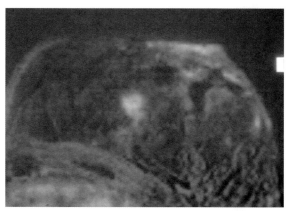

图 14.6a，b   MR 引导下术前定位后病变切除失败。
a 动态磁共振乳腺成像显示带有一卫星病灶的可疑恶性
　病灶。
MR 引导下定位后切除样本的组织学：纤维囊性变（不
伴上皮增生）。

b 术后第 5 天 MRI 随访显示可疑病灶的描述没有变化。
乳头后血清肿和弥漫性对比增强被认为是术后变化。
再次进行 MR 引导下定位后，组织学表现确认可疑病灶
为浸润性乳腺癌。

结果

几个研究小组报告的MR引导下的对乳腺的介入放射学操作，是在或多或少的大量受试患者中进行的。起初，这些介入放射学操作一直是术前定位。至今，发表的MR引导下的活检数量相对较少。

通过MR引导下的经皮活检确定为恶性发现的报告中的数量变化非常大（13%～60%）。一方面，这要归因为各自进行活检的指征；另一方面，取决于活检所使用设备类型（见表14.8）。

表14.8　MR引导下经皮活检

研究小组	城市	年份	数量	细胞学/组织学		失败
				良性	恶性	
Ficher	哥廷根	1999	40	28(70%)	9(23%)	3
Heywang-Köbrunner	哈莱	1997	31	23(74%)	4(13%)	2
Kuhl	波恩	1997	10	0(0%)	6(60%)	4
Müller-Schimpfle	蒂宾根	1999	8	6(75%)	1(13%)	1
Schmidt	莱比锡	1999	16	10(63%)	5(32%)	1
SittekmrTool Chiba Nadel Ultra	慕尼黑	1999	36	26(72%)	10(28%)	0

文献报道MR引导下的术前定位结果在大体上是一致的，主要是以金属丝定位来进行的。恶性肿瘤所占比例平均约为50%（表14.9）。

表14.9　MR引导下的术前定位

研究小组	城市	年份	数量	细胞学/组织学	
				良性	恶性
Ficher	哥廷根	1999	202	111(55%)	91(45%)
Heywang-Köbrunner	哈莱	1997	27	15(74%)	12(45%)
Kuhl	波恩	1997	110	44(40%)	56(56%)
Müller-Schimpfle	蒂宾根	1999	31	18(58%)	11(36%)
Schmidt	莱比锡	1999	28	19(68%)	9(32%)
Sittek	慕尼黑	1999	180	105(58%)	75(42%)

目前认为MR引导下的真空针活检（表14.10）处于"正在进行中"。与术前定位操作相比较而言，能否对真空针活检操作的指征加以明确的定义，证明其合理性，尚需要作更大的努力。

表14.10　MR引导下真空活检

研究小组	城市	年份	数量	细胞学/组织学		失败
				良性	恶性	
Heywang-Köbrunner	哈莱	1999	60	43(72%)	16(27%)	1

15 质量评估

磁共振乳腺成像的检查清单

硬件
- 系统场强度0.5~1.5T?
- 双侧乳腺表面线圈?
- 乳腺压迫装置?
- MR兼容的活检设备?

软件
- 对比敏感序列（T1加权梯度回波序列）?
- 正确的回波时间?
- 时间分辨率< 2min/序列?
- 空间分辨率≤4mm?
- 无相位编码梯度中的图像重叠

预约日程安排
- 正确的检查指征?
- 对诊断性问题作了恰当的简洁陈述?
- 口服激素治疗?
- 其他诊断程序的表现
  （临床检查，乳腺摄影术，超声检查）?
- 最初的常规乳腺摄影术?
- 以前的介入性诊断程序
  （细针活检，粗针活检，输乳管造影术）?
- 以前的治疗程序
  （外科手术，局部病灶切除术，放射疗法）?

图像后处理
- 两侧乳腺均完整成像?
- 乳腺内对比表现?
- 运动伪影的量可否接受?
- 减影是从平扫图像相应的对比增强后的图像中进行?
- 正确的兴趣区选取?

建议使用磁共振成像随访（6个月）后
- 给没有来进行检查的患者发出提醒性信件

一旦进行开放性活检后
- 根据组织学结果进行反馈
- 术后磁共振成像随访的必要性?

磁共振乳腺成像报告

动态磁共振乳腺成像的书面报告应当包括对之前所进行的诊断程序的结果、需要回答的诊断问题，以及其他与病人相关的重要的信息的简单叙述。接下来的内容是属于所用技术的信息、进行扫描的序列、所成的角度和注射的对比剂的量和类型。报告的结尾部分是一段对图像后处理的简短叙述。

报告的描述性部分详细说明了所观察到的变化及T1加权平扫图像内和T2加权图像内（如果扫描了的话）的病理学特征。尤为重要的是，在此部分包含了对静脉注射对比剂后的动态信号行为的描述。

在最终评估时，是将临床、超声检查和乳腺摄影术的表现都考虑在内后对所描述的变化进行结论性评估的。

注意：由于磁共振乳腺成像对导管内肿瘤的敏感性有限，当没有检测到富血管区域时，对结论的措辞应当为"磁共振乳腺成像未见提示浸润性乳腺癌的征像"，而不是"恶性病变可以排除"。

总之，应当对下一步的行动进行明确推荐（例如"6个月后进行磁共振乳腺成像随访"，"推荐行开放性活检来排除恶变"）。

 举 例：

对比增强磁共振乳腺成像　2011.11.11

个人病史

临床、乳腺摄影术及超声检查表现提示左侧乳腺外上象限内1cm大小恶性病灶。磁共振乳腺成像是作为局部术前分期的一部分来实行的。无已知乳腺癌危险因素。

技术和发现

以前曾使用T1加权的梯度回波序列行轴位方向2D技术检查，并在注射0.1mmol Gd-DTPA/kg体重后再次进行扫描，此外，还获取了轴位T2加权快速自旋回波图像。用图像减影（对比剂注射后减去平扫图像的第二次测量）进行后处理，然后得到相关兴趣区的信号—时间分析。T1加权平扫图像和T2加权测量中无明显发现。静脉注射对比剂后，左侧乳腺外上象限内出现一显著增强的、毛刺状、部分边界不清的直径达1cm的病变（初始期对比增强=120%，初始期后出现流出现象）。此外，左侧乳腺内上象限内出现椭圆形、直径达8mm的边界清晰的病变（初始期对比增强=110%，初始期后伴平台期出现，环状增强）。右侧乳腺无明显表现。

结论

根据临床、乳腺摄影术及超声检查表现，左侧乳腺外上象限内具有典型恶性变化特征的局部病变表现。另外的左侧乳腺内上象限内的可疑恶性变化表现，提示多中心性肿瘤扩散。在术前MR引导下定位后对原发灶的手术切除过程中行第2次MR乳腺成像发现的病灶应当进行手术切除。右侧乳腺内无病理性发现。

MR 乳腺模型

在与 W.Döler 博士（哥廷根大学医学物理学系）的合作中，设计并建造出了一种可以模拟对比增强磁共振乳腺成像中最重要方面（图15.1－15.3）的模型。该模型由 4 个部件组成，其中有些可以取下作为单个部件或进行交换。这个系统由聚氯乙烯构成并且可以运用于所有的表面线圈（Fischer 等，1999）。

部件 1

总共有三排管内含有不同浓度对比剂的小管子，被放于这个模型部件的内侧（两排，每排 7 根管子）和外侧（一排 8 根管）部分。对比剂浓度在稀释度的上升和下降的变化位于 8 mmol／L 到 0.0062mmol／L 间。

· 目的：把信号强度和对比剂浓度联系起来，起到在表面线圈内部进行定位的作用。

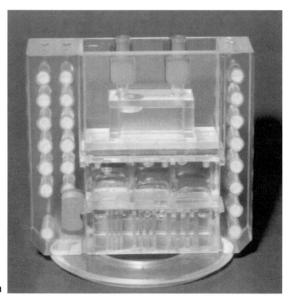

a

图15.1a，b　MR 乳腺模型。
a　模型装配后的状态。
b　模型未装配状态的部件，单个部件序号从 1 到 4。

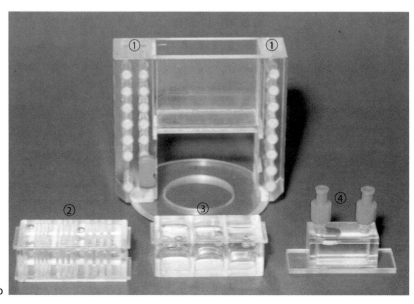

b

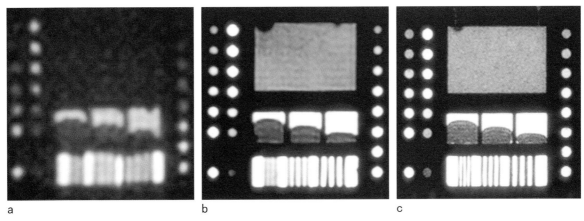

图15.2a-c 运用不同序列进行的模型研究。
模型的图像质量根据所采用序列而有明显区别。

a T1加权超快速梯度回波(Turbo-FLASH)序列。
b T1加权快速小角度激发（FLASH）序列。
c T1加权自旋回波序列。

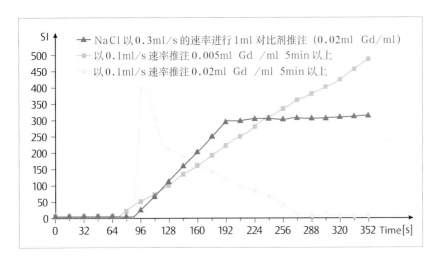

图15.3 模拟信号—时间曲线。

使用磁共振乳腺成像模型模拟得到的三条典型的信号—时间曲线。

部件 2

该部件是一个6cm × 2cm × 3cm 大小的容器。总共包含12个小合成板，这些板子在部件内部按不同宽度分成三组（4个各为2mm，4个各为1.5mm，4个各为1mm），每组之间的间隔为1~2mm。容器中装满0.5mmol/L钆溶液。

·目的：评估空间分辨率。

部件 3

三个部分，每部分大小均为2cm × 2cm × 3cm，包含着一种按不同比例的油性溶液和水的混合物（油／水：2/10，6/6，10/2）。

·目的：显示同相或异相图像。

部件 4

这种动态混合性容器（4cm × 2cm × 2cm）

拥有注入通路和引流通路（Lüer 连接）。注入连接用于使用商业用灌输系统（例如Spectris，Medrad 公司）来进行的对比剂溶液的机械注射。第二个开口对液体的引流也可经过一注入系统后进入到收集容器而完成的。

·目的：模拟不同的信号—时间曲线。

为保证质量，磁共振乳腺成像模型可以将现有序列进行对比，对测量协议进行优化，以及验证日常实践中的图像稳定性。它也可以在教学中用作辅助说明。此外，它能对不同的检查系统进行直接对比，并且有可能对这些系统的研究协议进行专业化的编写，如实现多中心性研究。

原子能联合公司(Nuclear Associates Co.)提供了一种商业用的磁共振乳腺成像模型，然而，它不能模拟磁共振乳腺成像的动态方面。

16 磁共振乳腺成像目前的地位和展望

目前的地位

磁共振乳腺成像是乳腺植入物并发症的诊断性检查中的可选方法。特殊序列协议的使用，不同假体成分的选择性成像，使之能进行多平面方向成像，从而优于其他的乳腺成像技术。

在乳腺癌的诊断性检查中，临床检查、X射线乳腺摄影术及经皮活检起着最主要的作用。乳腺超声检查是一项很有必要，而且是很有用的补充技术。由于所有这些方法都提供了有关乳腺形态学变化的信息，对比增强磁共振乳腺成像主要传达的是肿瘤内血管形成和灌注状态发生变化的信息。

如果坚持按其公认的适应证进行检查的话，在对浸润性乳腺癌的检测中，对比增强磁共振乳腺成像已经被证实是敏感性最高的技术。尽管其特异性常常被认为很低，但是，当有选择性地运用和对它进行恰当地评价时，对比增强磁共振乳腺成像一定是可接受的和与其他成像技术具有可比性的。技术上完美的磁共振乳腺成像检查，不能显示出对比增强，从而可靠地排除了出现直径大于5mm的浸润性乳腺癌的可能性。

磁共振乳腺成像的最重要的应用在于局部的术前分期和为治疗乳腺癌而进行的保乳治疗的随访检查，这一点得到了不同研究小组大量报告的证实。但是，一旦X射线乳腺摄影术和／或超声检查的表现中出现不能明确性质的区域时，它常常还是非常有帮助和起决定性作用的。然而，在这种情况下，所有主要的诊断技术（临床检查，X射线乳腺摄影术，经皮活检，超声检查）的诊断潜能应当在磁共振乳腺成像这种所有检查技术中花费最大的检查进行之前充分发挥作用。

必须要注意随意进行的磁共振乳腺成像检查，因为据推测，这样做会导致显著增加不必要的开放性活检。例如，乳腺摄影术上可疑的可触及的异常或乳腺X线摄影上不能确定性质的细微钙化不能成为实行磁共振乳腺成像的指征。对于炎性变化也是如此。除了对携带BRCA基因异常的患者进行磁共振乳腺成像以外，没有数据显示实行该技术的优势，例如，对患乳腺癌风险增加的年轻女性进行该技术的检查。

总之，磁共振乳腺成像是一种确定的标准化的检查方法，当按照确定的指征作为一种辅助技术开展时，它能提高早期乳腺癌检查的效果。

展望

可以预测，磁共振乳腺成像技术上和方法上的进一步发展主要是在提高空间分辨率方面（层厚为 1～2 mm）。伴随的检查协议的发展将产生不断增加的数据，为进行快速的并标准化的图像后处理，有必要制造高效率的计算机和用户界面友好的软件。

新的对比剂是否能更好地区分乳腺内的富血管病变，还处于观察中。现有的对比剂是血管内滞留期较长（"血池"对比剂）的物质。从较长时期来看，具有肿瘤特异性的对比剂会投入临床使用是可能的。

短期预计，磁共振乳腺成像作为对携带乳腺癌高危基因（BRCA 基因突变）的女性可选择的一种诊断性方法，其重要性将在更大组受试患者的研究中来得到证明。这种高危状态将会作为实行磁共振乳腺成像的进一步指征。

可以假设，将减少辐射剂量，单次投照 X 射线乳腺摄影术（例如，MLO 位的全野数字化乳腺摄影术）与带有对比增强的磁共振乳腺成像检查联合起来，对乳腺癌检测的灵敏度将是最高的，必须进行更大组的研究来检验运用这样一个诊断策略来筛查高危妇女在经济上是否值得。在这种背景下，可以想象，应当为这样一组确定的女性进行乳腺癌筛查而研制和生产为她们做乳腺的磁共振成像检查而专门设计的专用诊断装置。高频率地使用这种专用的、花费不大的磁共振成像装置，能够明显降低磁共振乳腺成像检查的成本。

大部分 MR 引导下的乳腺介入放射学仍旧是在其他检查技术里呈隐匿病变的术前定位。检查装置可以进行实时监控，其优点是减少时间花费；因此，复杂的立体定向装置不是必需的。MRI 监控下的间质激光光凝术，或者是复杂的介入放射学操作，例如 MRI 引导下的创伤性最小的诊断和治疗程序，将仍旧局限于少数指征范围内，并且是在娴熟的专业化中心内进行。

参考文献

磁共振乳腺成像的历次，患者的准备与信息、技术与方法

Boetes CB, Barentsz JO, Mus RD et al. (1994). MR Characterization of Suspicious Breast Lesions with a Gadolinium-enhanced TurbFLASH Subtraction Technique. Radiology 193: 777–781

Buckley DL, Mussurakis S, Horsman A (1998). Effect of Temporal Resolution on the Diagnostic Efficacy of Contrast-Enhanced MRI in the Conservatively Treated Breast. JCAT 22: 47–51

Damadian R (1971). Tumor Detection by Nuclear Magnetic Resonance. Sciene 171: 1151–1153

Daniel BL, Butts K, Glover GH et al. (1998). Breast Cancer: Gadolinium-enhanced MR Imaging with a 0.5-T Open Imager and three-point Dixon Technique. Radiology 207: 183–190

El Yousef SJ, Alfidi RJ, Duchesneau RH (1983). Initial Experience with Nuclear Magnetic Resonance (NMR) Imaging of the Human Breast. J Assist Comput Tomogr 7: 215–218

Fischer U, von Heyden, Vosshenrich R et al. (1993). Signalverhalten maligner und benigner Läsionen in der dynamischen 2 D-MRT der Mamma. RÖFO 158: 287–292

Fischer U, Vosshenrich R, Kopka L et al. (1996). Kontrastmittelgestützte dynamische MR-Mammographie nach diagnostischen und therapeutischen Eingriffen der Mamma. Bildgebung 63: 94–100

Frahm, J, Haase A, Matthaei D (1986). Rapid Three-dimensional NMR Imaging Using the FLASH Technique. J Comput Assist Tomogr 10: 363–368

Haase, A, Frahm J, Matthaei D, et al. (1986). FLASH-Imaging: Rapid NMR Imaging Using Low Flip Angle Pulses. J Magn Res 67; 258–266

Harms SE, Flamig DP, Hesley KL et al. (1993). Fat-suppressed Three-dimensional MR Imaging of the Breast. Radiographics 1: 247–267

Heiberg EV, Perman WH, Herrmann VM, Janney CG (1996). Dynamic Sequential 3D Gadolinium-enhanced MRI of the Whole Breast. Magn Reson Imaging 14: 337–348

Heywang SH, Fenzl G, Beck R et al. (1986). Anwendung von Gd-DTPA bei der kernspintomographischen Untersuchung der Mamma. RÖFO 145: 565–571

Heywang SH, Fenzl G, Edmaier M, et al. (1985). Kernspintomographie in der Mammadiagnostik. RÖFO 143: 207–212

Heywang-Köbrunner SH, Haustein J, Pohl C et al. (1994). Contrast-enhanced MR Imaging of the Breast: Comparison of two Different Doses of Gadopentetate Dimeglumine. Radiology 191: 639–646

Heywang-Köbrunner SH, Beck R (1995). Contrast-enhanced MRI of the Breast. Springer-Verlag Berlin Heidelberg New York

Hulka CA, Smith BL, Sgroi DC et al. (1995). Benign and Malignant Breast Lesions: Differentiation with Echo-Planar MR Imaging. Radiology 197: 33–38

Kaiser WA, Zeitler E (1985). Kernspintomographie der Mamma – Erste klinische Ergebnisse. Röntgenpraxis 38: 256–262

Kaiser WA (1993). MR-Mammography (MRM). Springer-Verlag Berlin Heidelberg New York

Klengel S, Hietschold V, Schreiber M, Köhler K (1994). Quantitative kontrastmitteldynamische Mamma-MRT am 0,5-Tesla-Gerät. Röntgenpraxis 47: 223–228

Knopp MV, Port RE, Brix G et al. (1995). Diagnostische Wertigkeit der Quantifizierung der dynamischen Mammographie mit Hilfe pharmakokinetischer Parameter. Radiologe 35 (suppl): 84

Kuhl CK, Seibert C, Sommer T et al. (1995). Fokale und diffuse Läsionen in der dynamischen MR-Mammographie gesunder Probandinnen. RÖFO 163: 219–224

Kuhl CK, Kreft BP, Hauswirth A et al. (1995). MR-Mammographie bei 0,5 Tesla. Teil I: Vergleich von Bildqualität und Sensitivität der MR-Mammographie bei 0,5 und 1,5 T. RÖFO 162: 381–389

Kuhl CK, Kreft BP, Hauswirth A et al. (1995). MR-Mammographie bei 0,5 Tesla. Teil II: Differenzierbarkeit maligner und benigner Läsionen in der MR-Mammographie bei 0,5 und 1,5 T. RÖFO 162: 482–391

Kuhl CH, Bieling HB, Lutterberg G et al. (1996). Standardisierung und Beschleunigung der quantitativen Analyse dynamischer MR-Mammographien durch Parameterbilder und automatisierte ROI-Definition. Fortschr Röntgenstr 164: 475–482

Kuhl CH, Klaschik S, Mielcarek P et al. (1999). Do T 2-weighted pulse Sequences help with the Differential Diagnosis of Enhancing Lesions in Dynamic Breast MRI? JMRI 9: 187–196

Laniado M, Kopp AF (1997). Gegenwärtiger Stand der klinischen Entwicklung von MR-Kontrastmitteln. RÖFO 167: 541–550

Lauterbur PC (1973). Image Formation by Induced Local Interactions: Examples Employing Nuclear Magnetic Resonance. Nature 242: 190–191

Magnevist Gadolinium-DTPA. Eine Monographie. Hrsg.: Felix R, Heshiki A, Hosten N, Hricak H. Blackwell Verlag 1997

Mansfield P, Morris PG, Ordidge R et al. (1979). Carcinoma of the Breast Imaged by Nuclear Magnetic Resonance (NMR). Brit J Radiol 52: 242–243

Mussurakis S, Buckley DL, Horsman A (1997). Dynamic MRI of Invasive Breast Cancer: Assessment of Three Region-of-Interest Analysis Methods. JCAT 21: 431–438

Müller-Schimpfle M, Rieber A, Kurz S et al. (1995). Dynamische 3D MR-Mammographie mit Hilfe einer schnellen Gradienten-Echo-Sequenz. RÖFO 162: 13–19

Müller-Schimpfle M, Ohmenhäuser K, Claussen CD (1997). Einfluß von Alter und Menstruationszyklus auf Mammographie und MR-Mammographie. Radiologe 37: 718–725

Niendorf HP, Haustein J, Cornelius I et al. (1991). Safety of Gadolinium-DTPA; Extended Clinical Experience. Magn Res Med 22: 222–228

Nunes LW, Schnall MD, Siegelman ES et al. (1997). Diagnostic Performance Characteristics of Architectural Features Revealed by High Spatial-Resolution MR Imaging of the Breast. AJR 169: 409–415

Perman WH, Heiberg EV, Herrmann VM (1996). Half-Fourier, Three-dimensional Technique for Dynamic Contrast-enhanced MR Imaging of Both Breasts and Axillae: Initial Characterization of Breast Lesions. Radiology 200: 263–269

Pierce WB, Harms SE, Flamig DP et al. (1991). Three-dimensional Gadolinium-enhanced MR Imaging of the Breast. Pulse Sequence with Fat Suppression an Magnetization Transfer Contrast. Radiology 181: 757–763

Ross RJ, Thompson JS, Kim K, Bailey RA (1982). Nuclear Magnetic Resonance Imaging and Evaluation of Human Breast Tissue: Preliminary Clinical Trials. Radiology 143: 195–205

Schmiedl U, Maravilla KR, Gerlach R, Dowling CA (1990). Excretion of Gadopentetate Dimeglumine in Human Breast Milk. AJR 154: 1305–1306

Schorn C, Fischer U, Döler W et al. (1996). Compression Device to Reduce Motion Artifacts at Contrast-enhanced MR Imaging in the Breast. Radiology 206: 279–282

Schorn C, Fischer U, Luftner-Nagel S, Grabbe E (1999). Diagnostic Potential of Ultrafast Contrast-Enhanced MRI of the Breast in Hypervascularized Lesions: Are there Advantages in Comparison with Standard Dynamic MRI? JCAT 23: 118–122

Teubner J, Behrens U, Walz M et al. (1995). Dynamische Visualisierung der Kontrastmittelaufnahme bei der Mamma-MRT. Radiologe 35 (suppl): 83

Weinmann HJ, Laniado M, Mützel W (1984). Pharmacokinetics of Gadolinium-DTPA/dimeglumine after Intravenous Injection into healthy Volunteers. Physiol Chem Phys Med NMR 16: 167–172

Weinmann HJ (1997). Eigenschaften von Gd-DTPA-Dimeglumin. In: Magnevist Gadolinium-DTPA. Eine Monographie. Hrsg.: Felix R, Heshiki A, Hosten N, Hricak H. Blackwell Verlag 1997

Weinstein D, Strano S, Cohen P et al. (1999). Breast Fibroadenoma: Mapping of Pathophysiologic Features with Three-Time-Point, Contrast-enhanced MR Imaging-Pilot Study. Radiology 210: 233–240

Wong TZ, Lateiner JS, Mahon TG et al. (1996). Stereoscopically Guided Characterization of Three-dimensional Dynamic MR Images of the Breast. Radiology 198: 288–291

肿瘤血管生成

Aranda FI, Laforga JB (1996). Microvessel Quantification in Breast Ductal Invasive Carcinoma. Correlation with Proliferative Activity, Hormonal Receptors and Lymph Node Metastases. Pathol Res Pract 192: 124–129

Bicknell-R; Harris-AL (1996). Mechanisms and Therapeutic Implications of Angiogenesis. Curr Opin Oncol 8: 60–5

Brinck U, Fischer U, Korabiowska M et al. (1995). The Variability of Fibroadenoma in Contrast-enhanced Dynamic MR-Mammography: AJR 168: 1331–1334

Buadu LD, Murakami J, Murayama S et al. (1997). Patterns of Peripheral Enhancement in Breast Masses: Correlation of Findings on Contrast Medium Enhanced MRI with Histologic Features and Tumor Angiogenesis. JCAT 21: 421–430

Buadu LD, Murakami J, Murayama S et al. (1996). Breast Lesions: Correlation of Contrast Medium Enhancement Patterns on MR Images with Histopathologic Findings and Tumor Angiogenesis. Radiology 200: 639–649

Buckley, DL, Drew PJ, Mussurakis S et al. (1997). Microvessel Density of Invasive Breast Cancer assessed by Dynamic Gd-DTPA enhanced MRI. J Magn Reson Imaging 7:461–464

Costello P, McCann A, Carney DN, Dervan PA (1996). Prognostic Significance of Microvessel Density in Lymph Node Negative Breast Carcinoma. Hum Pathol 26: 1181–1184

Engels K, Fox SB (1997). Angiogenesis as a Biologic and Prognostic Indicator in Human Breast Carcinoma. EXS 79: 113–156

Fischer U (1998). Aktuelle Aspekte der dynamischen MR-Mammographie. Habilitationsschrift Universität Göttingen

Folkman J, Klagsbrunn M (1987). Angiogentic Factors. Science 235: 442

Folkman J (1995). Clinical Applications of Research on Angiogenesis. N Engl J Med 333: 1757–1763

Frouge C, Guinebretiere JM, Contesso G et al. (1994). Correlation between Contrast Enhancement in Dynamic Magnetic Resonance Imaging of the Breast and Tumor Angiogenesis. Invest Radiol. 29: 1043–1049

Furman-Haran E, Margalit R, Maretzek AF, Egani H (1996). Angiogenic Response of MCF7 Human Breast Cancer to Hormonal Treatment: Assessment by dynamic Gd-DTPA-enhanced MRI at high Spatial Resolution. J Magn Reson Imaging 6:195–202

Goulding H, Rashid NA, Robertson JF et al. (1996). Assessment of Angiogenesis in Breast Carcinoma: An Important Factor in Prognosis. Hum Pathol 26: 1196–1200

Gradishar WJ (1997). An Overview of Clinical Trials Involving Inhibitors of Angiogenesis and their Mechanism of Action. Invest New Drugs 15: 49–59

Hulka CA, Edmister WB, Smith BL et al. (1997). Dynamic Echo-Planar Imaging of the Breast: Experience in Diagnosing Breast Carcinoma and Correlation with Tumor Angiogenesis. Radiology 205: 837–842

Paku S (1998). Current Concepts of Tumor-induced Angiogenesis. Pathol Oncol Res. 4: 62–75

Pluda JM (1997). Tumor-associated Angiogenesis: Mechanisms, Clinical Implications, and Therapeutic Strategies. Semin-Oncol. 24: 203–18

Siewert C, Oellinger H, Sherif HK et al. (1997). Is there a Correlation in Breast Carcinomas between Tumor Size and Number of Tumor Vessels detected by Gadolinium-enhanced Magnetic Resonance Mammography? MAGMA 5: 29–31

Stomper PC, Herman S, Klippenstein DL et al. (1996). Invasive Breast Cancer: Analysis of Dynamic Magnetic Resonance Imaging Enhancement Features and Cellproliferative Activity determined by DANN S-phase Percentage. Cancer 77:1844–1849

Stomper PC, Winston JS, Herman S et al. (1997). Angiogenesis and Dynamic MR Imaging Gadolinium Enhancement of Malignant and Benign Breast Lesions. Breast Cancer Res Treat 45:39–46

Weidner N, Semple J, Welch WR, Folkman J (1991). Tumor Angiogenesis and Metastasis-Correlation in Invasive Breast Carcinoma. N Engl J Med 324: 1–8

Weidner N, Folkman J, Pozza F et al. (1992). Tumor Angiogenesis: A new Significant and Independant Prognosic Indicator in Early-Stage Breast Carcinoma. J Natl Cancer Inst 84: 1875–1887

诊断标准

Brookes JA, Murray AD, Redpath TW et al. (1996). Choice of Contrast Enhancement Index for Dynamic Magnetic Resonance Mammography. J Magn Reson Imaging 14:1023–1031

Buadu LD, Murakami J, Murayama S et al. (1997). Patterns of Peripheral Enhancement in Breast Masses: Correlation of Findings on Contrast Medium Enhanced MRI with Histologic Features and Tumor Angiogenesis. JCAT 21: 421–430

Buckley DL, Mussurakis S, Horsman A (1998). Effect of Temporal Resolution on the Diagnostic Efficacy of Contrast-Enhanced MRI in the Conservatively Treated Breast. JCAT 22: 47–51

Chenevert TL, Helvie MA, Aisen AM et al. (1995). Dynamic Three-dimensional Imaging with Partial K-Space Sampling: Initial Application for Gadolinium-enhanced Rate Characterization of Breast Lesions. Radiology 196: 135–142

Davis PL, McCarty jr. KS (1997). Sensitivity of Enhanced MRI for the Detection of Breast Cancer: New, Multicentric, Residual, and Recurrent. Eur radiol 7:289–298

Fischer U, von Heyden, Vosshenrich R et al. (1993). Signalverhalten maligner und benigner Läsionen in der dynamischen 2 D-MRT der Mamma. RÖFO 158: 287–292

Friedrich M (1998). MRI of the Breast: State of the Art. Eur Radiol 8:707–725

Gribbestad IS, Nilsen G, Fjosne HE et al. (1994). Comparative Signal Intensity Measurements in Dynamic Gadolinium-enhanced MR-Mammography. JMRI 4: 477–480

Kaiser WA (1993). MR-Mammography (MRM). Springer-Verlag Berlin Heidelberg New York

Kelcz F, Santyr GE, Cron GO, Mongin SJ (1996). Application of a Quantitative Model to Differentiate Benign from Malignant Breast Lesions Detected by Dynamic Gadolinium-enhanced MRI. JMRI 6: 743–752

Kuhl CK, Bieling H, Gieseke J et al. (1997). Breast Neoplasms: T 2* Susceptibility-Contrast, First-Pass Perfusion MR Imaging. Radiology 202: 87–95

Kuhl CK, Klaschik S, Mielcarek P et al. (1999). Do T 2-weighted pulse Sequences help with the Differential Diagnosis of Enhancing Lesions in Dynamic Breast MRI? JMRI 9: 187–196

Kuhl CK, Mielcareck P, Klaschik S et al. (1999). Dynamic Breast MR Imaging: Are Signal Intensity Time Course Data Useful for Differential Diagnosis of Enhancing Lesions? Radiology 211: 101–110

Liu PF, Debatin JF, Caduff RF et al. (1998). Improved Diagnostic Accuracy in Dynamic Contrast Enhanced MRI of the Breast by Combined Quantitative and Qualitative Analysis. Brit J Radiol 71:501–509

Mussurakis S, Buckley DL, Drew PJ et al. (1997). Dynamic MR Imaging of the Breast Combined with Analysis of Contrast Agent Kinetics in the Differentiation of Primary Breast Tumor. Clin Radiol 52: 516–526

Mussurakis S, Gibbs P, Horsman A (1998). Peripheral Enhancement and Spatial Contrast Uptake Heterogeneity of Primary Breast Tumours: Quantitative Assessment with Dynamic MRI. JCAT 22: 35–46

Mussurakis S, Gibbs P, Horsman A (1998). Primary Breast Abnormalities: Selective Pixel Sampling on Dynamic Gadolinium-enhanced MR Images. Radiology 206: 465–473

Nunes LW, Schnall MD, Siegelman ES et al. (1997). Diagnostic Performance Characteristics of Architectural Features Revealed by High Spatial-Resolution MR Imaging of the Breast. AJR 169: 409–415

Nunes LW, Schnall MD, Orel SG (1997). Breast MR Imaging: Interpretation Model. Radiology 202: 833–841

Orel SG, Schnall MD, LiVolsi VA, Troupin RH (1994). Suspicious Breast Lesions: MR Imaging with Radiologic-Pathologic Correlation. Radiology 190: 485–493

Piccoli CW (1994). The Specificity of Contrast-enhanced Breast MR Imaging. Magn Reson Imaging Clin N Am 2: 557–571

Piccoli CW (1997). Contrast-enhanced Breast MRI: Factors affecting Sensitivity and Specificity. Eur Radiol/7:281–288

Sherif H, Mahfouz AE, Oellinger H et al. (1997). Peripheral Washout Sign on Contrast-enhanced MR Images of the Breast. Radiology 205: 209–213

Sinha S, Lucas Quesada FA, DeBruhl ND et al. (1997). Multifeature Analysis of Gd-enhanced MR Images of Breast Lesions. JMRI 7: 1016–1026

Stack JP, Redmonds OM, Codd MB et al. (1990). Breast Disease: Tissue Characterization with Gd-DTPA Enhancement Profiles. Radiology 174: 491–494

Weinstein D, Strano S, Cohen P et al. (1999). Breast Fibroadenoma: Mapping of Pathophysiologic Features with Three-Time-Point, Contrast-enhanced MR Imaging-Pilot Study. Radiology 210: 233–240

错误根源

Fischer U, Vosshenrich R, Kopka L et al. (1996). Kontrastmittelgestützte dynamische MR Mammographie nach diagnostischen und therapeutischen Eingriffen an der Mamma. Bildgebung 63: 94–100

Heywang-Köbrunner SH (1995). Technique. In: Heywang-Köbrunner SH, Beck R: Contrast-enhanced MRI of the Breast. Springer-Verlag Berlin Heidelberg New York, S. 7–56

Heywang-Köbrunner SH, Wolf HD, Deimling M et al. (1996). Misleading Changes of the Signal Intensity on Opposed-Phase MRI after Injection of Contrast Medium. JCAT 20: 173–178

Kaiser WA (1994). False-positive Results in Dynamic MR-Mammography: Causes, Frequency, and Methods to Avoid. MRI Clin North Amer 2: 539–555

Kaiser WA (1993). Problems and Sources of Error in MRM. In: Kaiser WA: MR-Mammographie (MRM). Springer-Verlag Berlin Heidelberg New York S. 31–35

Peller M, Stehling MK, Sittek H et al. (1996). Effects of Partial Volume and Phase Shift between Fat and Water in Gradient-echo Magnetic Resonance Mammography. MAGMA 4:105–113

Schorn C, Fischer U, Döler W. et al. (1998). Compression Device to Reduce Motion Artifacts at Contrast-enhanced MR Imaging in the Breast. Radiology 206: 279–282

Zuo CS, Jiang A, Buff BL et al. (1996). Automatic Motion Correction for Breast MR Imaging. Radiology 198: 903–906

正常表现

Alamo E, Hundertmark C, Fischer U, Grabbe E (1998). KM-gestützte farbkodierte Duplexsonographie bei hypervaskularisierten Herdbefunden in der dynamischen MR-Mammographie. RÖFO 168: S 139

Dean KI, Majurin ML, Komu M. Relaxation Times of Normal Breast Tissue. Acta Radiol 35 (1994) 258–261

Fowler PA, Casey CE, Cameron GG et al. (1990). Cyclic Changes in Composition and Volume of the Breast During the Menstrual Cycle, Measured by Magnetic Resonance Imaging. Br J Obstet Gynecol 97: 595–602

Friedman EP, Hall-Craggs MA, Mumtaz H et al. (1997). Breast MR and the Appearance of the Normal and Abnormal Nipple. Clin Radiol 52: 854–861

Graham SJ, Stanchev PL, Lloyd-Smith JOA et al. (1995). Changes in Fibroglandular Volume and Water Content of Breast Tissue During the Menstrual Cycle Observed by MR Imaging at 1.5 T. JMRI 5: 695–701

Kaiser WA (1987). Die laktierende Mamma im Kernspintomogramm. RÖFO 146: 47–51

Kaiser WA, Mittelmaier O (1992). MR-Mammographie bei Risikopatientinnen. RÖFO 156: 576–581

Kuhl CK, Seibert C, Sommer T et al. (1995). Fokale und diffuse Läsionen in der dynamischen MR-Mammographie gesunder Probandinnen. RÖFO 163: 219–224

Kuhl CK, Bieling H, Gieseke J et al. (1997). Healthy Premenopausal Breast Parenchym in Dynamic Contrast-enhanced MR Imaging of the Breast: Normal Contrast Medium Enhancement and Cyclical-Phase Dependency. Radiology 203: 137–144

Lee NA, Rusinek H, Weinreb J et al. (1997). Fatty and Fibroglandular Tissue Volumes in the Breasts of Women 20–83 Years Old: Comparison of X-Ray Mammography and Computer-Assisted MR Imaging. AJR 168: 501–506

Martin B, El Yousef SJ (1996). Transverse Relaxation Time Values in MR Imaging of Normal Breast During Menstrual Cycle. JCAT 10: 924–927

Müller-Schimpfle M, Ohmenhäuser K, Claussen CD (1997). Einfluß von Alter und Menstruationszyklus auf Mammographie und MR-Mammographie. Radiologe 37: 718–725

Müller-Schimpfle M, Ohmenhäuser K, Stoll P et al. (1997). Menstrual Cycle and Age: Influence on Parenchymal Contrast Medium Enhancement in MR Imaging of the Breast. Radiology 203: 145–149

Nelson TR, Pretorius DH, Schiffer LM (1985). Menstrual Variation of Normal Breast NMR Relaxation Parameters. JCAT 9: 875–879

良性变化

Bässler R (1997). Mamma. In: Remmele W (Hrsg.): Pathologie. Band 4: Weibliches Genitale; Mamma; Pathologie der Schwangerschaft, der Plazenta und des Neugeborenen; Infektionskrankheiten des Fetus und des Neugeborenen; Tumoren des Kindesalters; Endokrine Organe. Springer-Verlag Berlin 133–368

Bassett LW, Jackson VP, Jahan R et al. (1997). Diagnosis of Diseases of the Breast. WB Saunders Philadelphia London Toronto Montreal Sydney Tokyo

Consensus meeting (1986). Is fibrotic Disease of the Breast Precancerous? Arch Pathol Lab Med 110: 171–173

Dupont WD, Page DL (1985) Risk Factors for Breast Cancer in Women with Proliferative Breast Disease. N Engl J Med 312:146

Farria DM, Gorczyca DP, Barsky SH et al. (1996). Benign Phyllodes Tumor of the Breast: MR Imaging Features. AJR 167: 187–189

Fechner RE, Mills SE (1990). Breast Pathology. Benign Proliferations, Atypias and In situ Carcinomas. ASCP Press, Chicago.

Fischer U, Vosshenrich R, von Heyden D et al. (1994). Entzündliche Veränderungen der Mamma – Indikation zur MR-Mammographie? RÖFO 161: 307–311

Fischer U, Kopka L, Brinck U et al. (1997). Prognostic Value of Contrast-enhanced MR-Mammography in Patients with Breast Cancer. Eur Radiol 7: 1002–1005

Friedrich M, Sickles EA (1997). Radiological Diagnosis of Breast Diseases. Springer-Verlag Berlin Heidelberg New York

Harris JR, Lippman ME, Morrow M. Hellman S (1996). Diseases of the Breast. Lippincott-Raven Philadelphia New York

Gallardo X, Sentis M, Castaner E et al. (1998). Enhancement of Intramammary Lymph Nodes with Lymphoid Hyperplasia: A Potential Pitfall in Breast MRI. Eur Radiol 8:1662–1665

Heywang-Köbrunner SH, Beck R (1995). Contrast-enhanced MRI of the Breast. Springer-Verlag Berlin Heidelberg New York

Hochman MG, Orel SG, Powell CM et al. (1997). Fibroadenomas: MR Imaging Appearances with Radiologic-histopathologic Correlation. Radiology 204: 123–129

Kaiser WA (1992). MR-Mammographie bei Risikopatientinnen. RÖFO 156: 576–581

Kaiser WA (1993). MR-Mammography (MRM). Springer-Verlag Berlin Heidelberg New York

Kenzel PP, Hadijuana J, Hosten N et al. (1997). Boeck Sarcoidosis of the Breast. Mammographic, Ultrasound, and MR Findings. JCAT 21: 439–441

Kopans DB (1997). Breast Imaging. Lipincott-Raven Philadelphia New York

Kuhl CK, Bieling H, Gieseke J et al. (1997). Healthy Premenopausal Breast Parenchyma in Dynamic Contrast-enhanced MR Imaging of the Breast: Normal Contrast Medium Enhancement and Cyclicalphase Dependency. Radiology 203: 137–144

Kurtz B, Achten C, Audretsch W et al. (1996). MR-Mammographie der Fettgewebsnekrose. RÖFO 165: 359–363

Ogawa Y, A Nishioka, D Yoshida et al. (1997). Dynamic MR Appearance of Benign Phyllodes Tumor of the Breast in a 20-Year-Old Woman. Radiation Medicine 15: 247–250

Page DL, Dupont WD, Rogers LW, et al. (1985) Atypical Hyperplastic Lesions of the Female Breast: A Long-term Follow-up Study. Cancer 55:2698

Prechtel K (1991). Mastopathie. Histologische Formen und Langzeitbeobachtung. Zbl Pathol 137, 210–215

Rosai J (1996). Ackerman's Surgical Pathology. 8. Auflage. Mosby 1565–1660

Rovno HDS, Siegelman ES, Reynolds C et al. (1998). Solitary Intraductal Papilloma: Findings at MR Imaging and MR Galactography. AJR 1992: 151–155

Sittek K, Kessler M, Heuck AF et al. (1996). Dynamische MR-Mammographie: Ist der Verlauf der Signalintensitätszunahme zur Differenzierung unterschiedlicher Formen der Mastopathie geeignet? RÖFO 165: 59–63

Solomon B, Orel S, Reynolds C, Schnall M (1997). Delayed Development of Enhancement in Fat Necrosis after Breast Conservation Therapy: A Potential Pitfall of MR Imaging of the Breast. AJR 170:966–968

Tomczak R, Rieber A, Zeitler H et al. (1996). Der Wert der MR-Mammographie in der Differentialdiagnostik von nonpuerperaler Mastitis und inflammatorischem Mammakarzinom bei 1,5 T. RÖFO 165: 148–151

Trojani M (1991). A Colour Atlas of Breast Histopathology. 1. Women. Breasts. Diagnosis. Applications of Histopathology. Chapman and Hall Medical London New York Tokyo Melbourne Madras

Unterweger H, Huch Böni RA, Caduff R et al. (1997). Inflammatorisches Mammakarzinom versus puerperale Mastitis. RÖFO 166: 558–560

Weinstein D, Strano S, Cohen P et al. (1999). Breast Fibroadenoma: Mapping of Pathophysiologic Features with Three-Time-Point, Contrast-enhanced MR Imaging-pilot Study. Radiology 210: 233–240

恶性变化

Bässler R (1997). Mamma. In: Remmele W (Hrsg.): Pathologie. Band 4: Weibliches Genitale; Mamma; Pathologie der Schwangerschaft, der Plazenta und des Neugeborenen; Infektionskrankheiten des Fetus und des Neugeborenen; Tumoren des Kindesalters; Endokrine Organe. Springer-Verlag Berlin 133–368

Bassett LW, Jackson VP, Jahan R et al. (1997). Diagnosis of Diseases of the Breast. WB Saunders Philadelphia London Toronto Montreal Sydney Tokyo

Boetes C, Mus RDM, Holland R et al. (1995). Breast Tumors: Comparative Accuracy of MR Imaging Relative to Mammography and US for Demonstrating Extent. Radiology 197: 743–747

Boetes C, Strijk SP, Holland R et al. (1997). False-negative MR Imaging of Malignant Breast Tumors. Eur Radiol 7:1231–1234

Boné B, Aspelin P, Bronge L et al. (1996). Sensitivity and Specificity of MR Mammography with Histopathological Correlation in 250 Breasts. Acta Radiol. 37: 208–213

Farria DM, Gorczyca DP, Barsky SH et al. (1996). Benign Phyllodes Tumor of the Breast: MR Imaging Features. AJR 167: 187–189

Fechner RE, Mills SE (1990). Breast Pathology. Benign Proliferations, Atypias and In situ Carcinomas. ASCP Press, Chicago

Fischer U, Westerhof JP, Brinck U et al. (1996). Das duktale Insitu-Karzinom in der dynamischen MR Mammographie bei 1,5 T. RÖFO 164: 290–294

Fischer U, Kopka L, Brinck U et al. (1997). Prognostic Value of contrast-enhanced MR-Mammography in Patients with Breast Cancer. Eur Radiol. 7: 1002–1005

Fischer U, Kopka L, Grabbe E (1996). Invasive Mucinous Carcinoma of the Breast missed by Contrast-enhanced MR Imaging of the Breast. Eur Radiol 6: 929–931

Fischer U, Kopka L, Grabbe E (1999). Therapeutic Impact of Preoperative Contrast-enhanced MR Imaging of the Breast. Radiology (in press)

Friedrich M, Sickles EA (1997). Radiological Diagnosis of Breast Diseases. Springer-Verlag Berlin Heidelberg New York

Gilles R, Guinebretière JM, Lucidarme O et al. (1994). Nonpalpable Breast Tumors: Diagnosis with Contrast-enhanced Subtraction Dynamic MR Imaging. Radiology 191: 625–631

Gilles R, Zafrani B, Guinebretière JM et al. (1995). Ductal carcinoma in Situ: MR Imaging – Histopathologic Correlation. Radiology 196: 415–419

Harms SE, Flamig DP, Hesley KL et al. (1993). MR Imaging of the Breast with Rotating Delivery of Excitating Off Resonance: Clinical Experience with Pathologic Correlation. Radiology 187: 493–501

Harris JR, Lippman ME, Morrow M, Hellman S (1996). Diseases of the Breast. Lippincott-Raven Philadelphia New York

Heinig A, Heywang-Köbrunner SH, Wohlrab J (1997). Seltene Differentialdiagnose einer suspekten Kontrastmittelanreicherung in der Mamma-MRT. Melanommetastase in beiden Mammae. Radiologe 37: 588–590

Hering M, Hagel E, Zwicker C, Krieger G (1996). Bilaterales hochmalignes zentroblastisches Lymphom der Mamma. RÖFO 165: 198–200

Heywang-Köbrunner SH (1993). Brustkrebsdiagnostik mit MR – Überblick nach 1250 Patientenuntersuchungen. Electromedica 61: 43–52

Heywang-Köbrunner SH (1994). Contrast-Enhanced Magnetic Resonance Imaging of the Breast. Invest Radiol 29: 94–104

Heywang-Köbrunner SH, Beck R (1995). Contrast-enhanced MRI of the Breast. Springer-Verlag Berlin Heidelberg New York

Kaiser WA (1993a). MR-Mammographie. Radiologe 33: 292–299

Kaiser WA (1993b). MR-Mammographie (MRM). Springer-Verlag Berlin Heidelberg New York

Kenzel PP, Hadijuana J, Hosten N et al. (1997). Boeck Sarcoidosis of the Breast: Mammographic, Ultrasound, and MR Findings. JCAT 21: 439–442

Klengel S, Hietschold V, Schreiber M, Köhler K (1994). Quantitative kontrastmitteldynamische Mamma-MRT am 0,5 Tesla-Gerät. Röntgenpraxis 47: 223–228

Kopans DB (1997). Breast Imaging. Lippincott-Raven Philadelphia New York

Krämer S, Schulz-Wendtland R, Hagedorn K et al. (1998). Magnetic Resonance Imaging and its Role in the Diagnosis of Multicentric Breast Cancer. Anticancer Research 18: 2163–2164

Marchant LK, Orel SG, Perez-Jaffe LA et al. (1997). Bilateral Angiosarcoma of the breast on MR Imaging. AJR 169: 1009–1010

Massurakis S, Carleton PJ, Turnbull LW (1997). MR Imaging of Primary Non-Hodgkin's Breast Lymphoma. Act Radiol 38:104–107

Miller RW, Harms S, Alvarez A (1996). Mucinous Carcinoma of the Breast: Potential False-negative MR Imaging Interpretation. AJR 167: 539–540

Mumtaz H, Hall-Craggs MA, Davidson T et al. (1997). Staging of Symptomatic Primary Breast Cancer with MR Imaging. AJR 169: 417–424

Mussurakis S, Buckley DL, Horsman A (1997). Dynamic MR Imaging of Invasive Breast Cancer: Correlation with Tumour Grade and other Histological Factors. Br J Radiol 70: 446–451

Oellinger H, Heins S, Sander B et al. (1993). Gd-DTPA enhanced MRI of the Breast. The most Sensitive Method for Detecting Multicentric Carcinomas in the Female Breast? Eur Radiol 3: 223–226

Orel SG, Schnall MD, Powell CM et al. (1995). Staging of Suspected Breast Cancer: Effect of MR Imaging and MR-guided Biopsy. Radiology 196: 115–112

Orel SG, Mendonca MH, Reynolds C et al. (1997). MR Imaging of Ductal Carcinoma in Situ. Radiology 202: 413–420

Rieber A, Merkle E, Böhm W et al. (1997). MRI of histologically Confirmed Mammary Carcinoma: Clinical Relevance of Diagnostic Procedures of Detection of Multifocal or Contralateral Secondary Carcinoma. JCAT 21: 773–779

Rieber A, Tomczak RJ, Mergo PJ et al. (1997). MRI of the Breast in the Differential Diagnosis of Mastitis versus Inflammatory Carcinoma and Follow-up. JCAT 21:128–132

Rodenko GN, Harms SE, Pruneda JM et al. (1996). MR Imaging in the Management Before Surgery of Lobular Carcinoma of the Breast: Correlation with Pathology. AJR 167: 1415–1419

Rosai J (1996). Ackerman's Surgical Pathology. 8. Auflage. Mosby 1565–1660

Schorn C, Fischer U, Luftner-Nagel S et al. (1999). MRI of the Breast in Patients with Metastatic Disease of Unknown Primary. Eur Radiol. 9: 470–473

Sittek H, Perlet C, Untch M et al. (1998). Dynamische MR-Mammographie beim invasiv lobulären Mammkarzinom bei 1,0 T. Röntgenpraxis 51: 235–242

Soderstrom CE, Harms SE, Copit DS (1996). Three-dimensional RODEO Breast MR Imaging of Lesions Containing Ductal Carcinoma in Situ. Radiology 201: 427–432

Stomper PC, Herman S, Klippenstein DL et al. (1995). Suspect Breast Lesions: Findings at Dynamic Gadolinium-enhanced MR Imaging Correlated with Mammographic and Pathologic Features. Radiology 197: 387–395

Tessoro-Tess JD, Amoruso A, Rovini D et al. (1995). Microcalcifications in Clinically Normal Breast: The Value of High Field, Surface Coil, Gd-DTPA-enhanced MRI. Eur Radiol 5: 417–422

Teubner J, Back W, Strittmaier HJ et al. (1997). Einseitige Schwellung der Brustdrüse. Radiologe 37: 766–771

Tomczak R, Rieber A, Zeitler H et al. (1996). Der Wert der MR-Mammographie in der Differentialdiagnostik von nonpuerperaler Mastitis und inflammatorischem Mammakarzinom bei 1,5 T. RÖFO 165: 148–151

Trojani M (1991). A Colour Atlas of Breast Histopathology. 1. Women. Breasts. Diagnosis. Applications of Histopathology. Chapman and Hall Medical London New York Tokyo Melbourne Madras

Unterweger M, Huch Böni RA, Caduff R et al. (1997). Inflammatorisches Mammakarzinom versus puerperale Mastitis. RÖFO 166: 558–560

Viehweg P, Heinig A, Heywang-Köbrunner et al. (1999). Contrast Enhancement in Dynamic MR Imaging of Noninvasive Breast Cancer. Europ Radiol 9: 260

男性乳腺

Kaiser WA (1993). Breast Diseases in Males. In: WA Kaiser: MR-Mammographie (MRM). Springer-Verlag Berlin Heidelberg New York 1993: 80–81

指征

Abraham DC, Jones RC, Jones SE et al. (1996). Evaluation of Neoadjuvant Chemotherapeutic Response of Locally advanced Breast Cancer by Magnetic Resonance Imaging. Cancer 78:91–100

Allgayer B, Lukas P, Loos W, Kersting-Sommerhoff B (1993). MRT der Mamma mit 2 D-Spinecho- und Gradientenecho-Sequenzen in diagnostischen Problemfällen. RÖFO 158 423–427

Boetes C, Mus RDM, Holland R et al. (1995). Breast Tumors: Comparative Accuracy of MR Imaging Relative to Mammography and US for Demonstrating Extent. Radiology 197: 743–747

Boné B, Aspelin P, Isberg B et al. (1995). Contrast-Enhanced MR Imaging of the Breast in Patients with Breast Implants after Cancer Surgery. Acta Radiol 36: 111–116

Brenner RJ, Rothman BJ (1997). Detection of Primary Breast Cancer in Women with Known Adenocarcinoma Metastatic to the Axilla Use of MRI after Negative Clinical and Mammographic Examination. J Magn Reson Imaging 7: 1153–1158

Buchberger W, DeKoekkoek-Doll P, Obrist P, Dünser M (1997). Der Stellenwert der MR-Tomographie beim unklaren Mammographiebefund. Radiologe 37: 702–709

Dao TH, Rahmouni A, Campana F et al. (1993). Tumor Recurrence versus Fibrosis in the Irradiated Breast: Differentiation with Dynamic Gadolinium-enhanced MR Imaging. Radiology 187: 751–755

Fischer U, Vosshenrich R, Knipper H et al. (1994): Präoperative MR-Mammographie bei bekanntem Mammakarzinom. Sinnvolle Mehrinformation oder sinnloser Mehraufwand? RÖFO 161: 300–306

Fischer U, Vosshenrich R, von Heyden D et al. (1994). Entzündliche Veränderungen der Mamma – Indikation zur MR-Mammographie? RÖFO 161: 307–311

Fischer U. Vosshenrich R, Kopka L et al. (1996). Kontrastmittelgestützte dynamische MR-Mammographie nach diagnostischen und therapeutischen Eingriffen an der Mamma. Imaging 63: 94–100

Fischer U, Westerhof JP, Brinck U et al. (1996). Das duktale In-situ-Karzinom in der dynamischen MR-Mammographie bei 1,5 T. RÖFO 164: 290–294

Fischer U, Kopka L, Grabbe E (1999). Therapeutic Impact of Preoperative Contrast-enhanced MR Imaging of the Breast. Radiology in press

Gilles R, Guinebretière JM, Shapeero LG et al. (1993). Assessment of Breast Cancer Recurrence with Contrast-enhanced Subtraction MR Imaging: Preliminary Results in 26 Patients. Radiology 188: 473–478

Gilles R, Guinebretière JM, Lucidamre O et al. (1994). Nonpalpable Breast Tumors: Diagnosis with Contrast-enhanced Subtraction Dynamic MR Imaging. Radiology 191: 625–631

Gilles R, Guinebretière JM, Toussaint C et al. (1994). Locally Advanced Breast Cancer: Contrast-enhanced Subtraction MR Imaging of Response to Preoperative Chemotherapy. Radiology 191: 633–638

Harms SE, Flamig DP, Hesley KL et al. (1993) MR Imaging of the Breast with Rotating Delivery of Excitation Off Resonance: Clinical Experience with Pathologic Correlation. Radiology 187: 493–501

Heinig A, Heywang-Köbrunner SH, Viehweg P et al. (1997). Wertigkeit der Kontrastmittel-Magnetresonanztomographie der Mamma bei Wiederaufbau mittels Implantat. Radiologe 37: 710–717

Heywang-Köbrunner SH, Hilbertz T, Beck R et al. (1990). Gd-DTPA Enhanced MR Imaging of the Breast in Patients with Postoperative Scarring and Silicon Implants. JCAT 14: 348–356

Heywang-Köbrunner SH, Beck R (1995). Contrast-enhanced MRI of the Breast. Springer-Verlag Berlin Heidelberg New York

Junkermann H, von Fournier D (1997). Bildgebende Verfahren zur Beurteilung des Ansprechens des Mammakarzinoms auf eine präoperative Chemotherapie. Radiologe 37: 726–732

Kaiser WA (1993). MR-Mammographie (MRM). Springer-Verlag Berlin Heidelberg New York

Knopp MV, Brix G, Junkermann HJ, Sinn HP (1994). MR-Mammographie with Pharmacokinetic Mapping for Monitoring of Breast Cancer Treatment During Neoadjuvant Therapy. MRI Clin North Am 2: 633–658

Krämer S, Schulz-Wendtland R, Hagedorn K et al. (1998 a). Magnetic Resonance Imaging in the Diagnosis of Local Recurrences in Breast Cancer. Anticancer Research 18: 2159–2162

Krämer S, Schulz-Wendtland R, Hagedorn K et al. (1998 b). Magnetic Resonance Imaging and its Role in the Diagnosis of Multicentric Breast Cancer. Anticancer Research 18: 2163–2164

Kuhl CK, Leutner C, Morakkabati N et al. (1999). MR-mammographisches Screening (MRM) bei Hochrisiko-Patientinnen (Trägerinnen des Gens für familiären Brustkrebs, BRCA): Ergebnisse der ersten und zweiten Screening-Runde. RÖFO (in press)

Kurtz B, Achten C, Audretsch W et al. (1996). MR-mammographische Beurteilung des Tumoransprechens nach neoadjuvanter Radiochemotherapie lokal fortgeschrittener Mammakarzinome. RÖFO 164: 469–474

Lagios MD, Westdahl PR, Rose MR (1981). The Concept and Implications of Multicentricity in Breast Carcinoma. Pathol Annu 16: 83–102

Morris EA, Schwartz LH, Dershaw DD et al. (1997). MR Imaging of the Breast in Patients with Occult Primary Breast Carcinoma. Radiology 205: 437–440

Müller RD, Barkhausen J, Sauerwein W, Langer R (1998). Assessment of Local Recurrence after Breast-conserving Therapy with MRI. JCAT 22: 408–412

Mumtaz H, Hall-Craggs MA, Davidson T et al. (1997). Staging of Symptomatic Primary Breast Cancer with MR Imaging. AJR 169: 417–424

Mussurakis H, Davidson T, Hall-Craggs MA et al. (1997). Comparison of Magnetic Resonance Imaging and Conventional Triple Assessment in Locally Recurrent Breast Cancer. Br J Surg 84: 1147–1151

Obdejin IMA, Kuipers TJA, van Dijk P et al. (1996). MR Lesion Detection in a Breast Cancer Population. JMRI 6: 849–854

Oellinger H, Heins S, Sander B et al. (1993). Gd-DTPA Enhanced MRI of Breast: The Most Sensitive Method for Detecting Multicentric Carcinomas in Female Breast? Eur Radiol 3: 223–226

Orel SG, Schnall MD, Powell CM et al. (1995). Staging of Suspected Breast Cancer: Effect of MR Imaging and MR-Guided Biopsy. Radiology 196: 115–122

Orel SG, Reynolds C, Schnall MD et al. (1997). Breast Carcinoma MR Imaging before Re-excisional Biopsy. Radiology 205: 429–436

Porter BA, Smith JP, Borrwo JW (1995) MR-Depiction of Occult Breast Cancer in Patients with Malignant Axillary Adenopathy. Radiology 1978: 130

Rieber A, Merkle E, Zeitler H et al. (1997). Der unklare Mammabefund – Wert der negativen MR-Mammographie zum Tumorausschluß. RÖFO 167: 392–398

Rieber A, Merkle E, Böhm W et al. (1997). MRI of Histologically Confirmed Mammary Carcinoma: Clinical Relevance of Diagnostic Procedures for Detection of Multifocal or Contralateral Secondary Carcinoma. JCAT 21: 773–779

Rieber A, Merkle E, Zeitler H (1997). Value of MR-Mammography in the Detection and Exclusion of Recurrent Breast Carcinoma. JCAT 21: 780–784

Rieber A, Zeitler H, Rosenthal H et al. (1997). MRI of Breast Cancer: Influence of Chemotherapy on Sensitivity: Br J Radiol 70: 452–458

Rieber A, Zeitler H, Tomczak R et al. (1997). Magnetic Resonance Imaging of the Breast: Changes in Sensitivity during Neoadjuvant Chemotherapy. Br J Radiol 70: 452–458

Rodenko GN, Harms SE, Pruneda JM (1996). MR Imaging in the Management before Surgery of Lobular Carcinoma of the Breast: Correlation with Pathologie. AJR 167: 1415–1419

Schorn C, Fischer U, Luftner-Nagel S et al. (1999). MRI of the Breast in Patients with Metastatic Disease of Unknown Primary. Eur Radiol 9: 470–473

Soderstrom CE, Harms SE, Copit DS (1996). Three-dimensional RODEO Breast MR Imaging of Lesions Containing Ductal Carcinoma in Situ. Radiology 201: 427–432

Soderstrom CE, Harms SE, Farrell RS et al. (1996). Detection with MR Imaging of residual Tumor in the Breast soon after Surgery. AJR 168: 485–488

Tilanus-Linthorst MM, Obdeijn AI, Bontenbal M, Oudkerk M (1997). MRI in Patients with Axillary Metastases of Occult Breast Carcinoma. Breast Cancer Res Treat 44: 179–182

Van Die LE, Boetes C, Barentsz JO, Ruys SH (1996). Additional Value of MR Imaging of the Breast in Women with Pathologic Axillary Lymph Nodes and Normal Mammograms. Radiology 201 (P): 214

Westerhof JP, Fischer U, Moritz JD, Oestmann JW (1998). MR Imaging of Mammographically Detected Clustered Microcalcifications: Is There any Value? Radiology 207: 675–681

Whitehouse GH, Moore NH (1994). MR Imaging of the Breast after Surgery for Breast Cancer. Magn Reson Imaging Clin N Am 2: 591–603

乳腺植入物与整形外科

Ahn CY, Narayanan K, Gorczyca DP et al. (1995). Evaluation of Autogenous Tissue Breast Reconstruction Using MRI. Plast Reconstr Surg 95: 70–76

Azavedo E, Boné B (1999). Imaging Breasts with Silicone Implants. Eur Radiol 9: 349–355

Baker JL, Bartels RJ, Douglas WM (1976). Closed Compression Technique for Rupturing a Contracted Capsule Around a Breast Implant. Plast Reconstr Surg 58: 137–141

Berg WA, Anderson ND, Zerhouni EA et al. (1994). MR Imaging of the Breast in Patients with Silicone Breast Implants: Normal Postoperative Variants and Diagnostic Pitfalls. AJR 163: 575–578

Berg WA, Caskey CI, Hamper UM et al. (1993). Diagnosing Breast Implant Rupture with MR Imaging, US, and Mammography. Radiographics 13: 1323–1336

Berg WA, Caskey CI, Hamper UM et al. (1995). Single- and Double-Lumen Silicone Breast Implant Integrity: Prospective Evaluation of MR and US Criteria. Radiology 197: 45–52

DeAngelis GA, Lange EE, Miller LR, Morgan RF (1994). MR Imaging of Breast Implants. Radiographics 14: 783–794

Everson LI, Parantainen H, Detlie T et al. (1994). Diagnosis of Breast Implant Rupture: Imaging Findings and Relative Efficacies of Imaging Techniques. AJR 163: 57–60

Gorczyca DP, Sinha S, Ahn CY et al. (1992). Silicone Breast Implants in Vivo: MR Imaging. Radiology 185: 407–410

Gorczyca DP (1994). MR Imaging of Breast Implants. MRI Clin North Am 2: 659–672

Gorczyca DP, Brenner RJ (1997). The Augmented Breast. Radiologic & Clinical Perspectives. Thieme New York, Stuttgart

Harms SE, Jensen RA, Meiches MD et al. (1995). Silicone-Suppressed 3 D MRI of the Breast Using Rotating Delivery of Off-Resonance Excitation. JCAT 19: 394–399

Huch RA, Kunzi W, Debatin JF et al. (1998). MR Imaging of the Augmented Breast. Eur Radiol 8: 371–376

Kurtz B, Audretsch W, Rezai M et al. (1996). Erste Erfahrungen mit der MR-Mammographie in der Nachsorge bei lappenunterstützter operativer Behandlung des Mammakarzinoms. RÖFO 164: 295–300

Monticciolo DL, Nelson RC, Dixon WT et al. (1994). MR Detection of Leakage from Silicone Breast Implants: Value of a Silicone-selective Pulse Sequence. AJR 163: 51–56

Morgan DE, Kenney PJ, Meeks MC, Pile NS 81996). MR Imaging of Breast Implants and Their Complications. AJR 167: 1271–1275

Mund DF, Farria DM, Gorczyca DP et al. (1993). MR Imaging of the Breast in Patients with Silicone-gel Implants: Spectrum of Findings. AJR 161: 773–778

Piccoli CW, Greer JG, Mitchell DG (1996). Breast MR Imaging for Cancer Detection and Implant Evaluation: Potential Pitfalls. Radiographics 16: 63–75

Soo MS, Kornguth PJ, Walsh R et al. (1996). Complex Radial Folds Versus Subtle Signs of Intracapsular Rupture of Breast Implants: MR Findings with Surgical Correlation. AJR 166: 1421–1427

Stroman PW, Rolland C, Dufour M et al. (1996). Appearance of Low Signal Intensity Lines in MRI of Silicone Breast Implants. Biomaterials 17: 983–988

MR 引导下的介入放射学

Daniel BL, Birdwell RL, Ikeda DM et al. (1998) Breast Lesion Localization: A Freehand, Interactive MR Imaging-guided Technique. Radiology 207: 455–463

Döler W, Fischer U, Metzger I et al. (1996). Stereotaxic Add-on Device for MR-Guided Biopsy of Breast Lesions. Radiology 200: 863–864

Fischer U, Vosshenrich R, Keating D et al. (1994). MR-guided Biopsy of Suspicious Breast Lesions with a Simple Stereotactic Add-on Device for Surface Coils. Radiology 192: 272–273

Fischer U, Vosshenrich R, Bruhn H et al. (1995). MR-Guided Localization of Suspected Breast Lesions Detected Exclusively by Postcontrast MRI. J. Comput Assist Tomo 19: 63–66

Fischer U, Vosshenrich R, Döler W et al. (1995). MR Imaging-guided Breast Intervention: Experience with Two Systems. Radiology 195: 533–538

Fischer U, Rodenwaldt J, Hundertmark C et al. (1997). MRT-gestützte Biopsie und Lokalisation der Mamma. Radiologe 37: 692–701

Gehl HB, Frahm C (1998). MR-gesteuerte Biopsien. Radiologe 38: 194–199

Heinig A, Heywang-Köbrunner SH, Viehweg P et al. (1997). Ein neues Nadelsystem zur MR-gestützten Lokalisation und transkutanen Biopsie von suspekten Befunden in der Brust. In-vitro-Untersuchungen bei 1,0 T.: RÖFO 166: 342–345

Heywang Köbrunner SH, Huynh AT, Viehweg P et al. (1994). Prototype Breast Coil for MR-Guided Needle Localization. JCAT 18: 876–881

Heywang-Köbrunner SH (1996). MR-guided Localization Procedure. In: Heywang-Köbrunner SH, Beck R: Contrast-Enhanced MRI of the Breast. Springer Berlin 1996: 53–56

Heywang-Köbrunner SH, Huynh AT, Viehweg P et al. (1999). MR-guided Percutaneous Vacuum Biopsy of Breast Lesions: Experiences with 60 Cases. Europ Radiol 9 (suppl 1): 195

Kuhl C, Elevelt A, Leutner CC et al. (1997). Interventional Breast MR Imaging: Clinical Use of a Stereotactic Localization and Biopsy Device. Radiology 204: 667–675

Müller-Schimpfle M, Stoll P, Stern W et al. (1998). Präzise MR-gestützte präoperative Markierung von Mammaläsionen mit einer Embolisationsspirale unter Verwendung einer Standard-MR-Spule. RÖFO 168: 195–199

Orel GS, Schnall MD, Newman RW et al. (1994). MR Imaging-guided Localization and Biopsy of Breast Lesions: Initial Experience. Radiology 193: 97–102

Schmitt R, Helmberger T, Fellner F, Obletter N (1993). Markierung nicht-palpabler Mammatumoren in der MRT. Fortschr Röntgenstr. 159: 484–486

Schnall MD, Orel GS, Connick TJ (1994). MR Guided Biopsy of the Breast. In: MRI Clinics of North America. Breast Imaging. 2: 585–589

Sittek H, Kessler M, Müller-Lisse U et al. (1996). Techniken der präoperativen Markierung nicht-palpabler Mammaläsionen in der MRT. RÖFO 165: 84–87

Sittek H, Perlet C, Herrmann K et al. (1997). MR-Mammographie. Präoperative Markierung nichtpalpabler Mammaläsionen am Magnetom Open bei 0,2 T. Radiologe 37: 685–691

DeSouza NM, Coutts GA, Puni RK, Young IR (1996). Magnetic Resonance Imaging Guided Breast Biopsy Using a Frameless Stereotactic Technique. Clin Radiol 51: 425–428

Thiele J, Schneider JP, Franke P et al. (1998). Eine neue Methode der MR-gestützten Mammabiopsie. RÖFO 168: 374–379

质量保证 / 展望

Daldrup HE, Roberts TPL, Mühler A et al. (1997). Makromolekulare Kontrastmittel für die MR-Mammographie. Ein neuer Ansatz für die Charakterisierung von Mammatumoren. Radiologe 37: 733–740

Daldrup H, Shames DM, Wendland M et al. (1998). Correlation of Dynamic Contrast-enhanced MR Imaging with Histologic Tumor Grade: Comparison of Macromolecular and Small-Molecular Contrast Media. AJR 171: 941–949

Fischer U, Döler W, Luftner-Nagel S et al. (1999). A Multipurpose Phantom for Quality Assurance of Contrast-enhanced MR Imaging of the Breast. Europ Radiol (in press).

Furman-Haran E, Margalit R, Grobgeld D, Degani H (1998). High Resolution MRI of MCF 7 Human Breast Tumors: Complemented Use of Iron Oxide Microsperes and Gd-DTPA. JMRI 8: 634–641

Mumtaz H, Hall-Craggs MA, Wotherspon A et al. (1996). Laser Therapy for Breast Cancer: MR Imaging and Histopathologic Correlation. Adiology 200: 651–658

Westerhof JP, Fischer U, Moritz JD, Oestmann JW (1998). MR Imaging of Mammographically Detected Clustered Microcalcifications: Is there any Value? Radiology 207: 675–681

索引（按汉语拼音排序）

注意：斜体页码代表图和表里的说明